U0651788

匡扶——绘著

纳问集

CNS 湖南文艺出版社 HUNAN LITERATURE AND ART PUBLISHING HOUSE 博集天卷 CS-BOOKY

雅众文化 出品

目录

私奔的外婆

Puzzle

我的外婆私奔了。
据说十五年前，
和年轻很多的男人一起从小舅的小区里出走，
之后就再未回来。
外婆
孙玉萍

那时留下的印象是，家里乱成了一锅粥。

心灵感应，我知道的。

这是外婆的双胞胎姐姐，
我的姨婆。

她早没和之前那人在一起了。
我知道她就是不好意思回来。

一个礼拜前，妈妈接到姨婆的电话。

姨婆
孙玉兰

知道她在哪里了，一起去，把她找回来。

母亲
窦晓静

……

妈妈说，
姨婆用的是下命令的口气。

你陪着去吧，不放心她自己去。

母亲
窦晓静

找没找到无所谓，别她再搞丢了。

我
窦绮

跟姨婆……

我不想去啊……

但妈妈用的也是下命令的口气。

养育之恩也不起作用！

哼，时间一久就不闻不问了。

姨婆对妈妈没有同来很是不满。

妈妈没找过吗？

妈妈也找过吧……
……
咦?

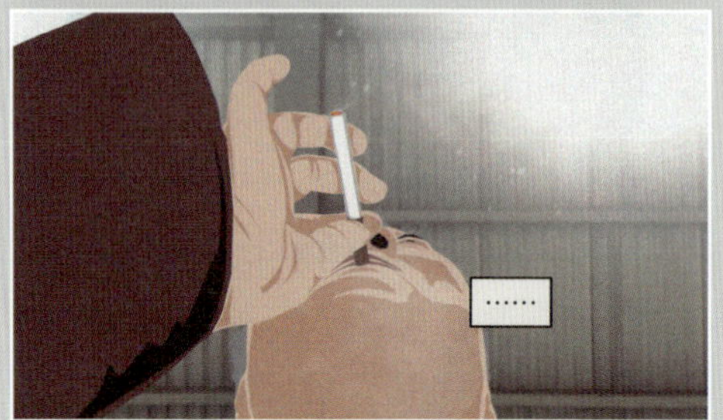

……

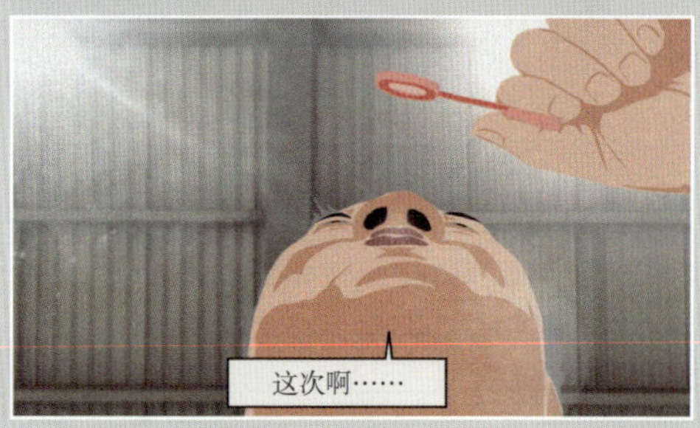

这次啊……

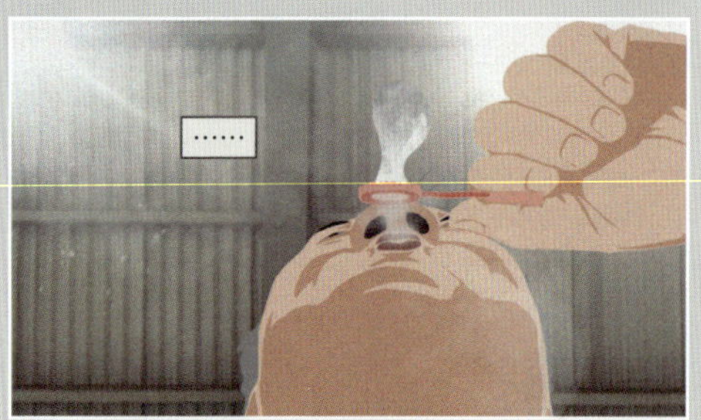

……

……

总算要找到她了。

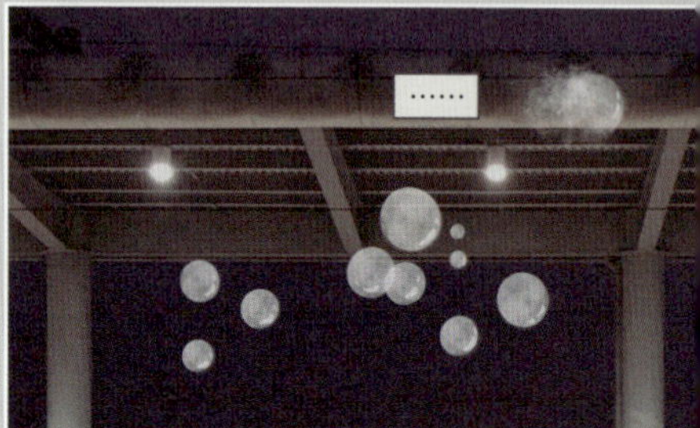

……

……
虽然压岁钱给得少，对我又严厉。

……
但外婆离开之后，
姨婆这些年对我来讲是个仿真的外婆。

而在妈妈说来，
姨婆是个爱逞强，又反复无常的老太婆。

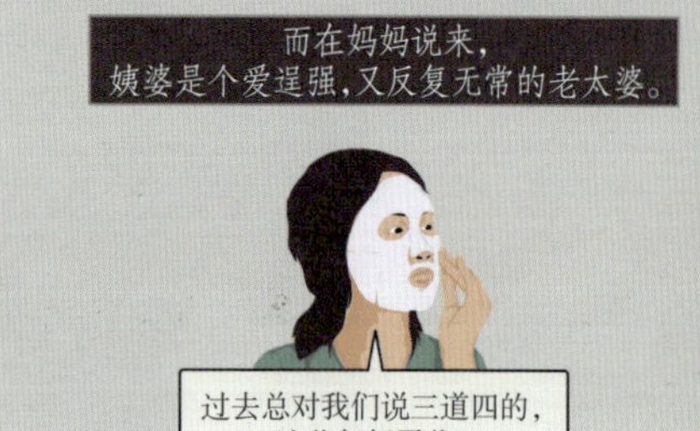

过去总对我们说三道四的，
这些年好了些。

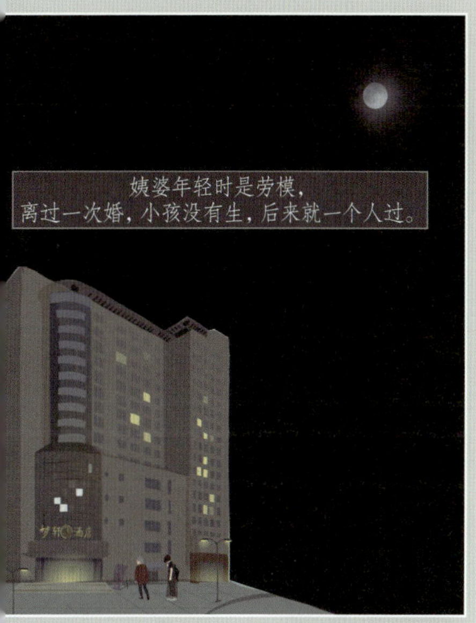
姨婆年轻时是劳模，
离过一次婚，小孩没有生，后来就一个人过。

……
那时候是观念太旧……

其实像她那样，老年人重新打起精神生活又怎么了。

……
完全可以理解嘛。

人到老，不也就是给自己找个床伴……

……
说的床，是病床啦。

图个照应嘛。
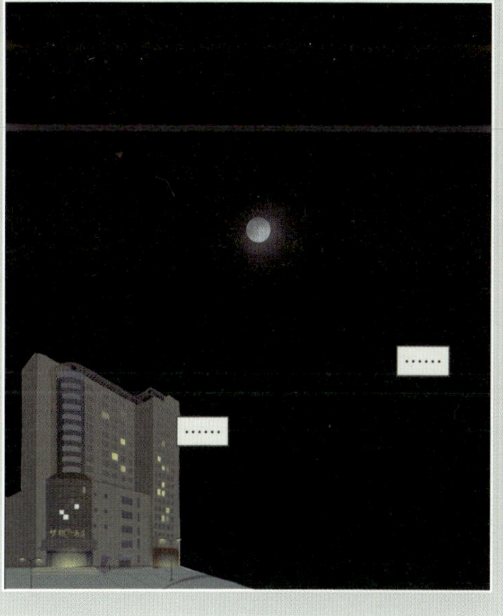
……
……

第二天

走快点呀……

你怎么撅着屁股走路。

哪有撅着啊……

啊……
……
你就在撅着。

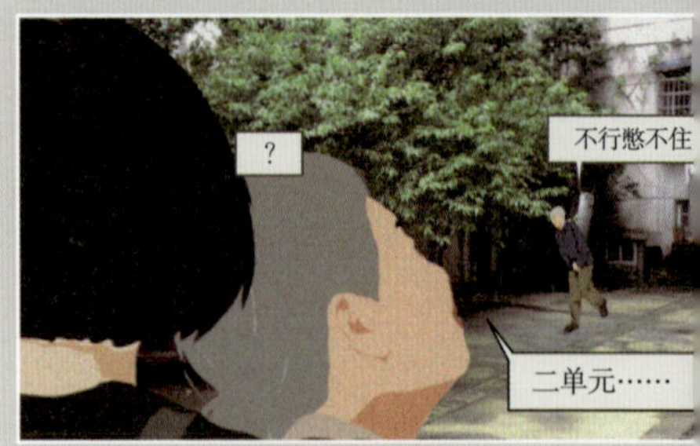
?
不行憋不住
二单元……

就是这家了。
……

……
嘘嘘……

喔…
……

不在这里，她早跟人跑了。
……

……

啊？！
？！

什么意思？！
不可能的啊？！

她跟人私奔了！
……

你父亲在吗？我要问……
别提我爸！

你们走吧！
能不能……

啪！
……

福
……
……

重复私奔……

外婆她……
不行，还是要找到这家的父亲问。

别人的转述中，外婆似乎讲过这样的话……

外婆
孙玉萍
身为妈妈，又兼任外婆，平时还是妻子，虽然退休，但需要称职的职位还是不少啊……

啊！我知道那个老

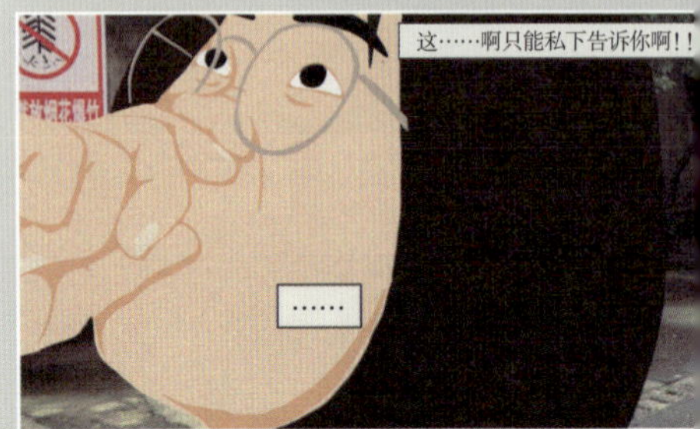

这……啊只能私下告诉你啊！！
……

……
所谓出走，是逃避责任吧？

……
打听到了。

每次在家提起外婆，就像提起一个去世的人。
但其实还健在吧。

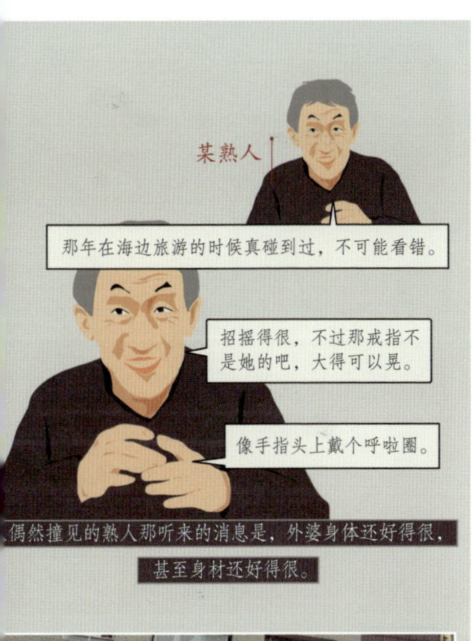
某熟人
那年在海边旅游的时候真碰到过，不可能看错。
招摇得很，不过那戒指不是她的吧，大得可以晃。
像手指头上戴个呼啦圈。
偶然撞见的熟人那听来的消息是，外婆身体还好得很，
甚至身材还好得很。

是这里吗……

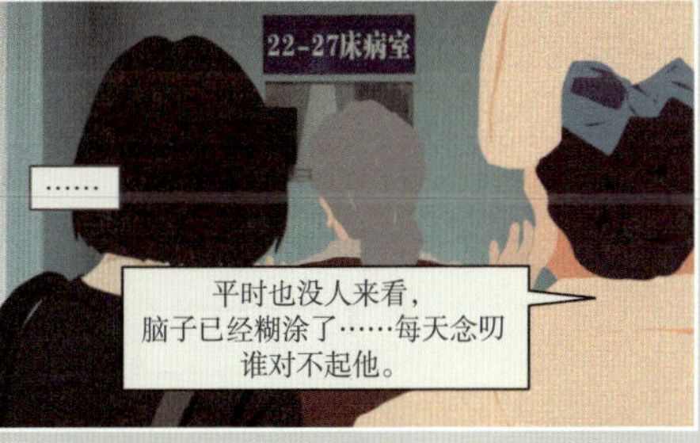
22-27床病室
……
平时也没人来看，
脑子已经糊涂了……每天念叨
谁对不起他。

22-27床病室
好的，谢谢您……

外婆之前……跟的是他？
中风老人
娄某
刘峰对不起我……李志高也对不起我……

刘强该死……
……
……

请问……您记得她吗？

赵丰收也欠我的……
…
……

……

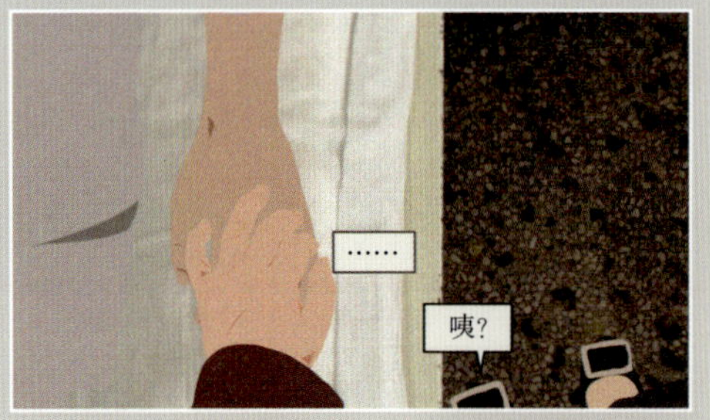
……
咦？

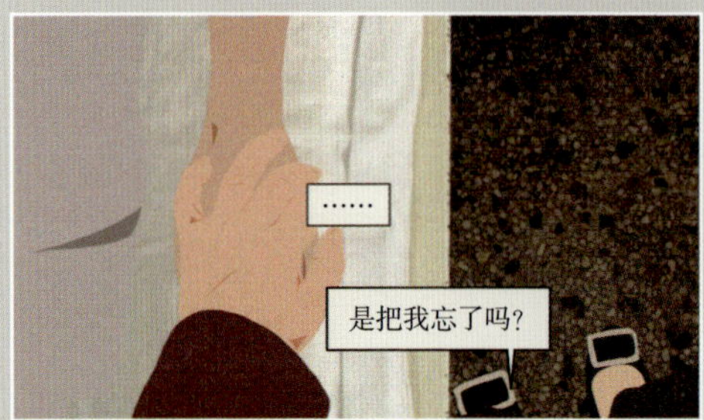
……
是把我忘了吗？

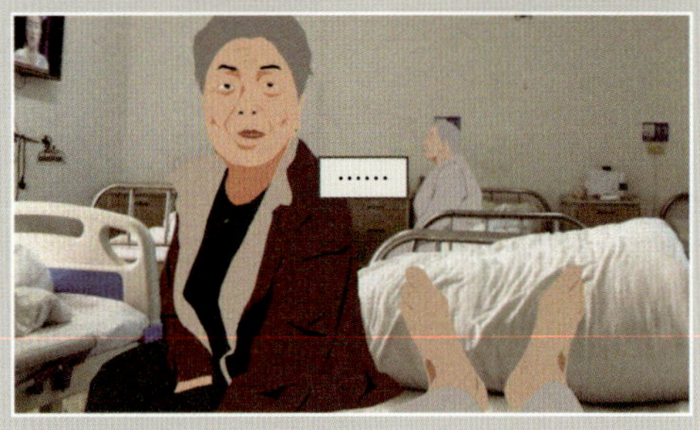
……

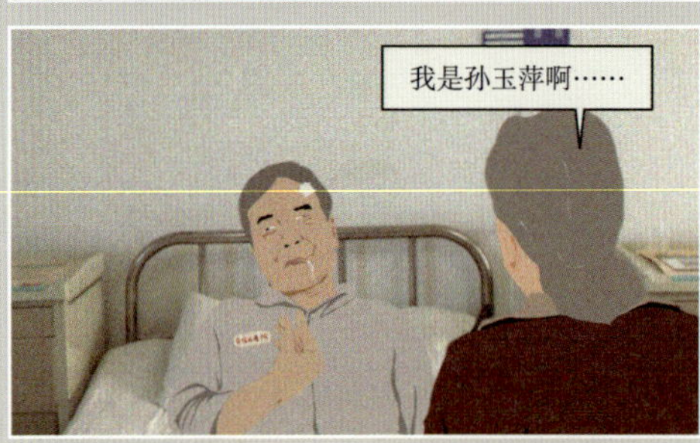
我是孙玉萍啊……

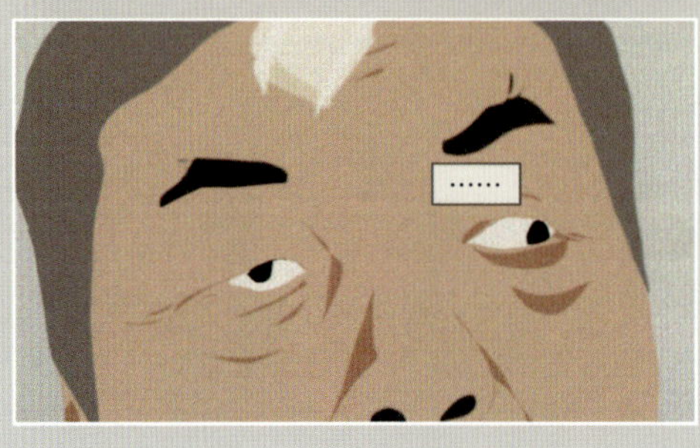
……

你不是。

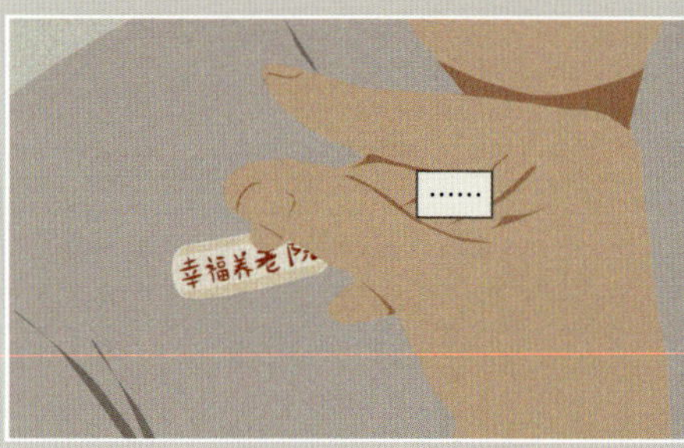
幸福养老
……

去外头说。
幸福养

……

老人说他不能让人看见自己说话，
又说没有太多时间。
咦？

脑压还是有点高……总打哈欠。

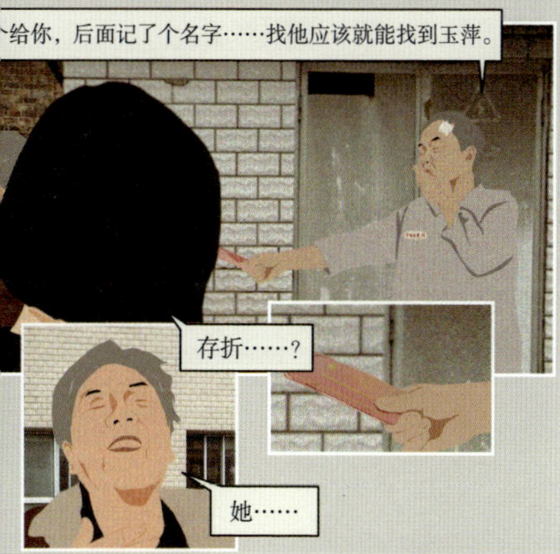

给你，后面记了个名字……找他应该就能找到玉萍。
存折……？
她……

嗷——
哈欠……传染了。
为什么走？
那时候我欠了……一大笔钱……

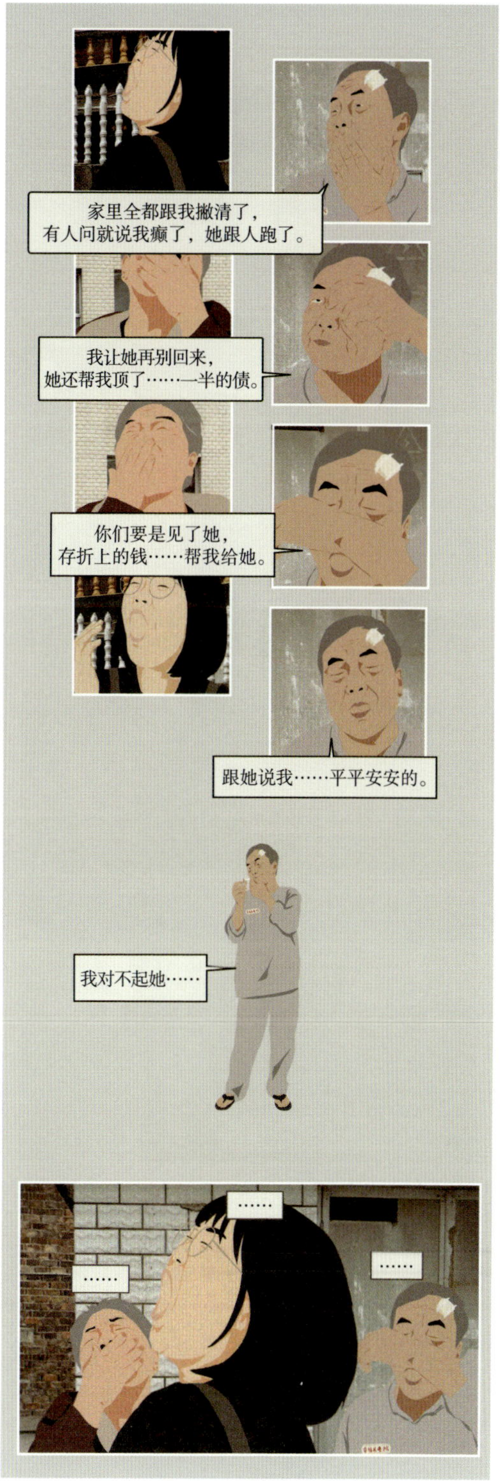

家里全都跟我撇清了，
有人问就说我疯了，她跟人跑了。

我让她再别回来，
她还帮我顶了……一半的债。

你们要是见了她，
存折上的钱……帮我给她。

跟她说我……平平安安的。

我对不起她……

……

……

……

……
……

你坐着好高啊。

呃……
是不是只有上半身长高了。

姨婆虽然做起事来兴冲冲的，
但其实是个冷漠的老太婆。
对我有各式各样的挑剔……

在她那儿，从来很难得到
其他长辈身边那样的关注和爱护。

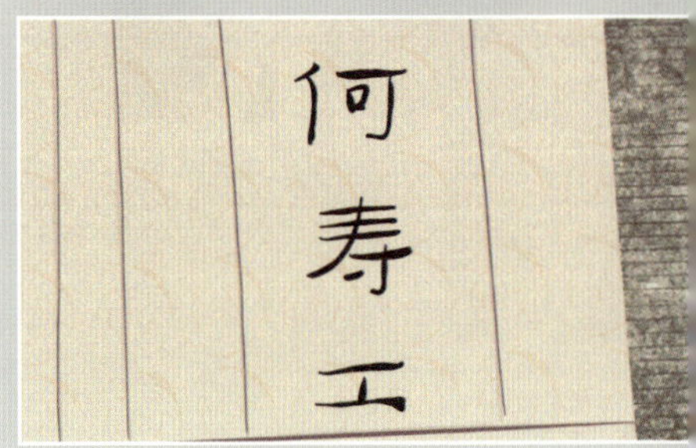

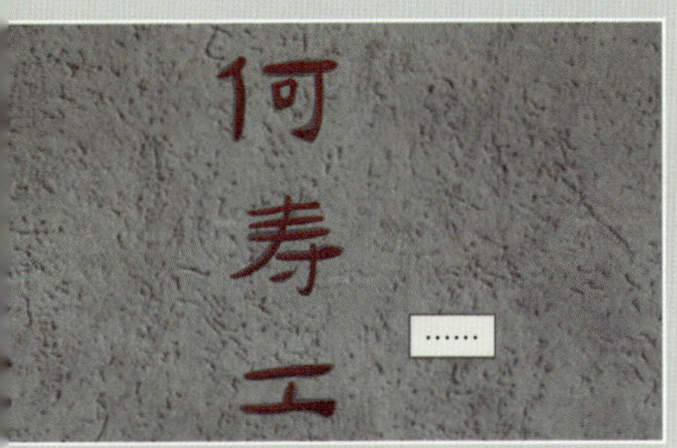
何寿工
……

……
……

啊，这下面写着……妻孙玉萍。

何寿工女儿应该就住这里。
……

Linda He
何琳
我都是第三代移民了……
……

……
James He……何寿工？

爸爸去世后……我们还说让孙阿姨住过来，但她不肯。

最后一次见孙阿姨，你有印象吗？

好多年了啊……
说她后来搬去鲁班殿了？

真是猜不透外婆喜欢哪种类型的呀……

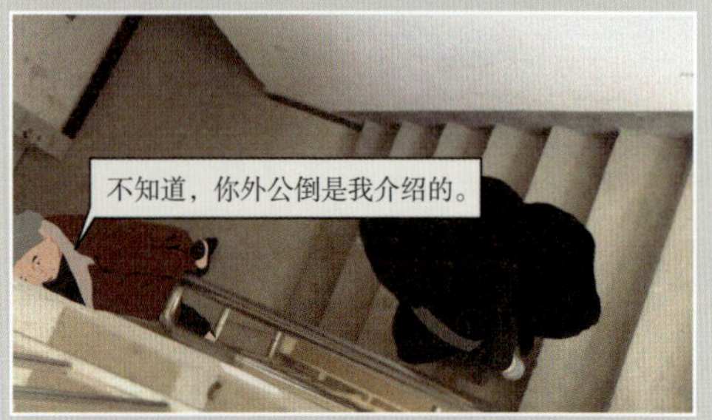
不知道，你外公倒是我介绍的。

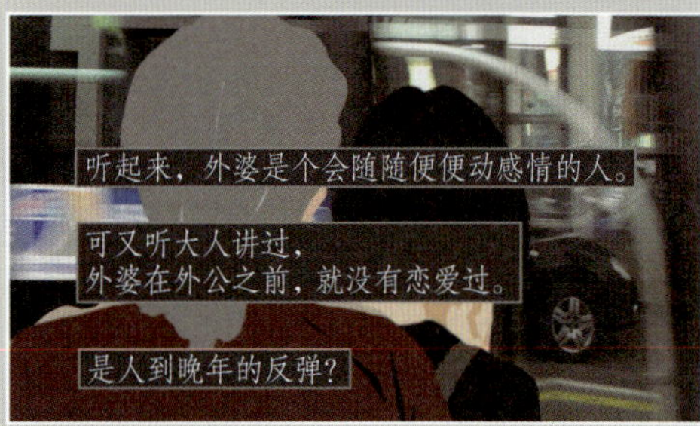
听起来，外婆是个会随随便便动感情的人。
可又听大人讲过，
外婆在外公之前，就没有恋爱过。
是人到晚年的反弹？

那你喜欢什么样的？
不知道……

不是之前有个男朋友吗，什么叫不知道？

比起我……我妈好像更喜欢他。

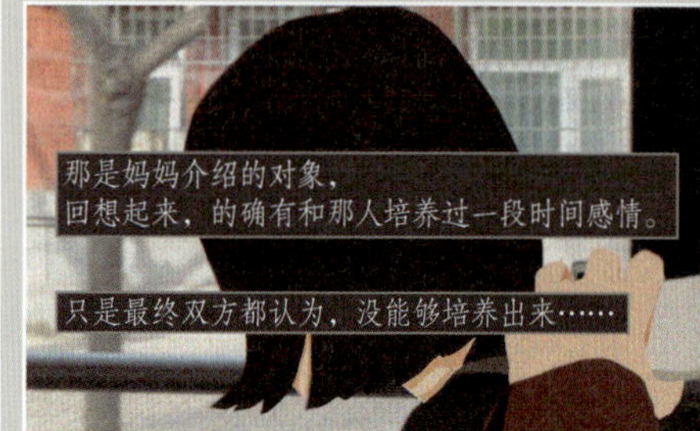
那是妈妈介绍的对象，
回想起来，的确有和那人培养过一段时间感情。
只是最终双方都认为，没能够培养出来……

和他在一起你高兴吗？

懒得高兴，也懒得不高兴。

那人说我太阴沉，可我实在对谈恋爱
提不起兴致，对他就更没兴趣了。

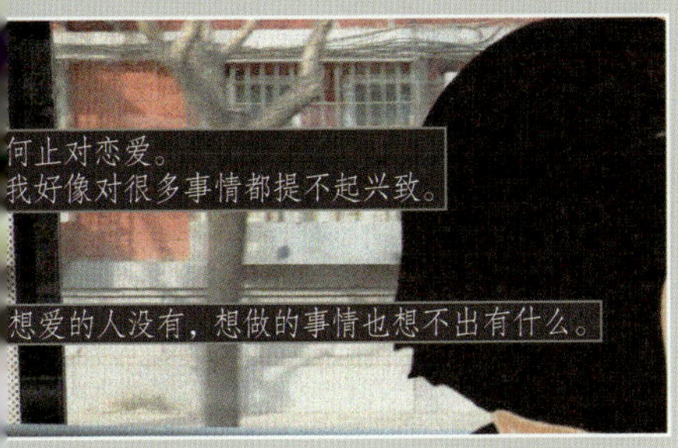

何止对恋爱。
我好像对很多事情都提不起兴致。
想爱的人没有，想做的事情也想不出有什么。

你是有点缺乏朝气。

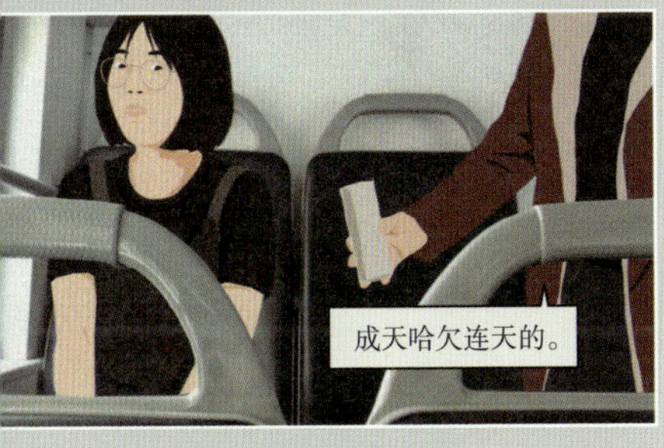

成天哈欠连天的。

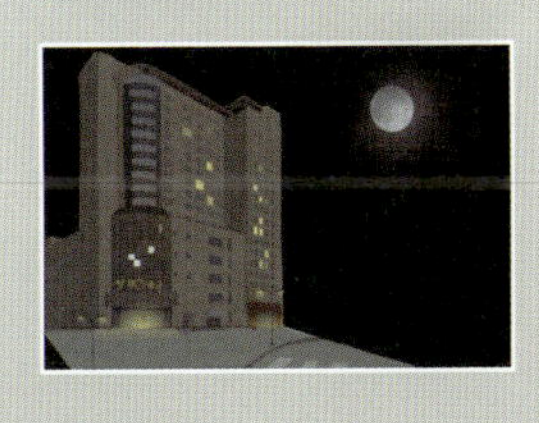

说起外婆，
记得的都是一些只能称作印象的东西。

像波浪一样翻动的缝纫机踏板。
冒着热气的熨斗。

外婆好像总在缝缝补补，铛铛锵锵。

我头上的疤，我妈说，
是外婆带我的时候磕的？

你外婆可说是你妈。

比起印象，记忆好像就容易出现分歧。

还以为外婆是带过我的呢。

带过呀。

那时候你不还帮她贴膏药吗?
她可喜欢炫耀了呢。

我洗完了,你快洗屁股吧。
……

不然岁数大了,屁股蛋子会黑的。
我去洗澡……
师傅,去鲁班殿。
……

公正 法治 爱国 敬
咳,咳。

打了一夜呼噜,嗓子都哑了。
富强 民主 文明 和谐 自由 平等
公正 法治 爱国 敬业 诚信 友善

这要怎么找啊……

啊请问!

见过照片上……

见过照片上的……

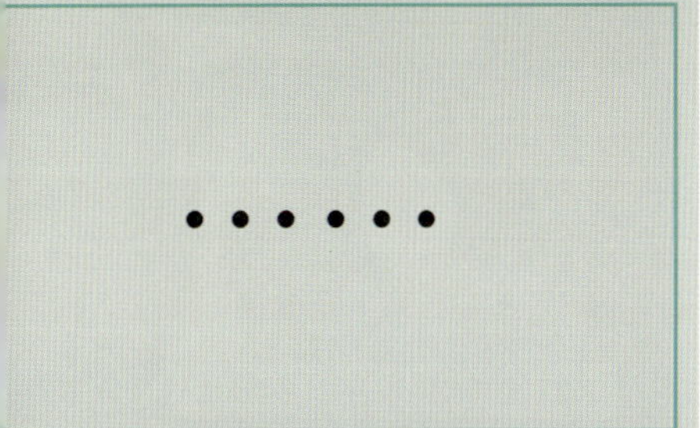
……

路人甲
见过，见过，以前老在这边的。

留个妹妹头嘛。
路人乙

路人丙
是她，这里有颗红痣吧？
……

……
这么高，对吧。

我知道，你去问问那个人……老太婆在花店做过事。

我们常一起鬼混的！

我和她过去是恋爱关系，老张可以做证……

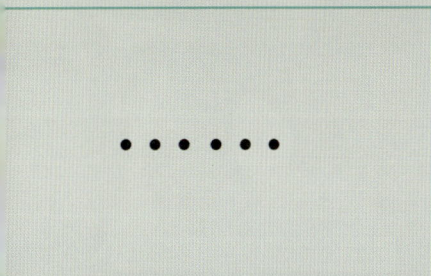

可别小看我，我今天早上还梦遗呢……
老张快来做证！
……

路人庚
你们是不是也被她偷过钱包?

她经常给我们家打电话，然后也不说话，就学狗叫!
然后我也叫回去! 汪汪汪!

路人辛
是哪种狗? 她听起来可能是……吉娃娃，我像雪纳瑞?

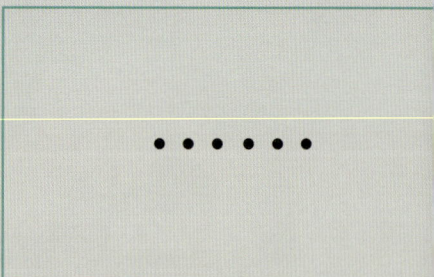

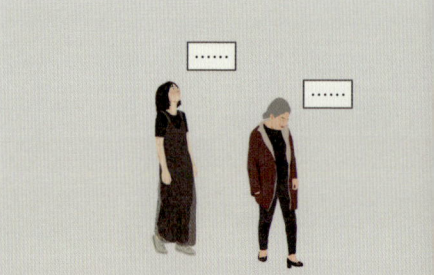

汪!
汪!
汪!
路人辛
像吗?

……
路人壬
要不去我家坐着谈谈吧，我很不错的，今年七十有二，平时热衷在报纸上纠错别字，特殊爱好是在超市整理推车。

路人壬
老汉推着一摞推车，好长一条呀……

路人癸
就是以前超市那个……口水老太太!

路人癸
给塑料袋的时候，总是吐很多口水在手上，再搓开塑料袋，好恶心!

……
……
……

社区
都是什么呀。

社区
在拿我们找乐子吧……

欸？花店。

即便是美女，也控制不住自己的大便会黏在马桶壁上呀。
唉，人生不像自己想象的那样啊……

你就是没有多冲几次……欸？
哦？欢迎光临！

这不是……

……

花店老板
祝美红
这里的咖啡很不错的。

……

每天坐在轮椅上，有机会就喜欢坐坐别的椅子。

花店老板
祝美红
真舒服。

你是真的认识她？

您一进门我就认出来了……她和您长得几乎就是一样

谢谢。

……
这拉花……

……

虽然时间过去很久了，倒是没错。
花店老板
祝美红
她在超市做过一段时间收银，后来就一直在我店里帮

她好像很喜欢花店呢。

来花店的人，不是常客的话，都是他们特殊的日子吧。
结婚纪念日什么的？
外婆
孙玉萍
搞得自己心情也蛮好。

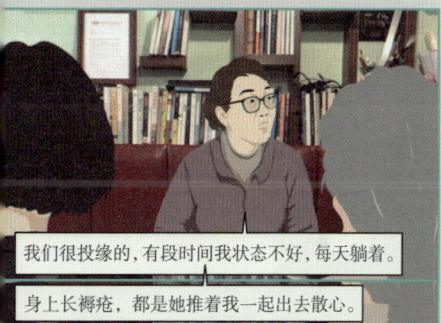

我们很投缘的，有段时间我状态不好，每天躺着。
身上长褥疮，都是她推着我一起出去散心。

去法庭旁听啦，去监狱外头看新释放出狱的犯人啦……

那你知道她现在在哪里吗？

做了一年多她就走啦，还给我打过电话，很高兴的样子。
好像是恋爱了？

又恋爱？
又恋爱？

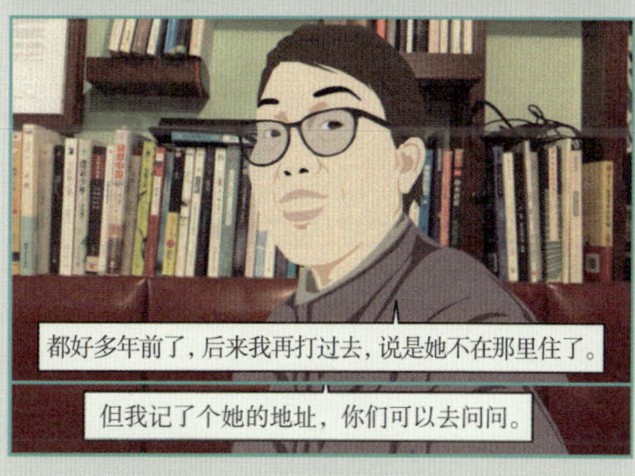
都好多年前了，后来我再打过去，说是她不在那里住了。
但我记了个她的地址，你们可以去问问。

替我跟她问好哦。

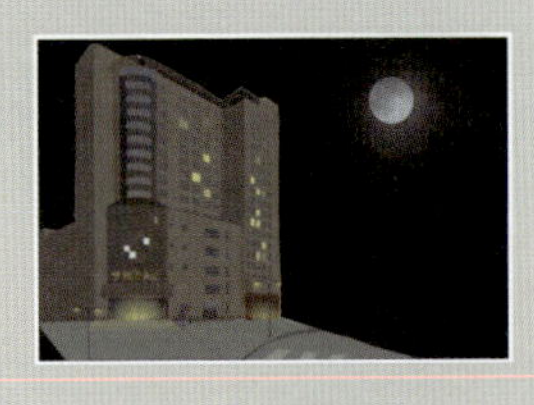

明天真的过去吗……
什么咖啡，还是茶好喝……

回到酒店姨婆就开始泡茶，茶叶满满地漂在水面上。
姨婆用嘴拨开茶叶，露出杯沿的一小片水面，

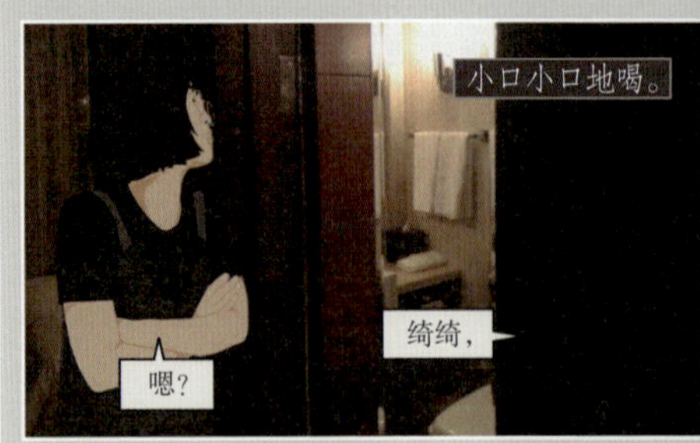
小口小口地喝。
绮绮，
嗯？

你是得病了吗？
我看你包里还有药，是那种抑郁症吗？

欸，姨婆你怎么翻我包……

……
可不要在和我出门的时候自杀哦。

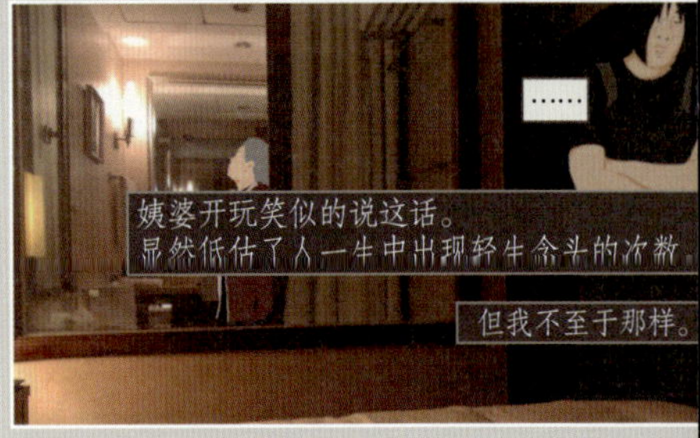
……
姨婆开玩笑似的说这话。
显然低估了人一生中出现轻生念头的次数。
但我不至于那样。

是有一阵因为失眠去过医院，医生开了普通的安定药。

但也不知是药的作用，还是某种讽刺的印证，后来竟时不时地出现味觉失灵。

嘴里尝不出任何味道。

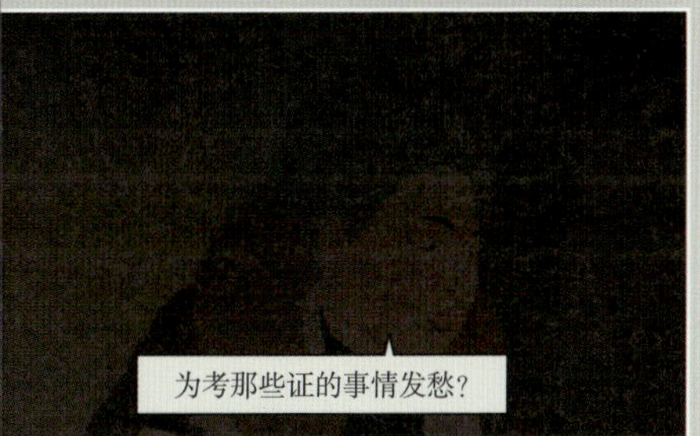

为考那些证的事情发愁？

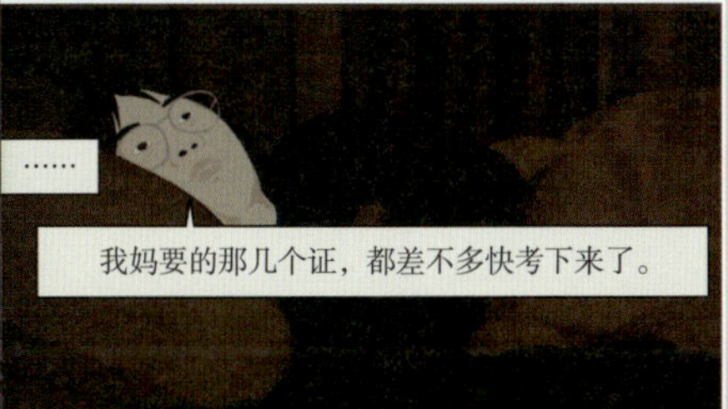

……
我妈要的那几个证，都差不多快考下来了。

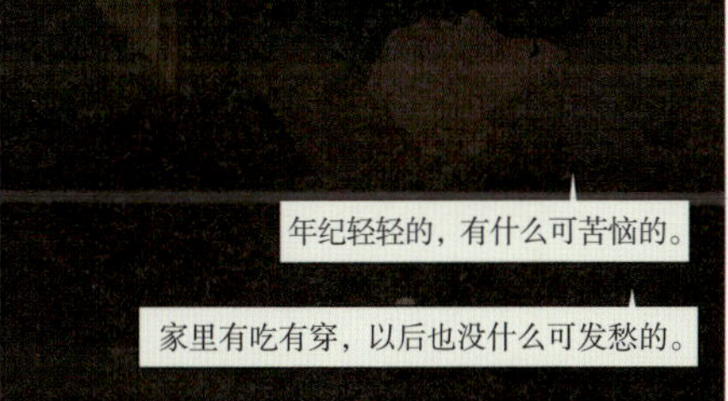

年纪轻轻的，有什么可苦恼的。
家里有吃有穿，以后也没什么可发愁的。

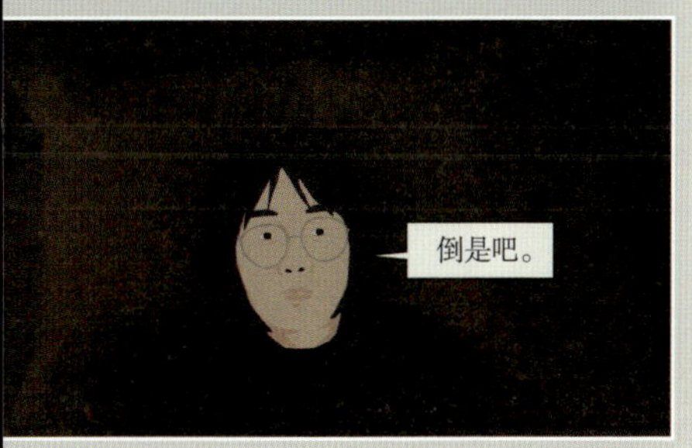

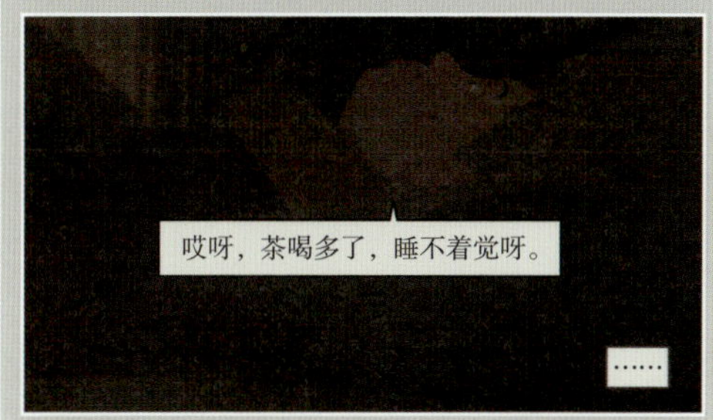

哎呀，茶喝多了，睡不着觉呀。
……

姨婆，你说生活是不是就是……
好像一大杯，一直在续着热水的茶。

一天天过下去就像一次次加开水。
到后来越来越淡，根本没味道了……

本来就是越来越没意思的吧。

蛮会打比喻的嘛。

……

只要把证考齐全……
妈妈强调，她安排的，是不少人都羡慕的岗位。
再者也不会有人说闲话。

这已经是人能够陷入的处境里，
比较好的那一类了吧？

……

你那也放一个吧，不用买纸了。

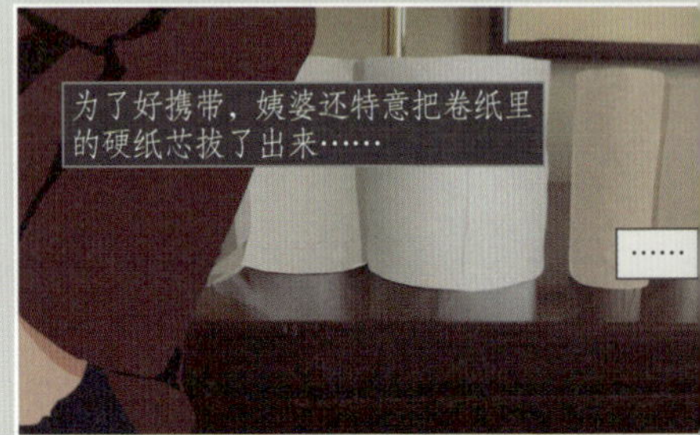
为了好携带，姨婆还特意把卷纸里的硬纸芯拔了出来……
……

我出去一下，等我回来一起去车站。
出去？

我做髋骨手术以前啊……

也有你这样的屁股。
嗯……

说到屁股。
据说，我的屁股是比我的头要先来到这个世界的。
一种常见的难产，臀位分娩。

那时说了要剖，倒是你妈不肯。
30多个小时，像舍不得把你生出来似的。

你妈觉得你特别得来不易呢。
你看还非让你跟了你妈的姓。

……
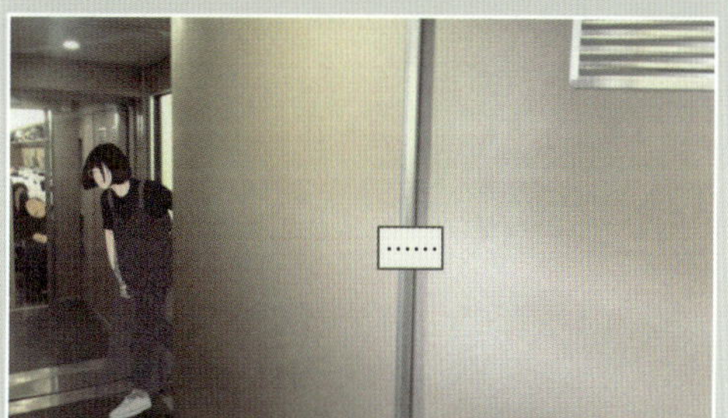
……

……
欸？

虚构故事请勿尝试！
姨婆你在干什么……

虚构故事请勿尝试！
嘘。

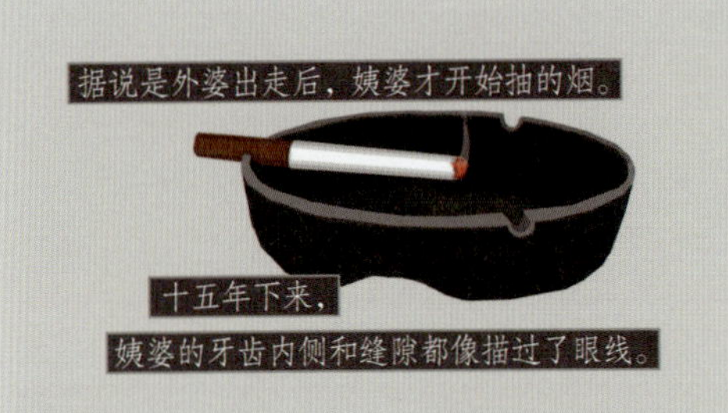
据说是外婆出走后，姨婆才开始抽的烟。
十五年下来，
姨婆的牙齿内侧和缝隙都像描过了眼线。

……

呼……
姨婆，

你早上出去那趟……

……

是取外婆那个存折上的钱吧？

白白放着，不如买个定投。

替她买。
不由想起妈妈过年给姨婆红包时，
姨婆看着钱的样子。
蛮慈祥的。

我们现在要去找的，外婆的这个男朋友，又叫什么呀？

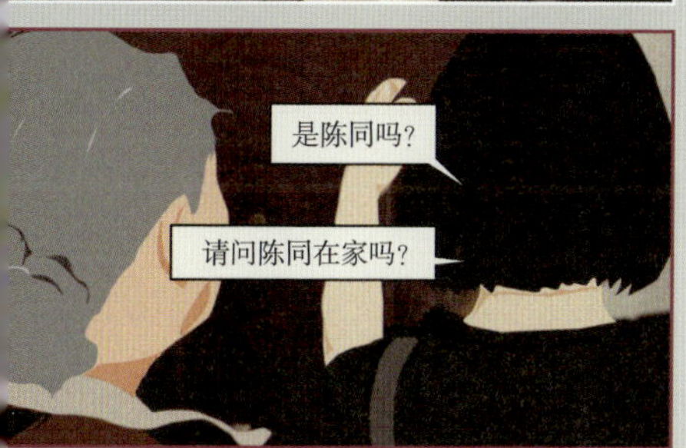
是陈同吗？
请问陈同在家吗？

？
有什么事？

欸？

进里屋吧。
……

……
坐。

果然又不在这儿了呀……

陈同
洗煤厂技术副厂长
所以，二位找她，也是要钱吗？
要那房子拿去抵押吗？

抵押？

那年她侄子不知怎么找来了，说想借房子去抵押。

小弟的儿子？

孙舟
也是想靠这一次，拼一下。
外婆
孙玉萍
你要拿去抵押……也可以，我已经二次中风了……
只可能越来越坏……
那之后你把我接过去？
这个老头……
正想把我脱手呢。
嘿……
……

她装得挺真，人家知难而退了。

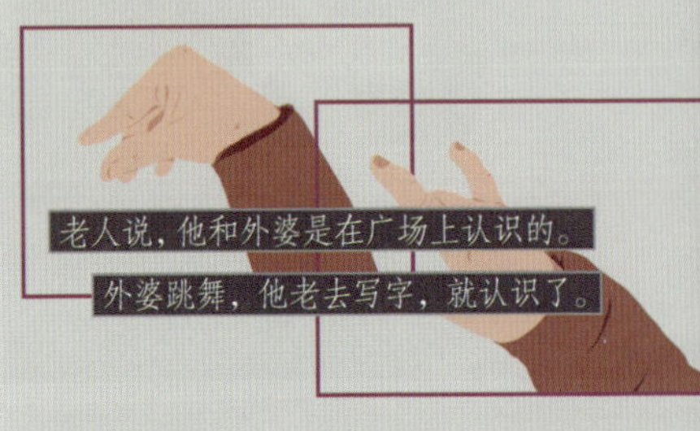

老人说，他和外婆是在广场上认识的。
外婆跳舞，他老去写字，就认识了。

有一阵抢地盘输给另一个老头……
那个老头特别损，总用胶水写，晒干后字就留那里了，刷又费劲。

一阵没去，又遇到外婆，额外打了个招呼。

她问我怎么不见了一阵，邀我也去跳舞。
我哪会跳，但去了。

怎么就谈起恋爱了呢。
岁数虽然大了，但身为人的功能还是齐全的。
喜欢上别人的本领还是有的。
被人喜欢的本领甚至比过去更好。

后来有一次，她说有件衣服。
是儿子穿不上，拿给我，让我试试，看着码子合适。

什么儿子的，专门做的吧。
高明哦……

说话间隙，老人起身去烧水。

电脑上是股票的红绿线，

鼠标的边上摆着一盘冷掉的剩菜，油结了一层皱皱的皮。

印象中老人的生活就是这样的吧，把一切维持得静悄悄的。

有过一些欢乐时光的。
这是那时拍的一些照片。

大头贴……

那时拍了她还说……
结婚照噢。

……

她该去割个眼袋。
我就割了，年轻十岁。

这是她留下来的衣服，你们要拿走吗？

真不像这个年纪会穿的……

她总爱自己改衣服。

……
哦，我记得这件……

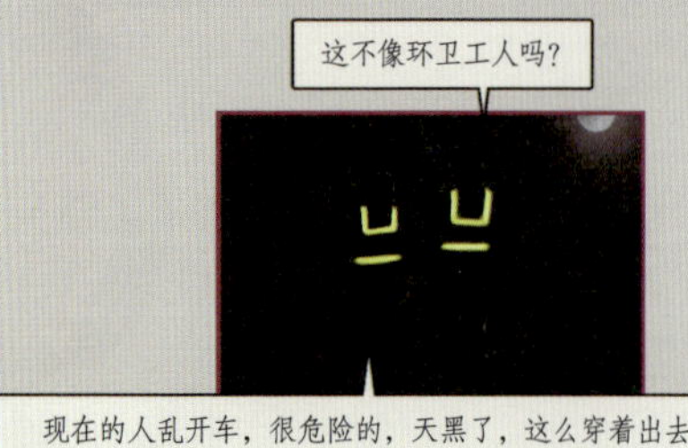
这不像环卫工人吗？
现在的人乱开车，很危险的，天黑了，这么穿着出去散步。

有段时间我们在家也跳舞。
老房子隔音差，周围都是租户，开音响闹到别

我们就带着耳机，一人一个耳塞，跳舞

两年多吧，也是多亏您照顾她了。

没有，她好像不爱被人照顾。
总说被照顾周全了，反而人老得快。

唯一说得上是照顾的，她睡觉眼睛不太合得上。

有时夜里醒来，帮她合上被子，合上眼睛。

姨婆你也闭不上眼睛的！
我知道……

果然孪生姐妹啊……

噢，水烧好了。

外婆很会谈恋爱呀。

她就喜欢，搞得一副很善解人意的样子，
其实没原则。

……
活泼得掉价，文静得像块砖头，都是你外婆。

反正，她都比我善解人意。
……

姨婆有些酸溜溜的。

喝茶……
炒锅……

……

……
没事……不，不爱喝茶。

也起过争执，和她。

她有天突然说，要出去走走。
结果就收拾好了行李，两个人的行李。
说要出去看看，想出去，做点别的事。
我当然是不肯的。
我说你不怕死在半路吗，
她说人活一辈子谁不是死在半路上。
你不会真信那歌里唱的，什么最浪漫的老了以后坐着摇椅，慢慢聊？
是慢慢熬，干熬。
都这个岁数了……
人呢，不能什么都想要。
人更不能什么都不想要！

当时没让她走成，但后来争吵多了……也就由她了。

她走之前，留的电话，后来打过去是人工台。
安3按2按5按*，从总台转来转去，就是没有活人。
真像是曲曲折折钻进一个死胡同，人都搞糊涂了。

就此是真的断了联络。

老人拿起筷子，剥开冷汤上结成的那层油皮，夹出一块蒜放进嘴里嚼了起来。

嘴里总没有滋味，呵呵。

要不要吃个饭再走？
不了……

那……要不要……测个血压再走？
……
……

……

……

……

……

……

对三个人来讲，姨婆打算做的菜实在太多了。

姨婆做起菜的架势有些大动干戈。
又时而发会儿愣，像聚精会神在思考菜。

欸?

这是……

……

外婆，我用你的膏药剪了小兔子、大象，还有乌龟，还有……

不错呀，那帮外婆贴好。

贴小兔子吧。

记起来了……
外婆是带过我的。

真是辛苦……你们真不喝点吗？

不了。

像您这种高级工程师，吃的公家饭，额外还有津贴的吧？

饭是有一口吃，也吃不出什么滋味。

也算奋斗了一辈子，搞的项目，
最终技术大方向都是错的。

以为自己在做的，是自己的目标。
不过是凑那个时代的热闹。

每个时代都有每个时代的热闹吧。

……
……
……

啊……

……
这个有一类人啊，
一辈子进行得像是朝着那瞄准好的目标，飞行的子弹

但过了些年啊，反而惊醒……

其实是目标早早瞄准了自己，
命可能早就定了的。

……

喝多了……你喝多了。

……
……

临走，老人翻出了一本旧书，

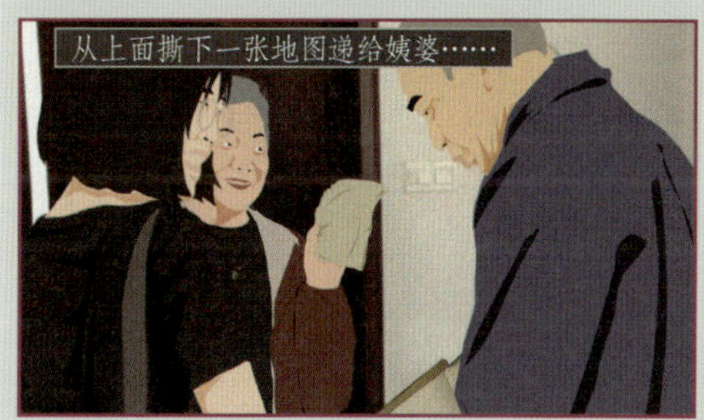
从上面撕下一张地图递给姨婆……

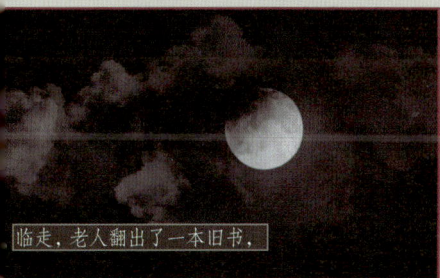

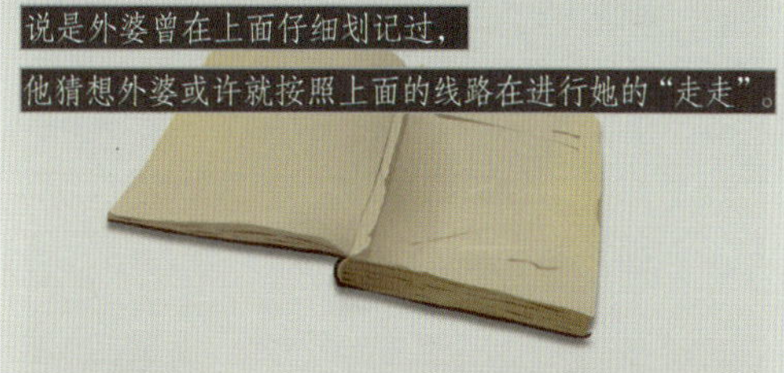
说是外婆曾在上面仔细划记过，
他猜想外婆或许就按照上面的线路在进行她的“走走”。

也好久没能和人这么聊聊了，谢谢你们。

嘭噔
谢谢你们啊……

……

……

嗝……

我也和那个爷爷一样，舌头也尝不出味道……

年纪轻轻这么多毛病。
嗯……一阵一阵的。

都这么晚了，穿上那个吧。

……
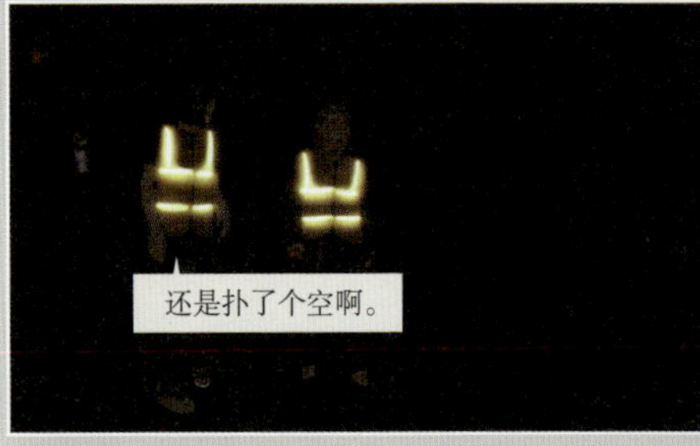
还是扑了个空啊。

姨婆，我们回家吧……
不是有路线图嘛。
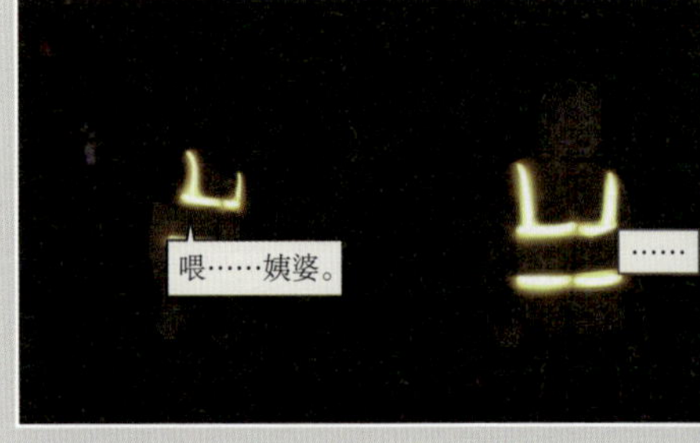
喂……姨婆。
……

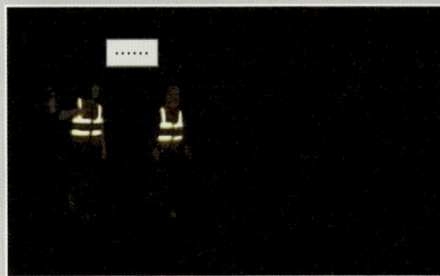

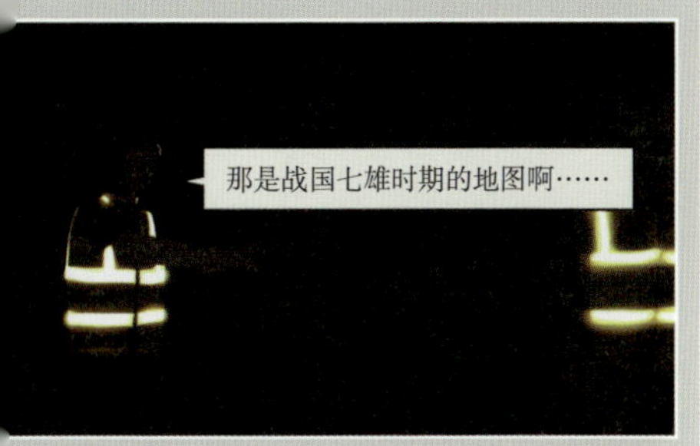
那是战国七雄时期的地图啊……

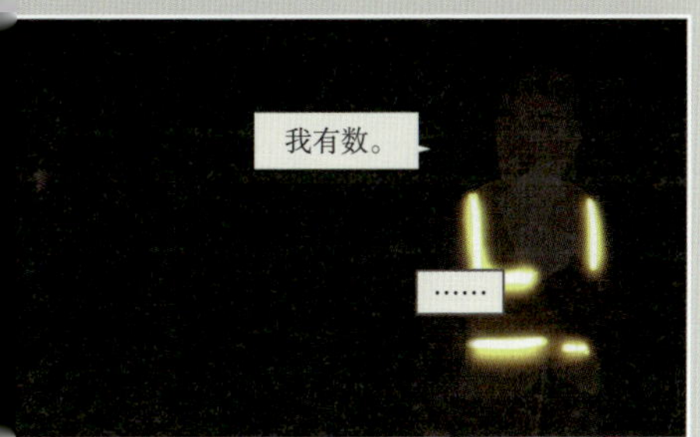
我有数。
……

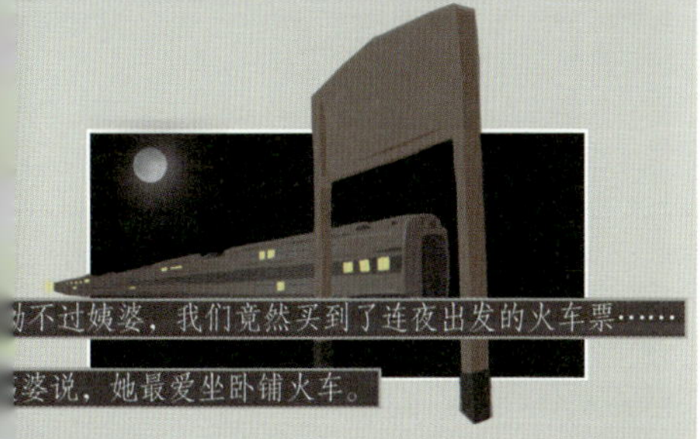
不过姨婆，我们竟然买到了连夜出发的火车票……
婆说，她最爱坐卧铺火车。

……

想到一个你的用处了。

嗯？
给，这个。

没味觉的人，可以专门用来吃酸橘子。

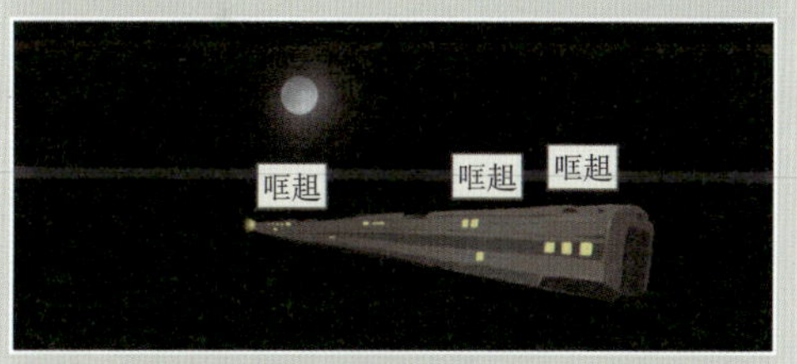
哐趄
哐趄
哐趄

当心夹手
姨婆，双胞胎的话……

到底是什么感觉啊？

小的时候书很少。
好不容易逮到一本，只好一起读。

她捧那半边，我捧这半边……
读得速度啊，竟然完全一样。

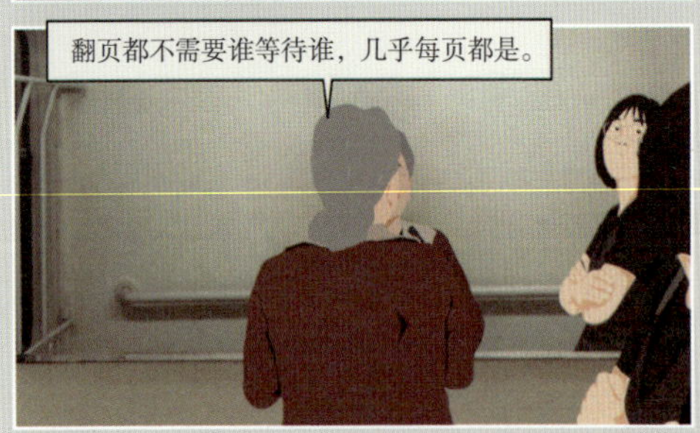
翻页都不需要谁等待谁，几乎每页都是。

这种默契？

活到老都是，好多东西，也不知是巧合还是……

有一年一起去做外科检查，结果乳房上的肿块，
同样的位置，一模一样大。

医生说是不能生气。

但要说也是她比较爱生气，我很少生气。

可为什么连长的肿块都一样呢，这倒让我有点气。
……

……

……

火车过小站也停。

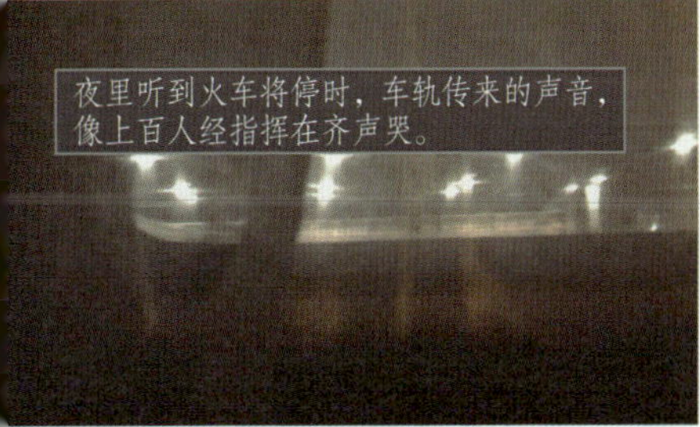
夜里听到火车将停时，车轨传来的声音，
像上百人经指挥在齐声哭。

姨婆醒了好多次。

姨婆也没睡着哦。

摇摇晃晃的，睡不太着。

……

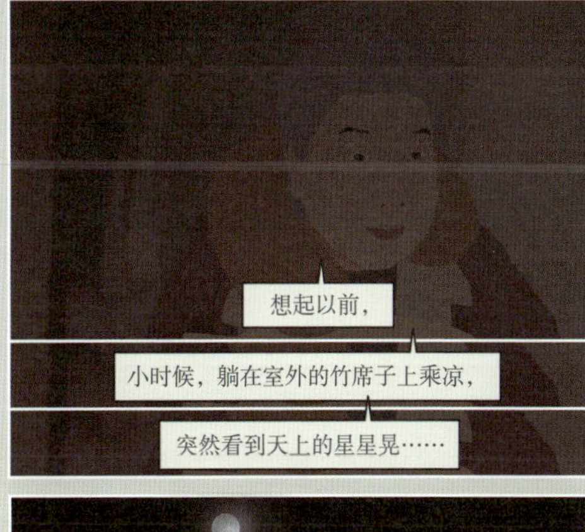
想起以前，
小时候，躺在室外的竹席子上乘凉，
突然看到天上的星星晃……
哐趄
哐趄
哐趄

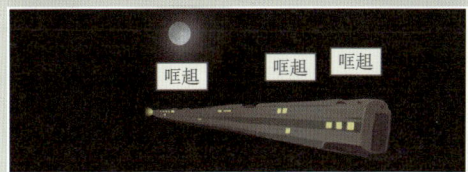

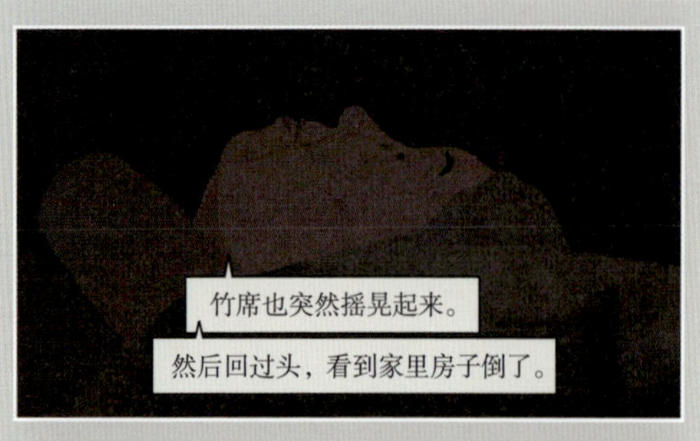
竹席也突然摇晃起来。
然后回过头，看到家里房子倒了。

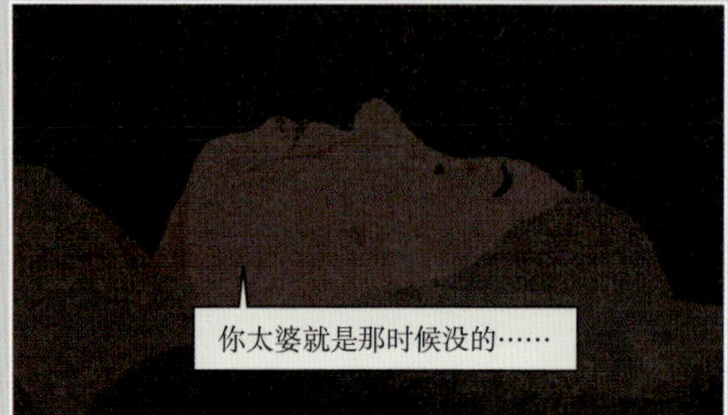
你太婆就是那时候没的……

……
好像听妈妈说过。

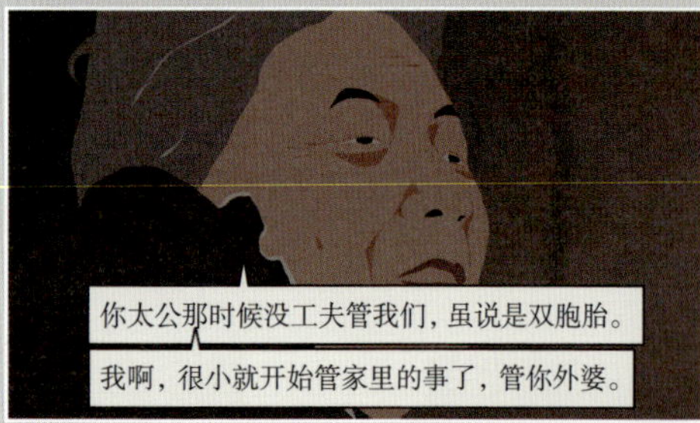
你太公那时候没工夫管我们，虽说是双胞胎。
我啊，很小就开始管家里的事了，管你外婆。

……

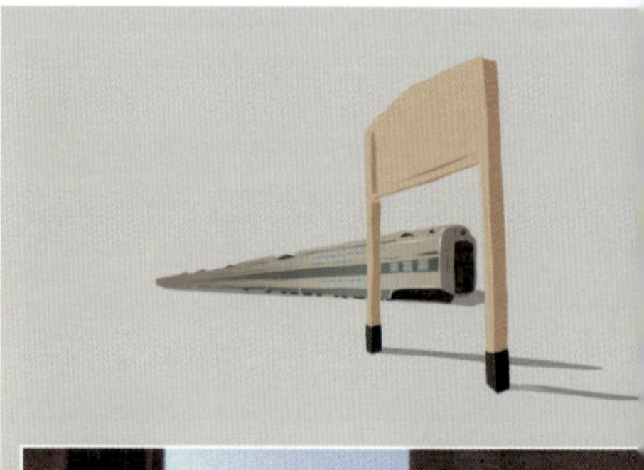

……

下车吧。

双胞胎也较劲的。

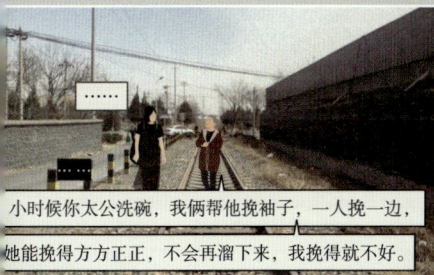

……
……
小时候你太公洗碗，我俩帮他挽袖子，一人挽一边，
她能挽得方方正正，不会再溜下来，我挽得就不好。

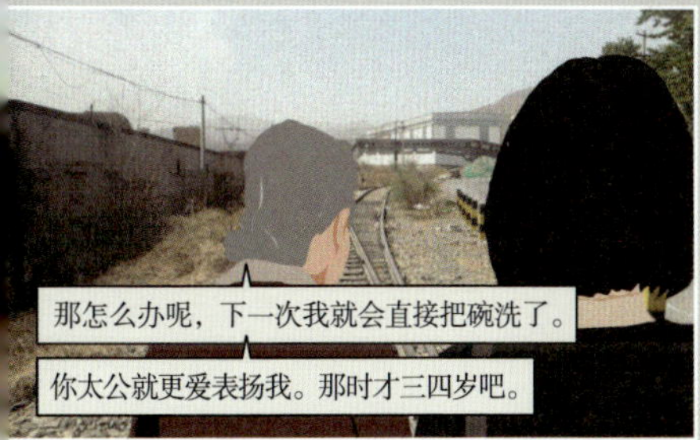
那怎么办呢，下一次我就会直接把碗洗了。
你太公就更爱表扬我。那时才三四岁吧。

姨婆好成熟啊。

我那时候把家里的灯绳都给改造了，多牵出两条绳。
让你太公在书桌上、床上都能抬手就关掉灯。

所以双胞胎里，我是姐姐啊。
后来家里的事基本上都是我做主。

原来不是按出生顺序的啊……

我这个姐姐吧，都有点像妈妈吧。

……
……

到这个阶段，我们的找寻更像是游荡。
依据不过是一张过气的地图，
和姨婆自称具备的心灵感应。

请勿

翻越
水库管理处

我们是到齐国了吗？

魏吧？

相处久了之后，姨婆的刻薄显得更像调皮。

觉得这雨水稠稠的，像鼻涕，这边是这样的气候吗？

是有工厂的缘故吧。
心平气和时，姨婆通情达理得像个年轻人。
甚至主动开导人。

什么乏味不乏味呀，多数人不都是……
想做的事没有，要做的事倒一堆。

你可能是比别人高兴得少，但也比别人难过得少嘛

……

外婆真的到过这里吗？

……
我有数，我知道的。

知道为何，
到一些明明是野外的地方，竟然觉得宾至如归。

有的地方风大，吹得人可以轻松跑起来。

有的地方，天上的雀群像海浪的样子，
在山谷涌上来又退回去。

走在乡道上，土灰扬起，
觉得两个人也浩浩荡荡的。

你看。

这种地方也有玛尼堆。

有灵气的石堆。

保佑我们哦。
也保佑玉萍。
……

啪嗒

……
……

好累啊，休息会儿吧。

……

姨婆你看前面可能要爬山噢，他们导游的旗子都坏

……
早上有人心梗，大概是不行了。
今天我们团降半旗。

……
……

外婆真的走过这一路吗，外婆不怕吗。

……

……

是你吗，孙阿婆！

……

你回来了？！

真的假的……
李婆婆
说了我有数……

……
……

难怪呀，走路一模一样，长得也一模一样！

我可割了眼袋的。
……

李婆婆
好几年前吧，她说自己是一路走走停停过来的。
在别的地方也住过。

我们经常一起去庙里。
她是真像个从天而降的人，浑身上下有底气，让人觉得佩服。

连吃瓜子都不凡！

欸?

这是……

是观音呢……

……

她见过庙里的观音打哈欠。

打个哈欠怎么了，观音坐乏了，
恐怕还会伸懒腰。

那时候我男人病了，我去算了一卦，结果下下签。
她说没事，菩萨疏忽了，后来果真好了。
庙少人多，菩萨忙不过
她没空定我们命的。
……
那时候她住在景区里呢。
在那边盘了一家店，做竹篾的生意。

有个篾匠，本来开客栈，她觉得人家手艺好，
说服人家做，她替人家卖。
本来觉得现在人都用塑料了，
没想到城里人倒是喜欢买。

……
后来走，说是在庙里算了一卦。
说让她回乡。

回乡？
我觉得是她自己要走，只知道是往东走了，具体可不晓得了。

东？

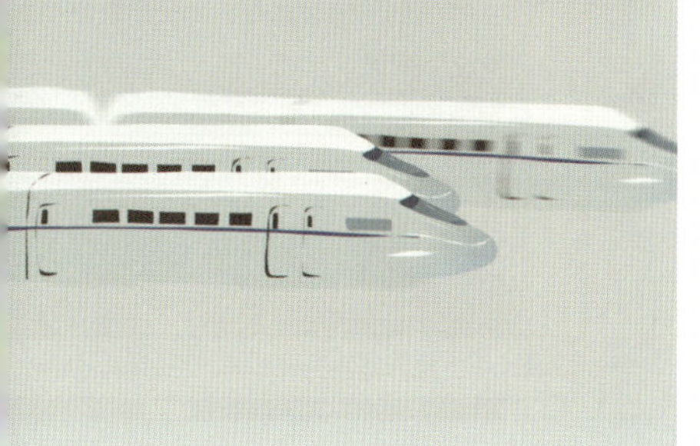

她说外婆回老家了，可老家不是往西吗？

她说的应该是，我和你外婆小时候的地方。
……

……

欸？

难道……那个烟泡泡？

……

欸？

观音？

……

赵启智
她回来过的，回来过的。

赵启智
就一年前吧。

小卖部
烟酒
果然啊……
你也没怎么变啊……

别看他现在，像个卤鸭架子，以前可是个狠角
啊？你们说什么？

没什么，说你是我们老邻居，小时候一块玩。

噢，我耳朵不太好了。

走近我看看，长大了呀。
你小时候，我还抱过你呢！

烟酒副食
一流超越
我来过这里？

百货
老村長
一流超越
来了呀，那时候才两三岁吧？
你妈妈也来了。

……

我记得她小时候，长得像个洋娃娃呀。

……
小时候眼睛大大的。
是啊，亮晃晃的，简直能照明。

现在长得像，像蝉？

?!
老喜欢驼着背嘛，还老搓手，像苍蝇那样搓手。

喂！我能听到的!!

她说什么？
说乡下空气好。

是好啊！

……

……

老侯在做什么？
还在坐牢吧？

哦对，还没出来，还要多少年
还有个二三十年吧？

那个土包包是吴友德，还记得吗？

好多年了吧，他儿子也不好好弄弄……

他儿子比他先没的。

叽叽

……

这就是你们以前住的了。

果然又不在这里……都看不出有人住。

好像预料到有人会找来似的，
外婆到哪里，行踪都像是在压水花。

你跟她还是不一样，你记性更好。
很久以前的倒还记得。

她就不一样，我问她，她说都记不得了。
忘咯，忘咯，总这么说……

说得就好像，把事情都忘记了，人才干干净净。
她那是装的。

在我看来，她还跟过去一样，单纯，什么都不懂。

……
年纪一把，倒涉世未深啊……

……

她回来，是主动联络了你？

你问我们怎么碰到的，说来还有点羞愧。
嗯？

去年那个时候，我这心口啊，总是不舒服。
子女又在外面，一直拖着没去检查。

不想一个人去做检查。
唉。

嗯……

有一天我啊，就产生了一个感觉，一个念头。
那天下午，我就溜达到了我们以前住的地方，想去挨个敲敲门。

都没有人应，但是，敲到你们家……
……

也是意料之外，刚转身要走，只听到门啊，吱呀一响。

我都有点恍惚。

到这个岁数，竟想不到，有这样的事情。

人少年时爱慕过的人。

到老年，能让她陪自己去医院检查身体。

觉得人生多少还是有罗曼蒂克的啊。

你喜欢过她？

……

……

天色阴阴的，偷偷瞟过去，老人竟然红了耳根。

丰沛的感情是怎么保留到老的呢？

人会老，但耳垂却好像始终是年轻的。

是这样吗？

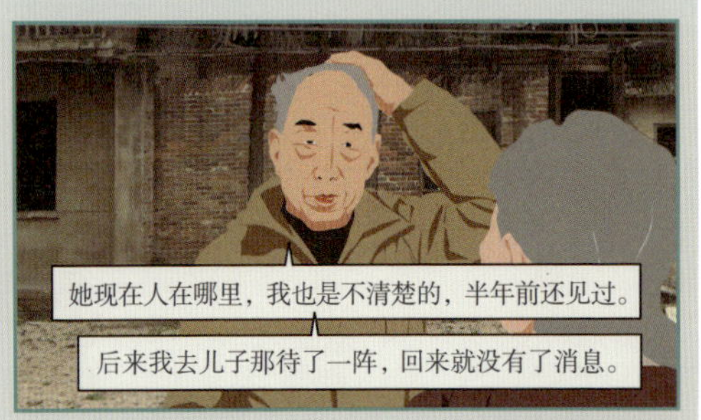
她现在人在哪里，我也是不清楚的，半年前还见过。
后来我去儿子那待了一阵，回来就没有了消息。

……

半年前啊……

……
……

那……注意身体啊。
淅沥沥，对吧，小时候。

淅沥沥，哗啦啦的，是什么啊？

你以前是淅沥沥，她是哗啦啦。

小时候的小名，我是大雨，她是小雨。

……
我现在啊，是滴滴答！

但我才是哗啦啦啊……

上姨婆闷闷的，带着有些疑惑的神情。

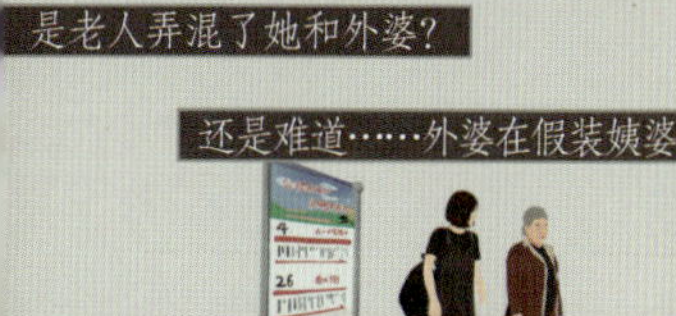
是老人弄混了她和外婆？
还是难道……外婆在假装姨婆？

我忍不住这么想了想……

……

哟，忘带老人证啦？
啊？

……

……

……

哎呀，帅傅。

不只忘带证了，最近记性老不好……
师傅我是要在哪站下呀？

平时我在哪里下来着……
哎呀。

……
这是在哪啊……

……

你看。
嗯？

玉萍裁缝铺

玉萍
裁缝铺
电话：7758522
缝 纫 干 洗

订
请
闲人免入
制

孙姐你回来啦？
欸？
霍伟

……

不对，我好像知道您是谁，您是孙姐的姐姐？

说话的声音……
是……男的？

乎终于找到外婆行踪的最可靠地点。

王洋
裁缝铺
外婆开的裁缝店。

……
霍伟

我叫霍伟，正在改名叫霍薇。

半年前我过来，最近都我在打理呢。
她应该快回来了吧。

出去都两个月了，裁缝的采风，上次一个月就回来了。
我是联络不到她的，回来了我给您打电话？

……
没事，这一阵就待在这里吧。

干洗机
嗯？

噢，那是她的袋子呢。
我也没收拾过她的东西。

什么嘛……什么都没有，除了……

果然是姐妹……

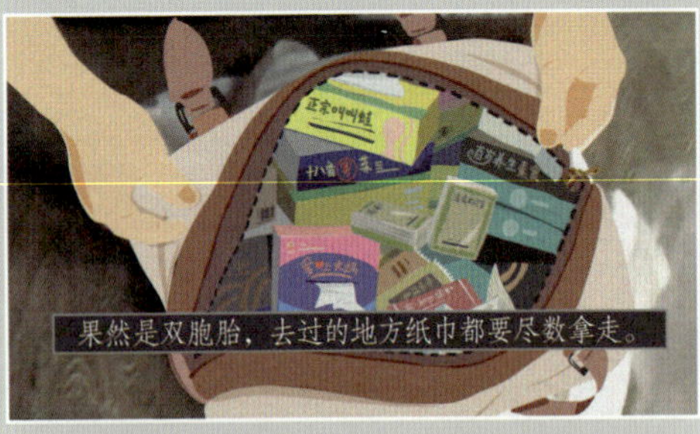
果然是双胞胎，去过的地方纸巾都要尽数拿走。

外婆的袋子里，满是印有各家餐馆包装的纸巾。

付了钱当然要拿走。

有的好像还是挺贵的餐馆呢。
……

……
她还真是会享受啊……

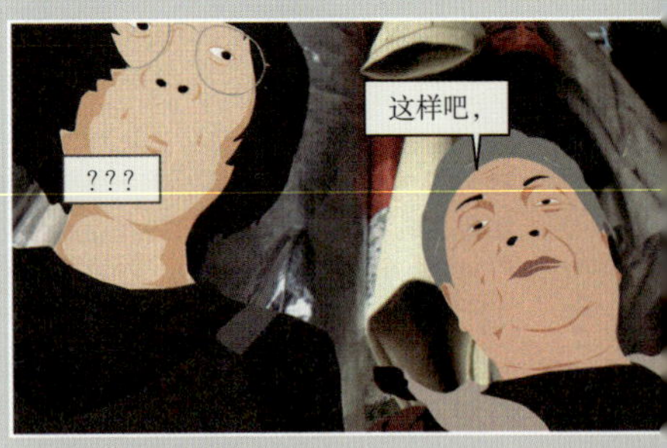
???
这样吧，

我们也去吃一遍……

我请客，去把你外婆吃过的东西，都吃一遍。

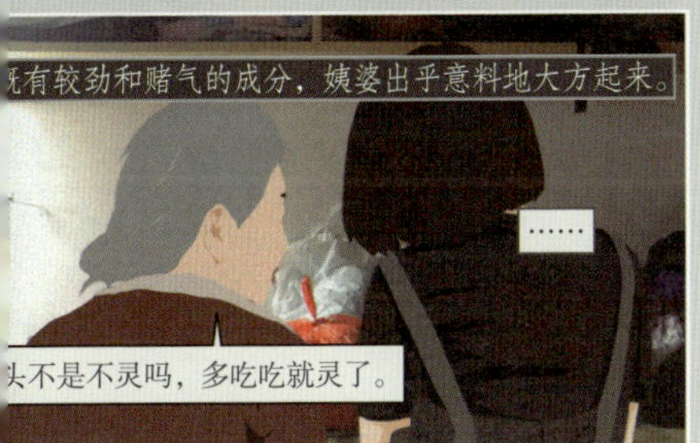

有较劲和赌气的成分，姨婆出乎意料地大方起来。
……
不是不灵吗，多吃吃就灵了。

呃……
你也不忙吧。

和我们一起。

命令的口气啊……

接下来的这段日子这样概述也可以。

好！撑！啊！

好！撑！啊！

吃不下的打包！

这个算了，我不吃我拉不出来的东西。

姨婆好像很有决心。

那纸巾大致一数就有五六十种，

要花不少钱，有的一查，还得驱车去周围的城

部分馆子还极偏僻，不像是办事顺道来吃的

外婆为了吃肯这么麻烦的？
姨婆较劲似的，也肯这么麻烦。

还有三桌到我们。

……

你外婆那时候会号脉。
嗯？

号着脉，问你外公晚上做什么去了。

我知道，我听孙姐说过！

你外公抱怨说，测谎仪。
测得准吗……

不用测也知道。
那时我非安排她和你外公相亲，是我看走眼了。

……
难怪那次和孙姐去进布料，她会说什么……

年轻的时候糊里糊涂的，
人生的方向盘握在别人手里。

……
……

料
理

以前是在银行上班？你？

柜台职员，每天穿着正装。
会因为给领导倒啤酒时倒出过多的泡沫而气馁的那种……

那怎么来这里的？

第一次来这家店，是来做衣服的。
鼓起勇气，打算给自己做条裙子……

白裙子。
给谁做呢？
给我做。
量一下吧。

孙姐她就是一副很平常的样子……

……

之后常来就熟了……我觉得这是个
可以让我舒服的地方，所以吧……

挺美的。

……

她到底什么时候回来呀？
所谓裁缝的采风，是什么啊？

就是采风啊，真的是出去找风了。
风？

这么好的微风，衣服穿在身上像累赘呀。
那要是衣服像风那样就好了。
衣服就是微风本身……
衣服穿在身上像微风本身！

她说她要吹吹各种各样的风，真是疯疯癫癫的。

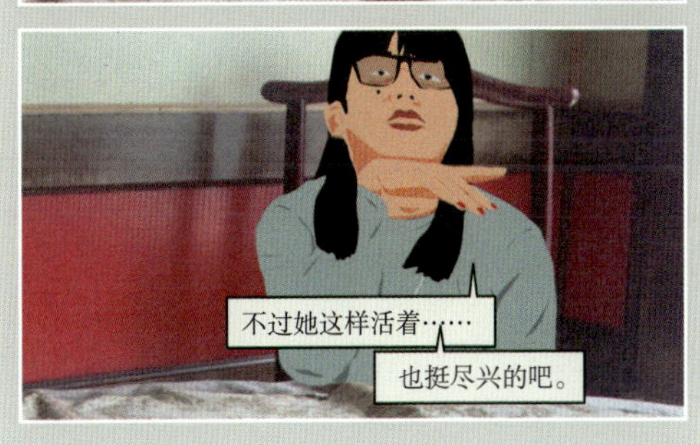

不过她这样活着……
也挺尽兴的吧。

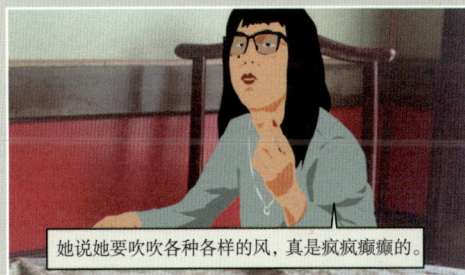

……

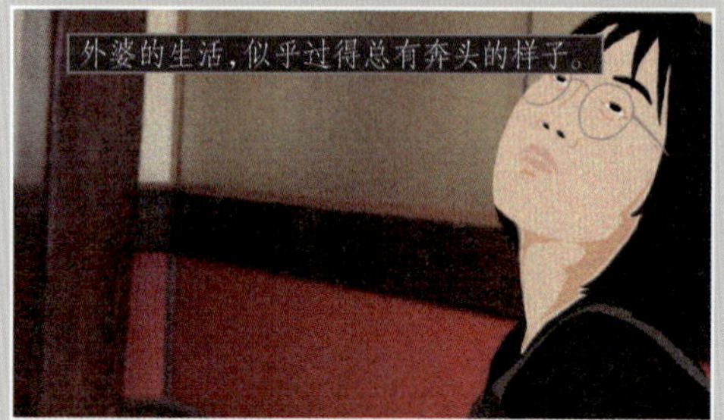
外婆的生活，似乎过得总有奔头的样子。

而我一想到接下来长长的人生，

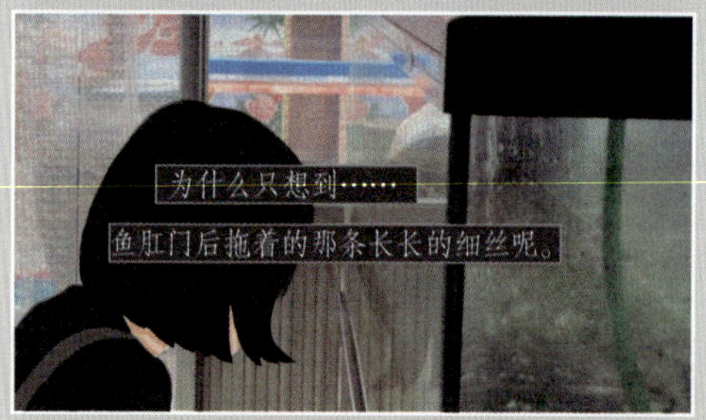
为什么只想到……
鱼肛门后拖着的那条长长的细丝呢。

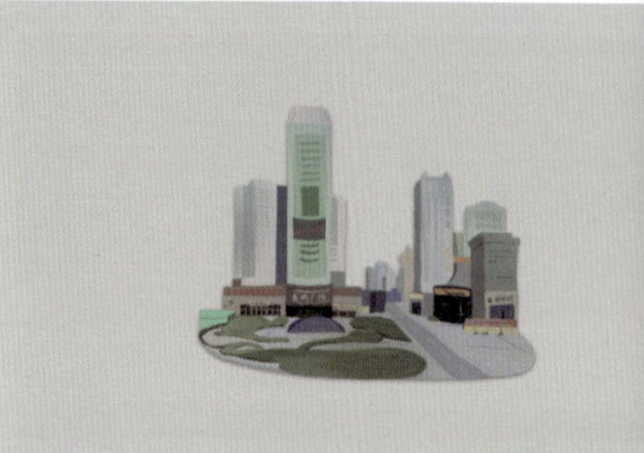

这段时间除了四处吃，偶尔也帮小薇在店里做点

麻辣师娘
79X

妈妈打电话催，怎么还不回来，却没主动问到外婆
我提起来，妈妈就说留个信就行了。

那万一又跑了呢？

妈妈说把姨婆带回去，带不回就自己回。

说是安排了吃饭，和将来单位的领导。

用的再次是命令的口气。

不许走，我也是命令。

可我还有最后一个证要考，也不能一直等下去吧。
你不是一直说那些没意思？

而且我那天在外头被跟踪了，你在还能保护保护。

怎么可能的嘛，你看起来没有很有钱的样子。

真的呀！一个怪老头！
……

啊！就是他！
……
跟踪我的那个人！

？

别闹了姨婆。
……
快抓住他！

我跟着你……我不记得……我跟踪了？
啊对不起，她有点神经……

我记错了？

等等……可能是我记错了。
现在越来越记不得事情了……

你不是装的吧？
……

啊……
是我，是我，是我跟着你。
……

有时候会忘记自己来是要做什么，就都记下来。

幸亏也写日记。

对，我是来找孙玉萍的。

玉萍
裁缝铺
电话：7758522
……

我本来做篾匠，和她合伙做过一段时间生意。

哦，就是那个……

一路找来，也是去过许多地方了。
黄志刚

我算是单方面对她产生了爱情，当时跟她说了。

她不肯啊……

我们观念太不一样，而且
我现在不想谈恋爱。
我已经跟好多人拍过婚纱照了哦。

说得就像电视剧里的话。
可我觉得，她对我也有感情的。

那时看她在做衣服，问是给谁做。
说是照着稻草人尺寸练手。

可为什么，我穿起来刚好。
是身上这件？
就是。

那时天天要吵个一两架。

留几间房给人住就能赚钱，干什么还要做篾匠？

外婆
孙玉萍

你不是说你做得最好吗，现在有钱你就满足了？

而且你呀，算是住在一个旅游胜地，
自己倒从没旅游过？

有什么不好，别人都要花钱买票才能来。

黄志刚

我没什么不满意的。

呵。

冷笑什么。

轻易知足，那人生太轻了。

轻得像个没装东西的塑料袋子，风一吹就没了。

外婆
孙玉萍

……

我是还要装点东西的。

还好这都记了日记。

外婆是这样想的吗……

后来她就走了，基本是不告而别。

怎么想到要找她呢？

这一年来，觉得自己越来越容易忘记事了。
被她一激，虽然嘴上不讲，但是心里逐渐也不甘心起来。

要真等连自己家都记不得在哪里了，出来就回不去了。
就决定，我就出来走一走，也找一找她。

是这样一路找了过来。

一路也辛苦吧……

是这样又过了几天。

我在妈妈打来的电话和姨婆之间制衡，
又感到姨婆仿佛在和我斗气。

饭局都约好了，懂事点！
后天，我给你买好票了赶紧回来。

今天是个特别的日子。
？

霍薇
我改完名字了……
今天起我就正式叫霍薇了。

庆祝一下！
恭喜呀小薇！

和霍伟说再见……
霍薇

嗝
……

今天穿的裙子太紧了，站起来正面还是会鼓出一块呢。
呃……

你看，在我们这个社会里，
人与女人的骨架其实相差无几，下半身的服装却完全不同。
男人穿裤子和短袜，女人穿裙子和丝袜。

过去在银行的时候，
总觉得，躲在那一身男西装里才安全。

不被指指点点，不被别人唾弃。
……

后来呢，还是觉得，不能继续那样了。
怎么觉得的？

我有过一个喜欢的人……
当然他不可能喜欢我啦，只是普通的同事关系。

可我们牵过一次手。
哦？

点火，那是唯一一次……
点火？
嗯，点火……

……
……
……
他握了我的手一会儿。

应该说，比正常时间要更长一点……
……

那时我几乎快要哭出来，
不是为他，只是觉得自己很卑微吧。

是那以后我觉得不能那样了。
……

……
拔

虽然他永远不会喜欢上我，
可我不甘心的是，自己一直就那样下去。
人总要面对自己吧。

……

……

所以现在，我是霍薇呀！

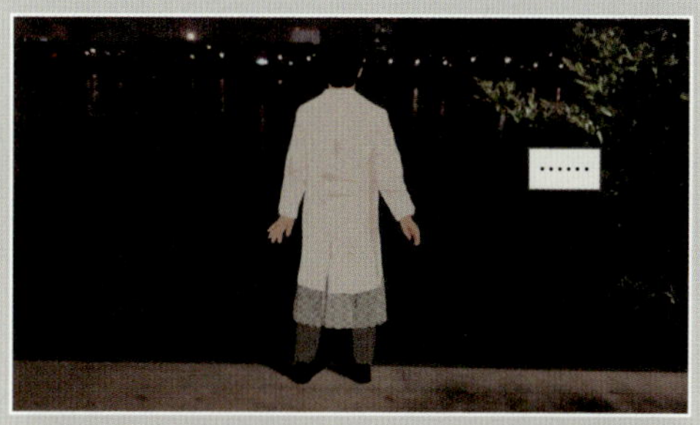
……

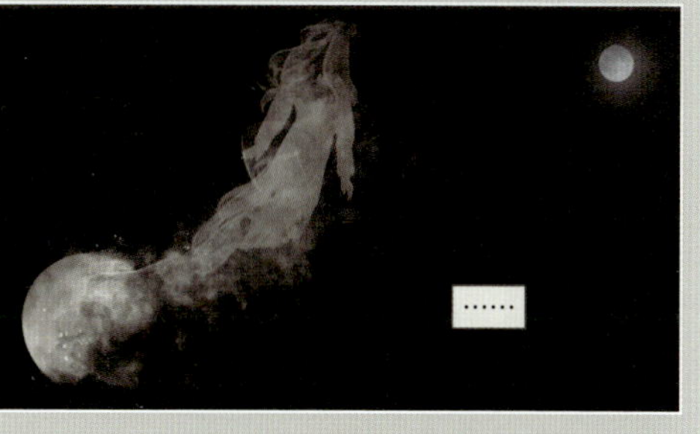
……

嗝
嗝
嗝

嗝

……
欸？你姨婆来了。

这么晚了，怎么还不回去？

快走。
是要回去了……

姨婆我要回去了……我买好票要回去了。

……

妈妈刚刚又打电话来了……

着个什么急?!

去了单位，天天和他们吃饭，无聊死你

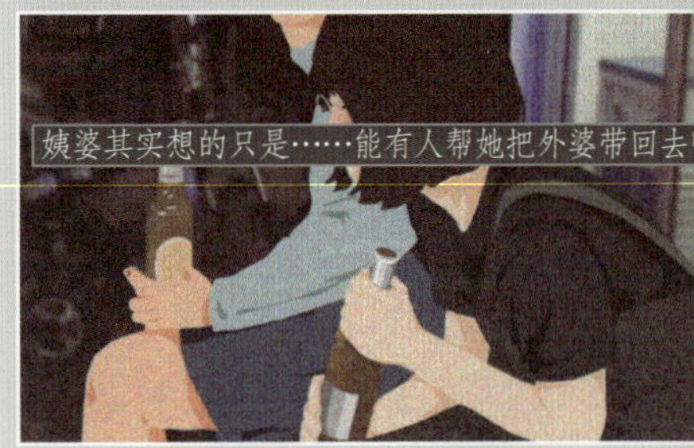
姨婆其实想的只是……能有人帮她把外婆带回去

姨婆……
外婆回来了也不会肯跟我们走的。

走了，我就更架不动她了。

我才不会跟你一起绑架外婆呢！

……
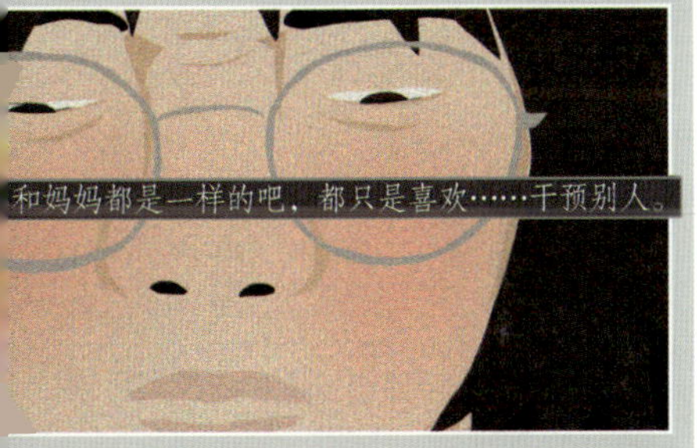
和妈妈都是一样的吧，都只是喜欢……干预别人。

你知道，
你为什么总感觉什么都乏味吗？

你压根没有自己尝过生活的滋味呢！

都是别人咀嚼过了喂进你嘴里的！

……
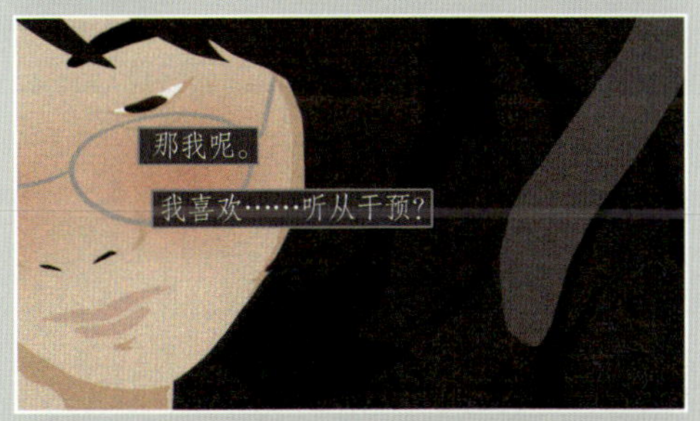
那我呢。
我喜欢……听从干预？

我愿意，好消化！

唠
……

要吐了吗?
唠

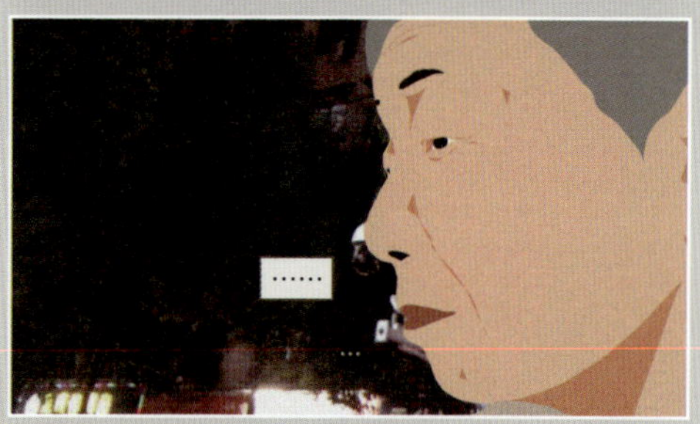
……

欸!
别跑呀!

我跟着她……放心。

……

欸，欸！

我还是生平头一次追女人呢，哎哟。
？

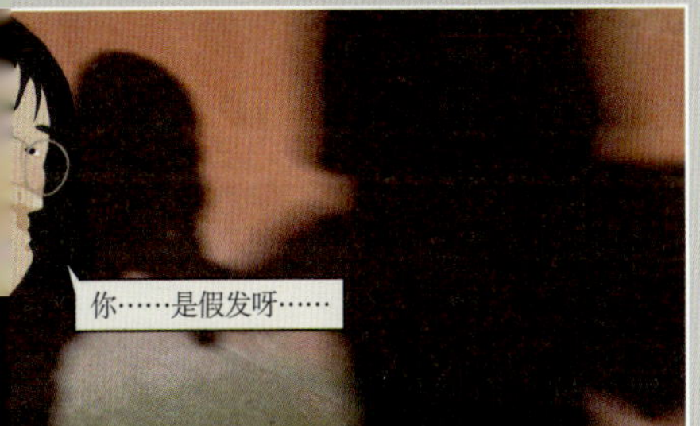
你……是假发呀……

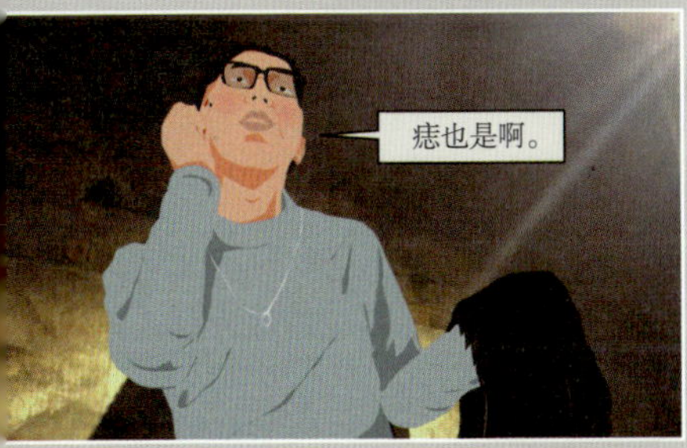
痣也是啊。

嗝
……
是你妈强迫你回去？

能说强迫吧，她也是为我好，花了很多力气……

我……也是自愿的吧。

突然想起……我也不是不能留长头发，
就是我后脑勺太扁了，烫了披下来也不好看。

都是因为以前流行说扁头好看。
婴儿的时候，我妈给我买了专门的枕头，
睡出个扁扁的后脑勺。

这也是来自我妈的一片好心呢。

欸？

……

……

他这是去哪儿?

嗯？又不见了。
每天带着那么厚的本子……应该也不会迷路吧。

……

突然想起学生时代，也有个那样的厚本子。

在妈妈的要求下做笔记，黑板上有字必抄。

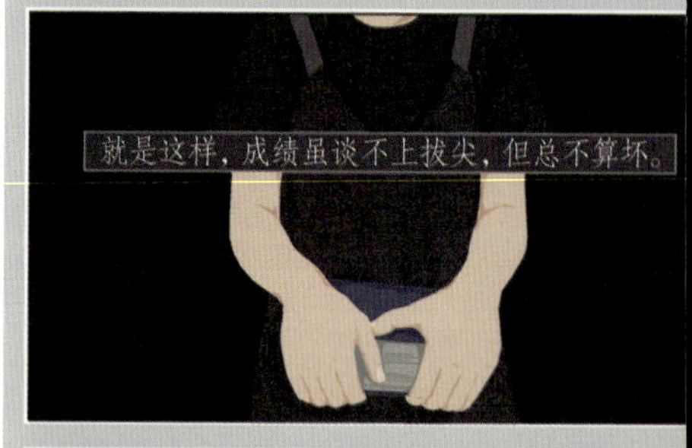
就是这样，成绩虽谈不上拔尖，但总不算坏。

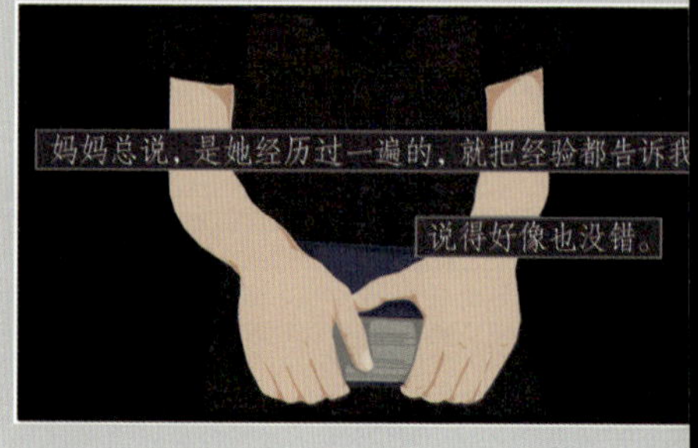
妈妈总说，是她经历过一遍的，就把经验都告诉我
说得好像也没错。

别人的指示下生活，生活好像有了现成的说明书。
少走了许多弯路吧。

那现在……
妈妈是让我照着她的生活，再抄一遍？

你刚说……回去要做那些，你是自愿的。

我也觉得你是自愿的。
嗯……

不过……
……

“自愿”和“自发”是两回事哦。

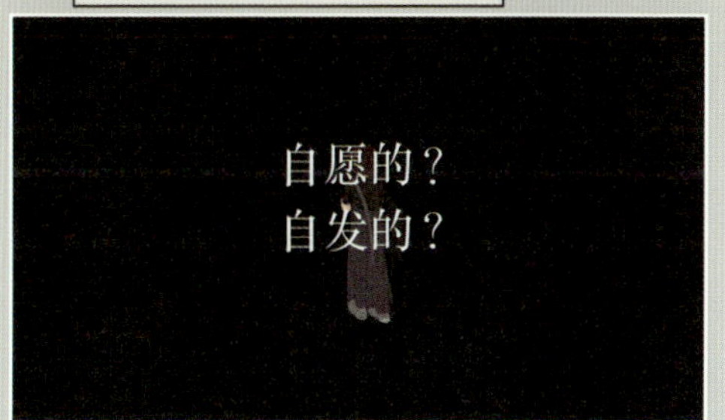
自愿的？
自发的？

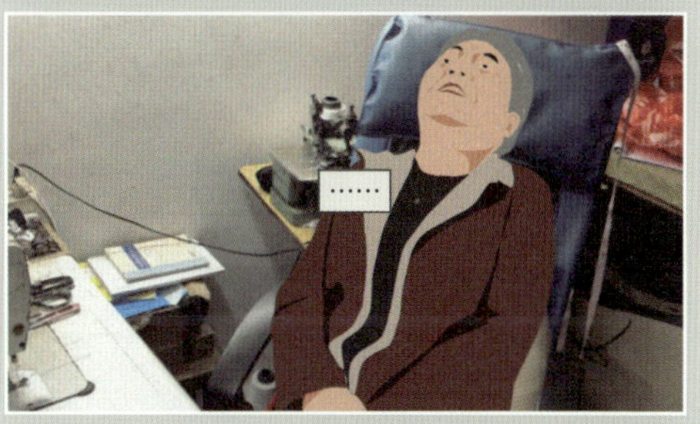
……

欸？

本来还想会不会关店了。
正打算……

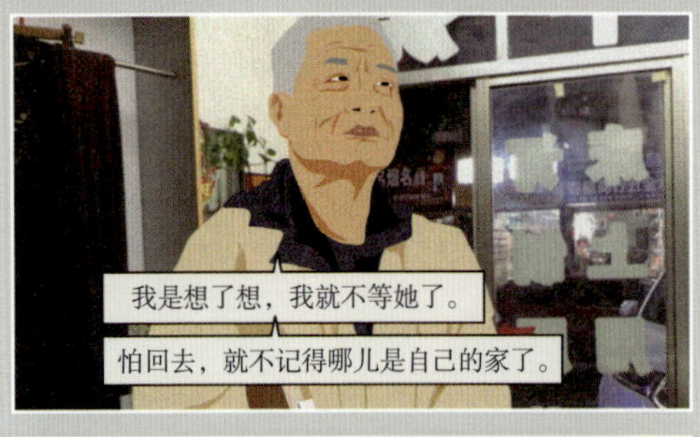
我是想了想，我就不等她了。
怕回去，就不记得哪儿是自己的家了。

而且知道不止我在找她，不知为什么，放心了很多。
……

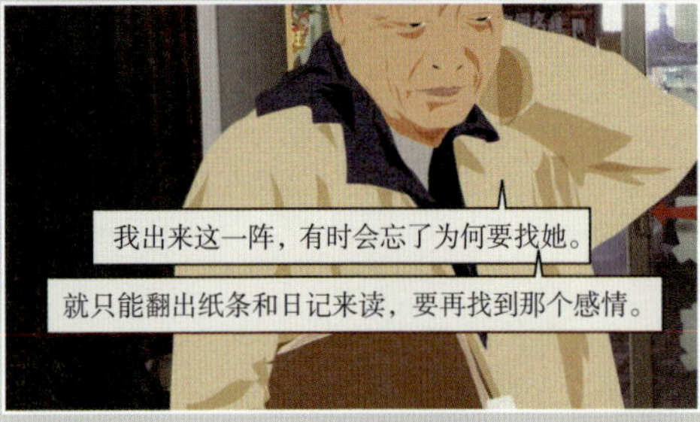
我出来这一阵，有时会忘了为何要找她。
就只能翻出纸条和日记来读，要再找到那个感情。

嗯……

欸，对，有一封她写的信留在我这里。

也不知她是压根没寄出去，还是那时退回来的

转交给你吧。

是写给她女儿的……地址都变了，寄出去也收不着。

那我……就该回去了。
……

回去，我还是打算继续做点篾匠活吧。
这脑子不记得了，手应该还记得。

注意身体啊。

……

酒完全醒了吧？
我拐过去就到了。

拜拜。
……

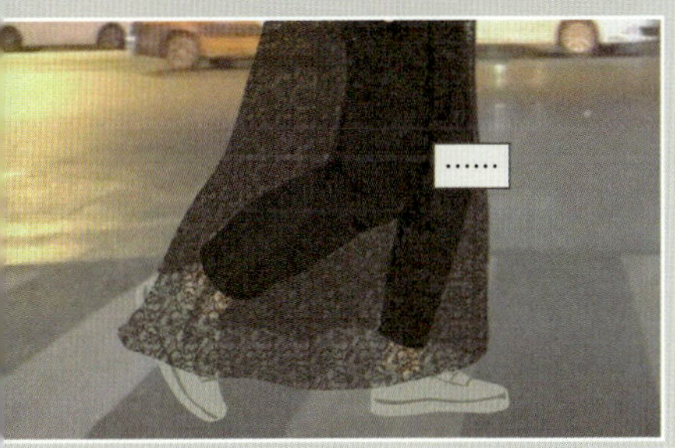
……

喂。

哦？

这个……

还是把它给你吧。

穿在身上也很苦恼。
要么就是想不起自己为什么会穿着这样的衣服。

要么就是想起来了……又觉得难过。
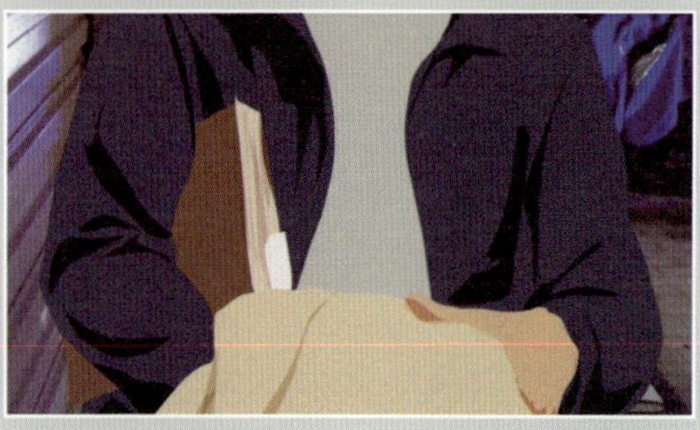

她总说，要装点东西，我是觉得没错。

但有时候……

也要放下了。

……

你看，你穿也合适。
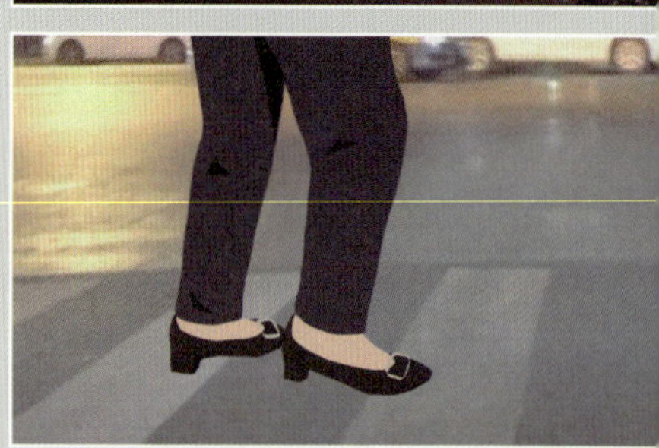

欸?

嗯?

……

我们不回去了吧。
我们回去吧。

……
……

可还没找到外婆呀。

其实也找到了吧。
……

你又不想回去了?

我觉得……
我还有东西没找到。

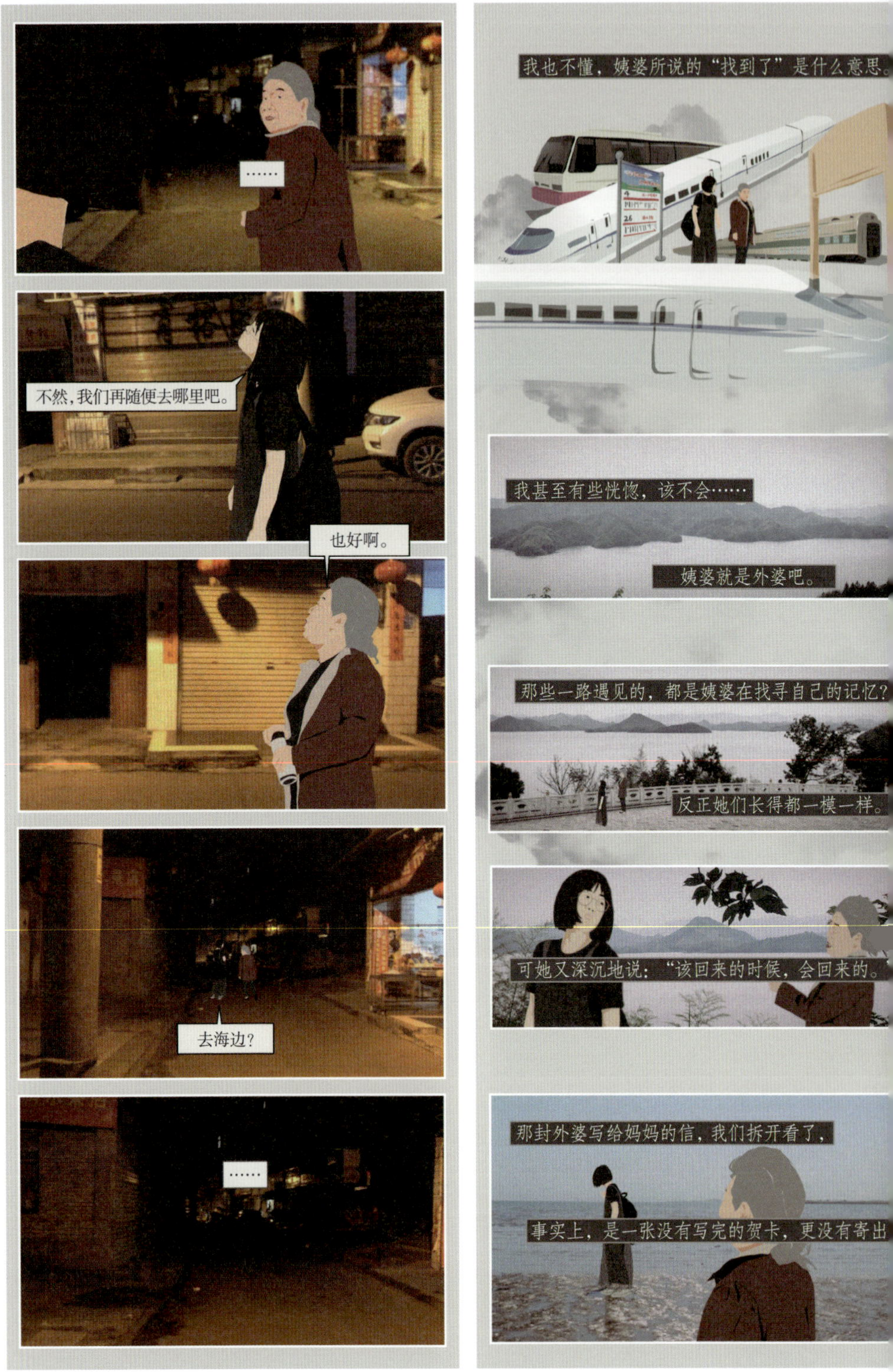

……

不然，我们再随便去哪里吧。

也好啊。

去海边？

……

我也不懂，姨婆所说的“找到了”是什么意思。

我甚至有些恍惚，该不会……

姨婆就是外婆吧。

那些一路遇见的，都是姨婆在找寻自己的记忆？

反正她们长得都一模一样。

可她又深沉地说：“该回来的时候，会回来的。”

那封外婆写给妈妈的信，我们拆开看了，

事实上，是一张没有写完的贺卡，更没有寄出

可字迹在贺卡背面的拓印倒是让人惊讶。
她够有力气的嘛，身体挺好。

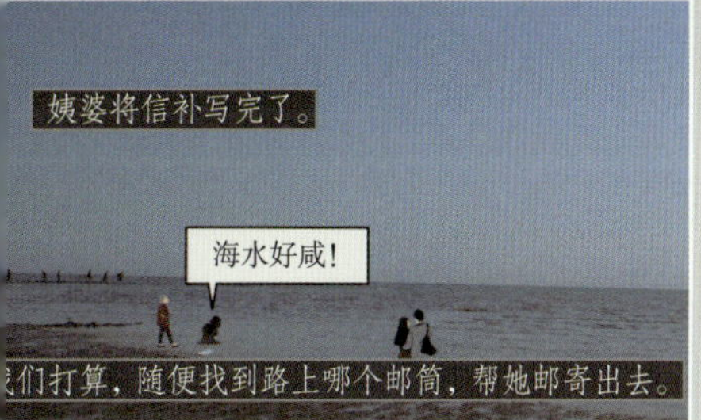
姨婆将信补写完了。
海水好咸！
们打算，随便找到路上哪个邮筒，帮她邮寄出去。

……

姨婆补的结尾是：“另外，向姐姐和小绮问好。”

哪有这样放石头的呀。
……

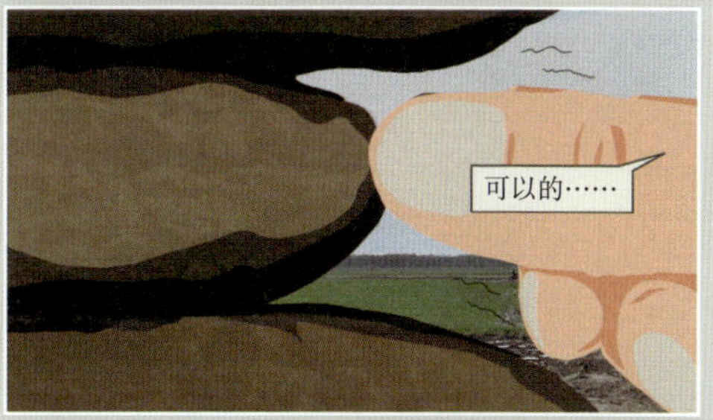
可以的……

……

走吧……

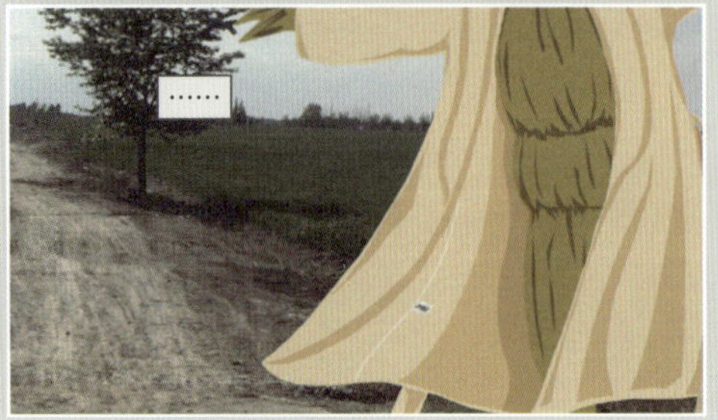

是只有无聊的人，才会去思考生命意义的问题；
还是说，
人的无聊，本就源自人对生命意义的怀疑呢？

好像弗洛姆说过：
“只要个体自发而不是强制或机械地活着，
就会找到力量与确信的位置，
‘自发性活动’让个人与世界建立新纽带，
怀疑会因此消失。”

或许乏味也因此会消失吧。

被折角的人生或书

Puzzle

记得小时候外婆教过我，
凡遇到睡不着的情况，
就依次和家里的每一样东西说晚安。
晚安。
晚安。
晚安。
晚安。
晚安。
晚安。
最近如果轮到晚班，
我也开始在离开之前，
对着店里常打交道的那几样东西说同样的话。
晚安。
晚安。
晚安。

CLOSED

呼

下班咯。

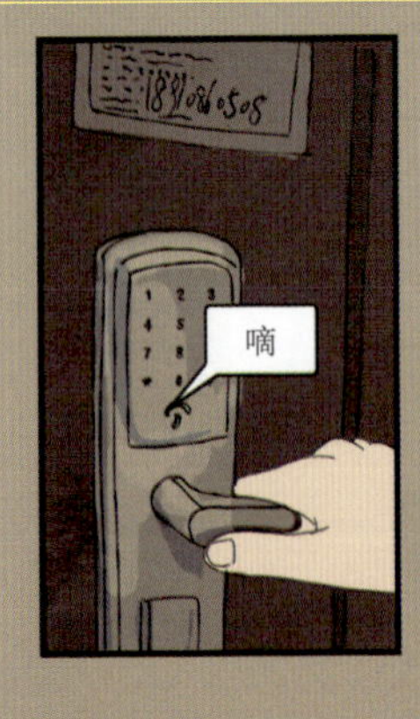
嘀

回来啦。
魏小白
26岁
广告公司策划

嘿。

今天如何呀?
还行呗……

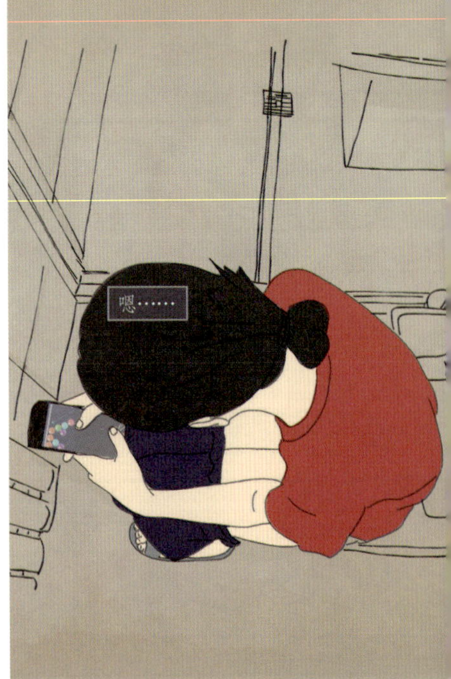
嗯……

今天啊……

剥得坑坑洼洼的水煮蛋……

撕坏了的透明胶……

要贴上前就黏在了一起的膏药……

费劲也扣不上的拉链……

还有绕着脸飞却一直打不到的小虫……

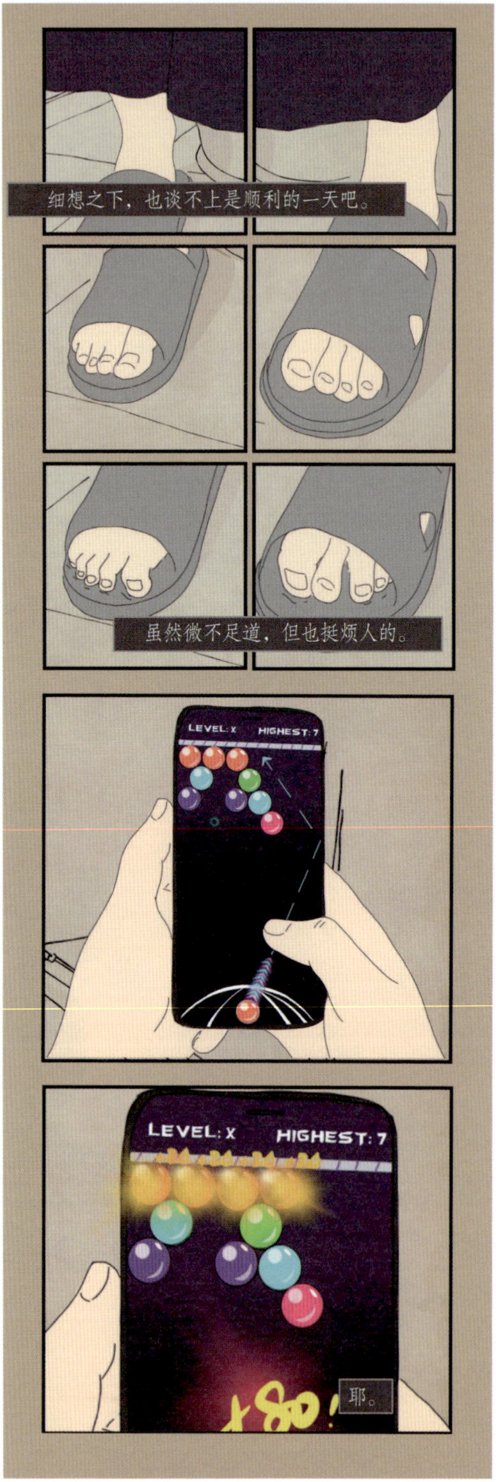

细想之下，也谈不上是顺利的一天吧。
虽然微不足道，但也挺烦人的。
LEVEL: X
HIGHEST: 7
LEVEL: X
HIGHEST: 7
耶。
唧唧唧唧唧唧 
呼
吱溜溜溜溜

有时候这一天真是……吱溜溜地就没了啊。
Lisa
30 岁
互联网公司HR
哎哟，大半辈子，都是吱溜溜的呢。
潘美华
66 岁
退休
……
不知不觉，来这家书店，已经半个月了。
“吱溜溜。”
你看我现在这手上的皮呀。 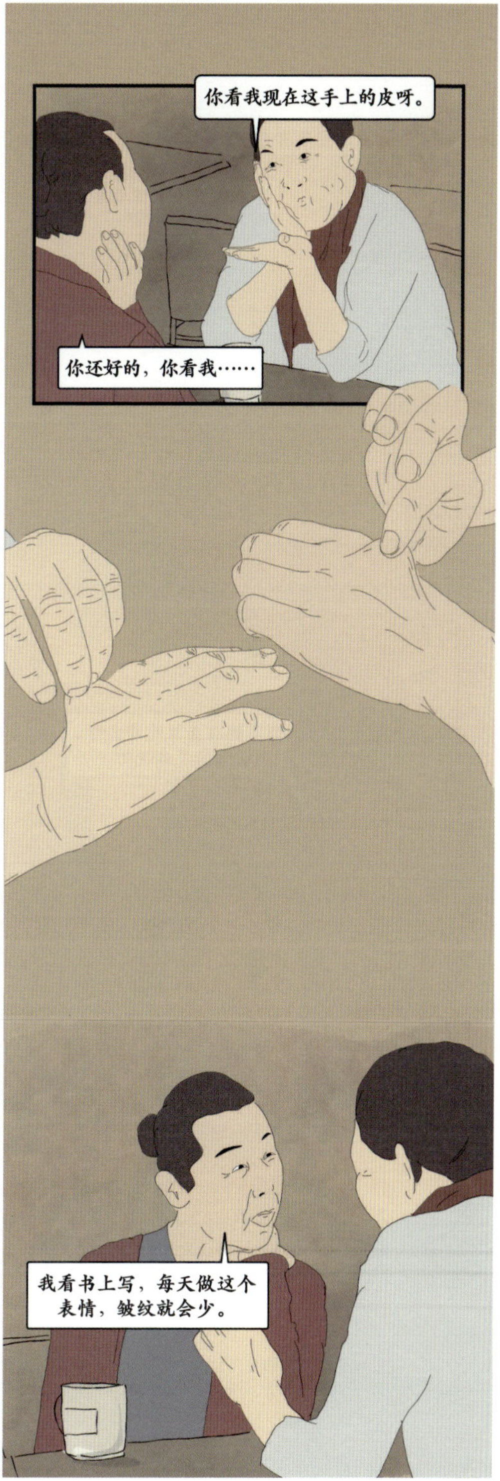
你还好的，你看我……
我看书上写，每天做这个表情，皱纹就会少。

你看，有没有变少？
那我做这个表情还更少呢。
鼓
……
你不能在店里吃外卖呀，
小雀姐来了会说的……
不要对熟客这样严格嘛。
嗝
我来晚啦。
嗯？
哦？

小雀
33岁
"déjà vu多抓鱼"书店老板

这是一家以蛋挞好吃而闻名的二手书店。

促销

因为在蛋挞的事情上帮不上忙，
我在这里做着一些相较轻松的工作。

不会做蛋挞也没关系……

小雀

我需要一个稻草人式的角色，
有人守着就好。

小雀是这里的店长，

经由她表妹的推荐，

从上个月底，我开始在这里帮忙。

魏小白

我表姐很酷的，和其他亲戚几乎都断了来往。

……

小小年纪，腹肌练得很硬嘛。

……

去，把那一堆新收进来的书
摆到高一点的柜橱上。

噢。

与其说是聘用，

倒不如说是在我最迷茫而无所事事的阶段

收留了我。

这一堆？

噗……

记得第一天来，还有过近似面试的环节。

但比起职场面试，简直就是不着边际的闲谈。

小时候喜欢什么小动物，现在呢？
……
最近听什么歌呢？
唱两句可以？
……
♫ 哭啊喊啊！！
……
♫ 叫你妈妈带你去买玩

嗯……
你没有飞沫哦。
我最怕说话喷出唾沫星的人了。
下周就过来上班吧！

回想两个月前，我还是个利落的职场人士。

非紧急 勿触动

毕业时，原本被期待成为一个很有本事的人……

但五年至今……

唉。

借过。

那个人脖子上挂着的，是前公司的工牌吧。

那种人与人之间，靠着 PPT 沟通的生活啊。

……

想起从前上班的时候，

Zzzzz

曾在下午的厕所隔间里，

听到过隔壁传来的鼾声。

大家都好辛苦啊……

Zzzzz

但关键，是乏味吧。

Line 14
仔细想想，
过去挂在脖子上的那张工牌，
EXIT
在如今的行情下，非常紧俏吧。

多少同龄人挤破头，
就想在那样的公司占有一席呢。

小心空隙
Mind the gap
所谓的“上行电梯”呗。

……

14
1
……

把工牌当作金银铜牌的，大有人在吧。

可我不是。

Zzzzz

啊！
怎么了？

眯了一会儿……竟然梦见领导了。

我崔姐？
魏小白

不是，是以前的总监……
啊……一定是因为在地铁上……遇见前公司的人了。

前总监是个武断专横的人。

丁骏
35 岁
互联网公司销售总监

嚼起口香糖来也孔武有力。

呵。

想好了吗？

有时看到他规律张合的下腭，

会觉得，

他是在咀嚼我的脑子

之后打算呢？

休息一阵吧……然后试，试试看……
要当着这种“效率优先”的成功人士，

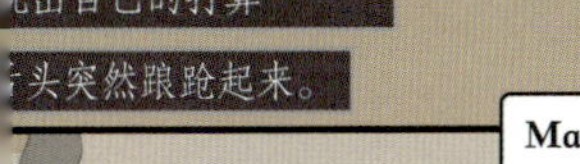
出自己的打算……
头突然踉跄起来。

Max，开会了。
啊，我就来。

想要试试看……画画。

……

déjà vu books
déjà vu books

déjà vu books
déjà vu books
现在人们都不读书了。

多久会想到要来找一本书。
多半还是先想起要给冰箱除霜吧。
所以我们卖蛋挞很重要。
不然店真的开不下去。
是哦。
嗯。
散着头发的胖女孩坐在吧台的一角吃蛋挞，传来大扫除的间隙，水池里洗拖把的声音。我坐在对面这样写她，她知道了大概会生气……

真是的……就是蛋挞太长胖了。

Lisa
30 岁
互联网公司HR

今天最后一次，明天开始减肥！
明天吧。

明天再来见证下一次“最后一次”
啊，又撕坏了……

……

嗒

嗒

嗒

郑来
11 岁
小学在读

掉哪儿了？

？

滚进去了……

欸……听声音就滚到这下面的呀。

下次找到给你哦。
嗯？

déjà vu books
déjà vu books

déjà vu books
déjà vu books

咔嚓

哎呀，怎么发给她们呢。
……
小姑娘，来帮弄一下……
嗯。

，真好，多年难得化次妆出来。
了以后要是变成三人中的一个，
你选哪一个？
戴宝石项链那位？感觉那个很贵。

我选吧……
边喝咖啡，边记得把杯沿的口红印擦掉的那位。

是哦……

你好，买这本……
……
谢谢惠顾啦。

其实刚刚有看到几个老太太的手机封面哦。

其他两个奶奶都是全家福。
只有擦口红印的那个奶奶，是一张自己的照片噢。

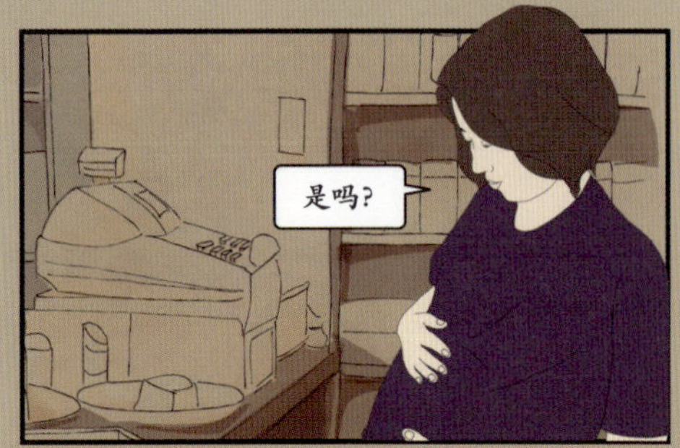

是吗？

老奶奶像是在空气里游蛙泳一样，进行着特别夸张的呼吸。

我去买个可乐哦。

是呀，

以后要变成什么样的老太太，

还真没想过呢。

不过就连现在要变成怎样……

其实我也不清楚。

好像只有一张 5 块……

……

不收?

……

逆境逆境哦?

吞了钱……又……

哎呀!

嘿，总算……

嘭！

轻点儿！

帮自己家里干点活，这么大火?！

江顺文
51岁
杂货店老板

那我不干了！

江力
26岁
待业

利店

“我不干了。”

记得两个月前，我也是这么说来着。

说出来的确非常畅快。

……

但之后吧……

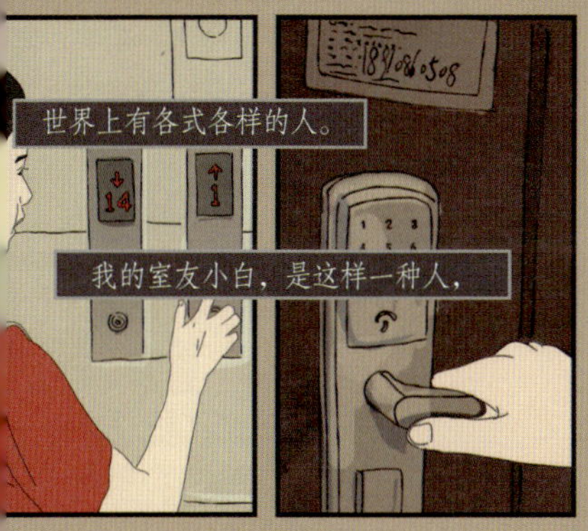

果发现家里的肥皂突然瘦了一圈，

可以问她：“又怎么了？”

意义地清洁，是小白排遣情感危机的办法。

除霜?

回来啦。

凭我的经验……他脸上那是三天长度的胡须。
所以是三天没回家吗?
……
你说对于那些男人，我是不是不够笨啊……
够的……够的。
嗯?

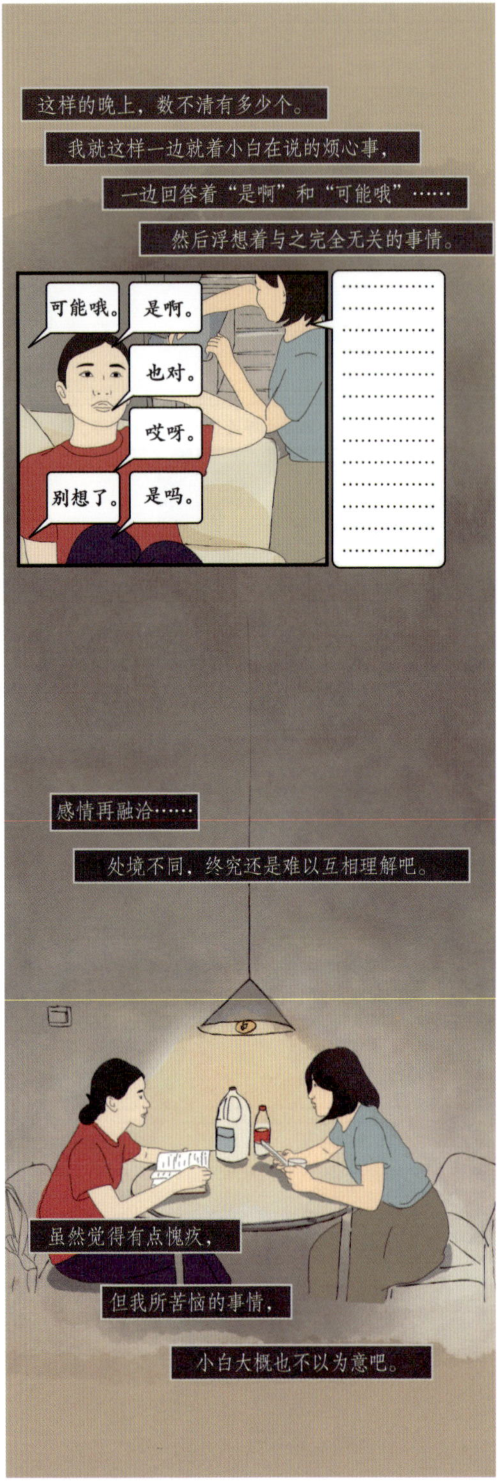

这样的晚上，数不清有多少个。

我就这样一边就着小白在说的烦心事，

一边回答着"是啊"和"可能哦"……

然后浮想着与之完全无关的事情。

可能哦。

是啊。

也对。

哎呀。

别想了。

是吗。

……………………………………

感情再融洽……

处境不同，终究还是难以互相理解吧。

虽然觉得有点愧疚，

但我所苦恼的事情，

小白大概也不以为意吧。

虽然从压抑的职场里解脱出来……获得了暂时的自

但没想到迎来的反而是一种空虚和麻木

什么？你说画画？

……

没事…

我终究也变成那种干巴巴的人了吗？

变得精明，却失去感受力。

麻木，像是神经上结着厚厚的痂。

déjà vu books

déjà vu books

所以那就是……

他就是之前说的那个人吗？
印了一批自己写的书……

偷偷装作二手书塞到这里来卖。

这家书店，既收书，也卖书。

同时因为支柱产业是蛋挞，
可以纵容客人在店里随意地阅读。

小雀姐的指导是：

用眼神督促坐下来的客人消费一杯咖啡也不错。

可爱哦。
之前经常是熊或者兔子，
最近才变成鸡的。
是同一个人吗？
是同一个。

啊，你看收来的这本书，每隔几
页都有一只被压瘪了的……
虫子……
20180608

还像死亡现场一样画了出来，写了日期。
挺有意思的嘛。
推
江力
26 岁
待业
欢迎光……
嗯。

这家店里的好处是，
除了几位熟识的客人，
多数时候，并没有"攀谈"的必要。

小雀姐也常常一整天捧着书，一言不发，

我得以有大段的自己的时间。

产检去了，

顺便去小白那看一眼。

或许是出于虚荣吧，

相对于把自己当成正经的服务生，

更多的时候，

我还在把自己当作"店长表妹的朋友"。

只是一个短期帮忙的人。

而我主要的工作，好像还是和自己缠斗。

……

不对，不是要表达这个……

是这本。

又买昨天那本，送

不是。

昨天那本被班上不知道谁拿走了。

……

可以把果汁直接灌在水壶里吗？

行。

对了，有笔吗？

有啊。

给。

笔在这儿。

……

把名字写到侧面就……

你那样写不上去的……给我。

郑来
11岁
小学在读

你看，反过来这样翻……
笔画和纸张才是顺的。

噢……

刚刚坐那儿的女孩看的书，还有吗？
《恋情的终结》？
好像是。
江力
26岁
待业
哦？ 
2067
2067
这本……是日历？
对，今后50年的日历都有卖哦。
成套的只有我们店有。
2067
要是特别想买未来某一年的，也可以单买。
只是价格就没有优惠了。
déjà vu books
déjà vu books
……

呼

阿姨，我要买蛋挞。

来了。
我要三个蛋挞。
噢，四个。
干脆六个吧？
凑一盒还送果汁呢。
六个太多了，吃不下。

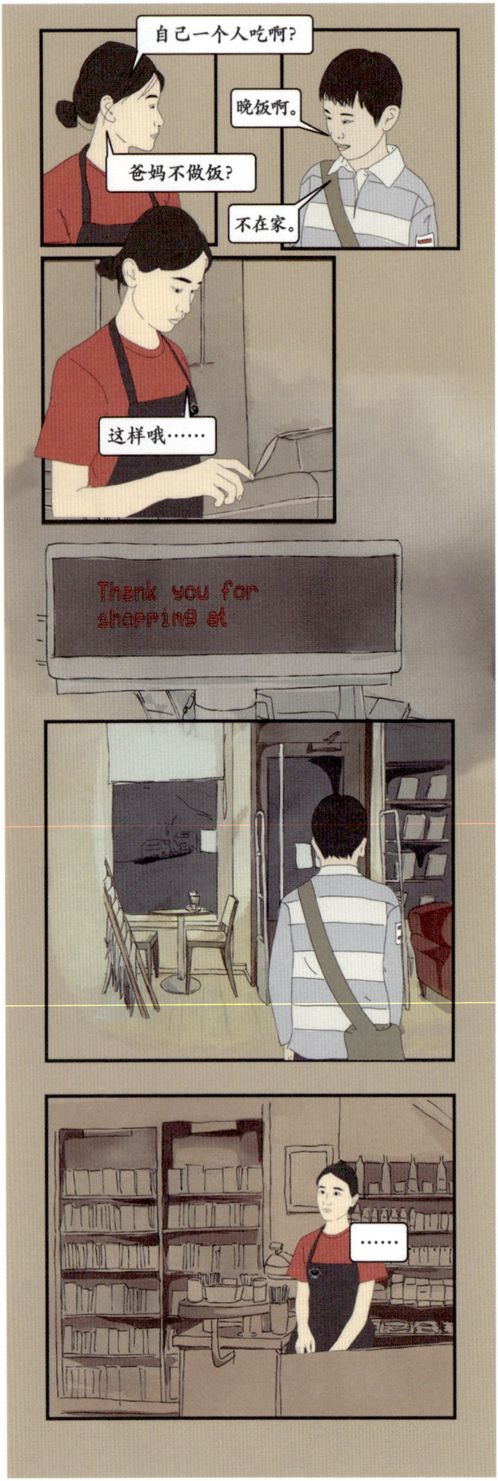

自己一个人吃啊?

晚饭啊。

爸妈不做饭?

不在家。

这样哦……

Thank you for shopping at

……

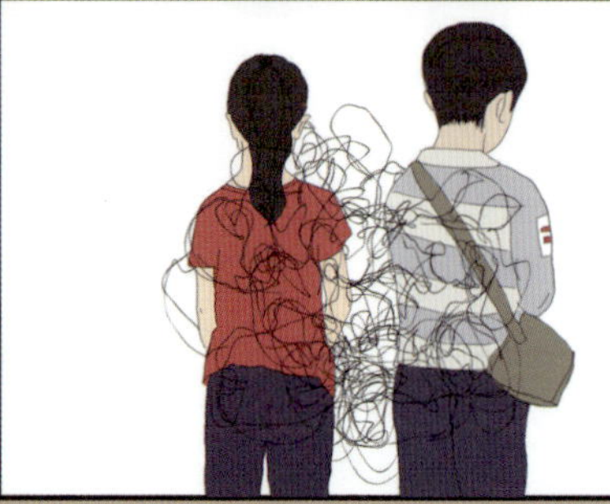

“♫ 哭啊喊啊……”

“♫ 叫你妈妈带你去买玩具吧……”

♫ 快快拿到学校炫耀吧，孩子交点朋友吧……”

孤独的童年吗……

我也有呀。

说来可笑，

什么样的人会下结论说“活着有错”呢。

但小时候的自己明明这么觉得过。

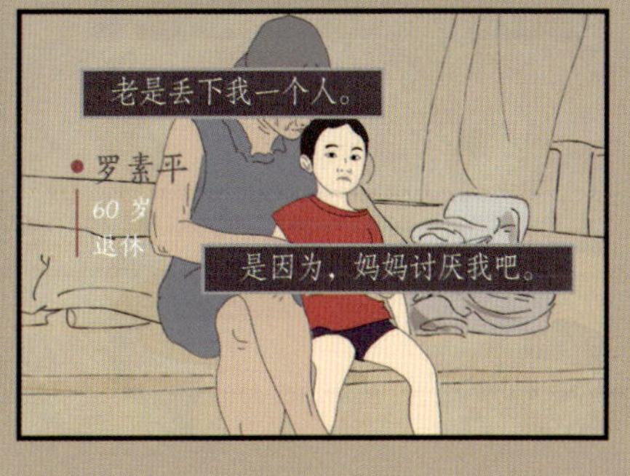

我是负担。

我是多余的。

其实我没在计较童年的经历了。

好多事情也顺利忘掉了。

但那些东西，

会因为我躲开它而顺利消失吗？

还是，只会令我越来越麻木……

我失灵了。

小白你找不到东西洗的话……
也不用把我的娃娃都……
我雀姐的丈夫是个聋哑人哦。
她和你提过吗？
都洗奔拉了……
婚礼上没放音乐，静得像自习室，窸窸窣窣的。
……

两个人在家里，都没声音，多寂寞呀……为什么呢？

为什么？
什么为什么？
嫁给聋哑人。
为什么要问为什么。
嫁给任何一个人，
都有一个为什么吧。
不一定吧。

在脑海中臆想着一段我才不会问出口的对话。

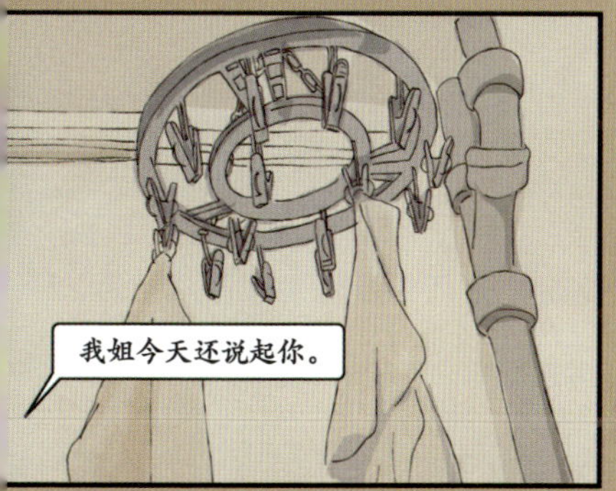

我姐今天还说起你。

说你不怎么笑噢。

……

说你没有之前店员那种
黏在脸上的假笑。

对客人。

她说很好。

……

好？

还说想在你脑袋里放扬声器呢。

扬声器？

她挺不一样呢。

好像是对任何东西都能
灵机一动的人。

想在她脑袋瓜里放个扬声器。

应该很好玩吧。

说你总是自言自语的。
叽叽咕咕叽叽咕咕……
叽叽咕咕？
叽叽咕咕叽叽咕咕叽叽咕咕……
咕叽叽咕咕……
叽咕叽叽咕噜……
咕噜咕噜咕噜……
咕噜咕噜叽叽咕咕咕噜咕噜咕噜……
咕噜咕噜……
噜咕噜咕噜……
我多余吗？
呼
也不吧。
至少……还能令人觉得好
说不定我身上，
有办法能绽放出什么呢。

……

是为了空调进来的吗?

张求实
48岁
无业

为了书。

别盯着他看呀。

噢。

……

我看店长在就……

嗯……

嗝

Lisa
30岁
互联网公司HR
今天的云飘得好快噢。

昨天好像……看到过那朵……
和昨天的那朵一样欸。

……

你剪刘海了？

剪了好几天咯。
不过你是第一个发现的。

挺好看的。

她记得昨天的云啊……

在书店的日子，有时像被踩了油门……

这本《东京奇谭集》上有你们的店名欸。

5月

déjà vu："没见过的事物让人产生仿佛见过的错觉，既视感。"

买本菜谱自己做？

这是鹿的意思。

这样呢，就是长颈鹿。

然后这样……

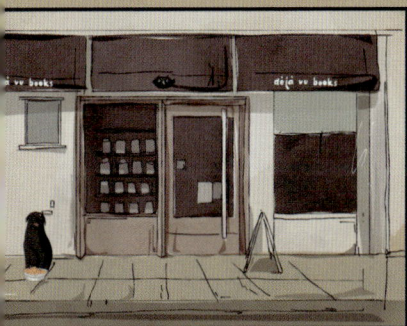

意思就变成玻利维亚了……手语很神奇吧。

6月

晚上睡觉，
楼上总有玻璃球掉落的声音……
你听到了吗？
玻璃球总是自己滚来滚去的嘛。

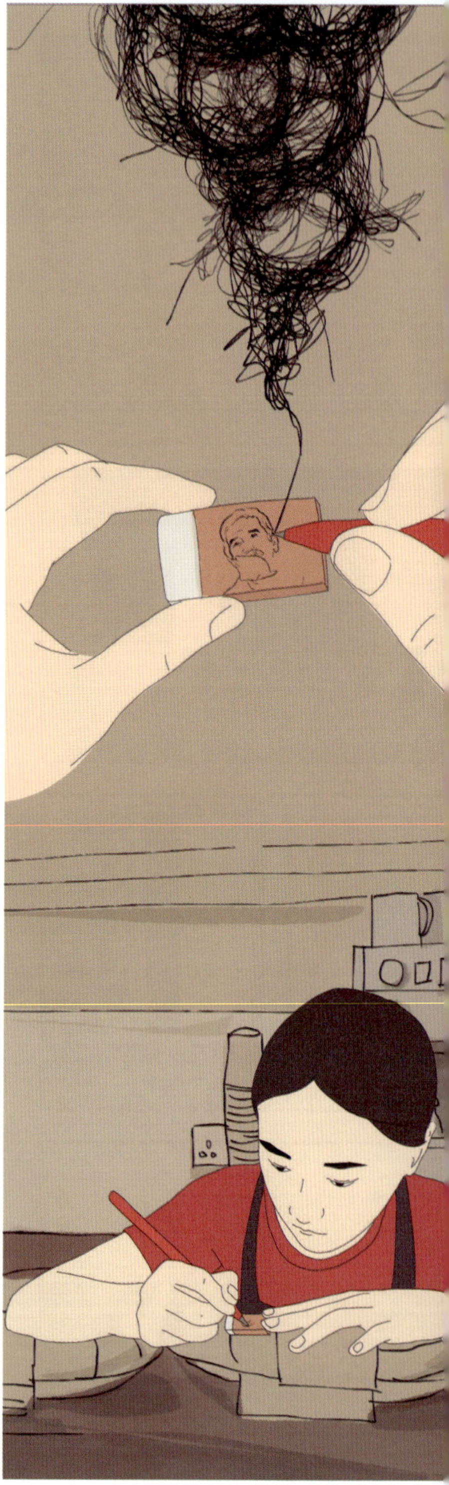

好久不见您来了呀。

哈哈，几天不来的话，
是不是就以为我死了呀。
倒是小胖姑娘好久
没来了噢。
真的戒掉蛋挞了吗？

路上见到一次，
好像居然瘦了呢。

我不去了，你们玩吧。
我在家呢。
汪宇阳
28岁
调音师

潘美华
66岁
退休
给我拿三套你们的日历吧。
就是那个……往后很多年的。
好的，全套50年都要？

送她俩……好像30年的就够了喔。
嚯嚯嚯
拿两套30年的。
给自己拿一套50年的。
哈，好。

老太太有酒味呢……
咦……

那天走在街上啊……

看见了30年前结过婚的前夫。

真是非常幸运，现在不用给另一个人做饭洗衣呀。

我这一辈子是因为我自己而度过的。

没错……

呀，您今天是生日欤，可以打七折。

是呀，太好了。

再送您个这个吧。

我画的。

糟糕。

别进来……别进来……

噢？
不是那个……
……
嗨。

丁骏
35岁
互联网公司销售总监

在这工作？
最近……在这帮忙。

……

你们对我来说，就像左右手一样。
可我的右手就不会抱怨，为何总是自己在擦屁股。

会有人买吗……
快走，快走……
快走，快走……
快走，快走……
快走，快走……
吃蛋挞吗？
要个咖啡吧，我就走了。

这工作辛苦吗？
呃，还好……
丁骏
35 岁
互联网公司销售总监

热的，低脂奶做的。
不愧做过我的手下嘛，还记得。

对了……
嗯？……

我这么多年吧……
其实见过很多你这个年纪的人，做了一些一气之下的决定。
事后其实都会后悔。

文艺一下可以，
可不要浪费太多时间。
务实点。

……

啊！
哟！

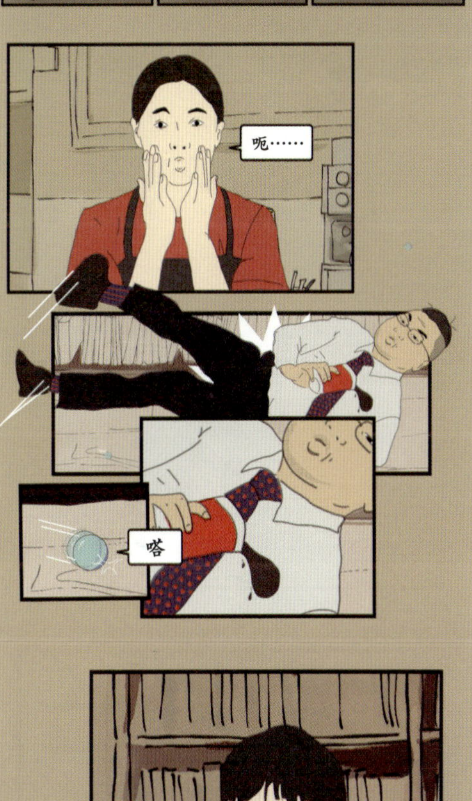
呃……
嗒
诶？
郑来
11岁
小学在读

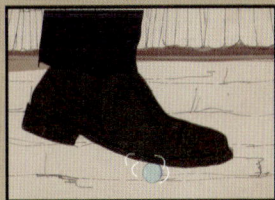

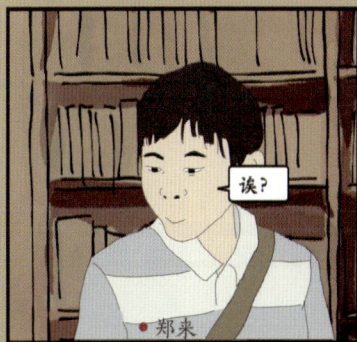

没伤到吧……

糟了衬衫……

去哪了?

又不见了……

虽然是没什么的事,

也谈不上占了上风……

但仿佛觉得那一杯咖啡

是自己泼上去的……

嘿

唉……

嘿

……

这个送你哟。
哦？

这种暴雨，有伞也没用呀。
我看也叫不到车。
是啊……

déjà vu books
déjà vu books

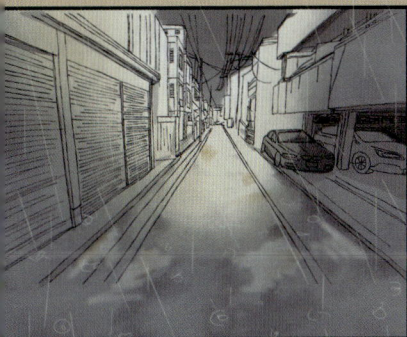

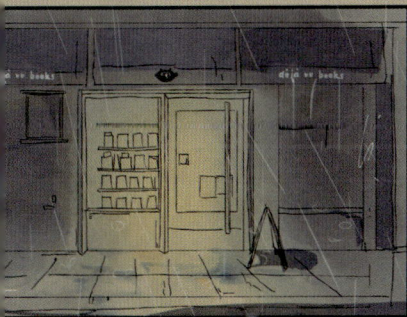

冰箱里找到的。
哎哟……挺好，挺好。
汪宇阳
28 岁
调音师

欸？
这边！

？！
阿康
25–30 岁
兼职促销员

嚯！

喝酒要是有熟食就好了。
蛋挞呢？
蛋挞太发胖了。
吉祥物老师
抽烟的吗？
啊不抽，谢
被大雨困在这里，好奇
要是有人给我们拍张照就好
吉祥物老师每天下班都不脱外套……
是因为里面是全裸吗？
Wow……好像变态色狼哦！
不……不

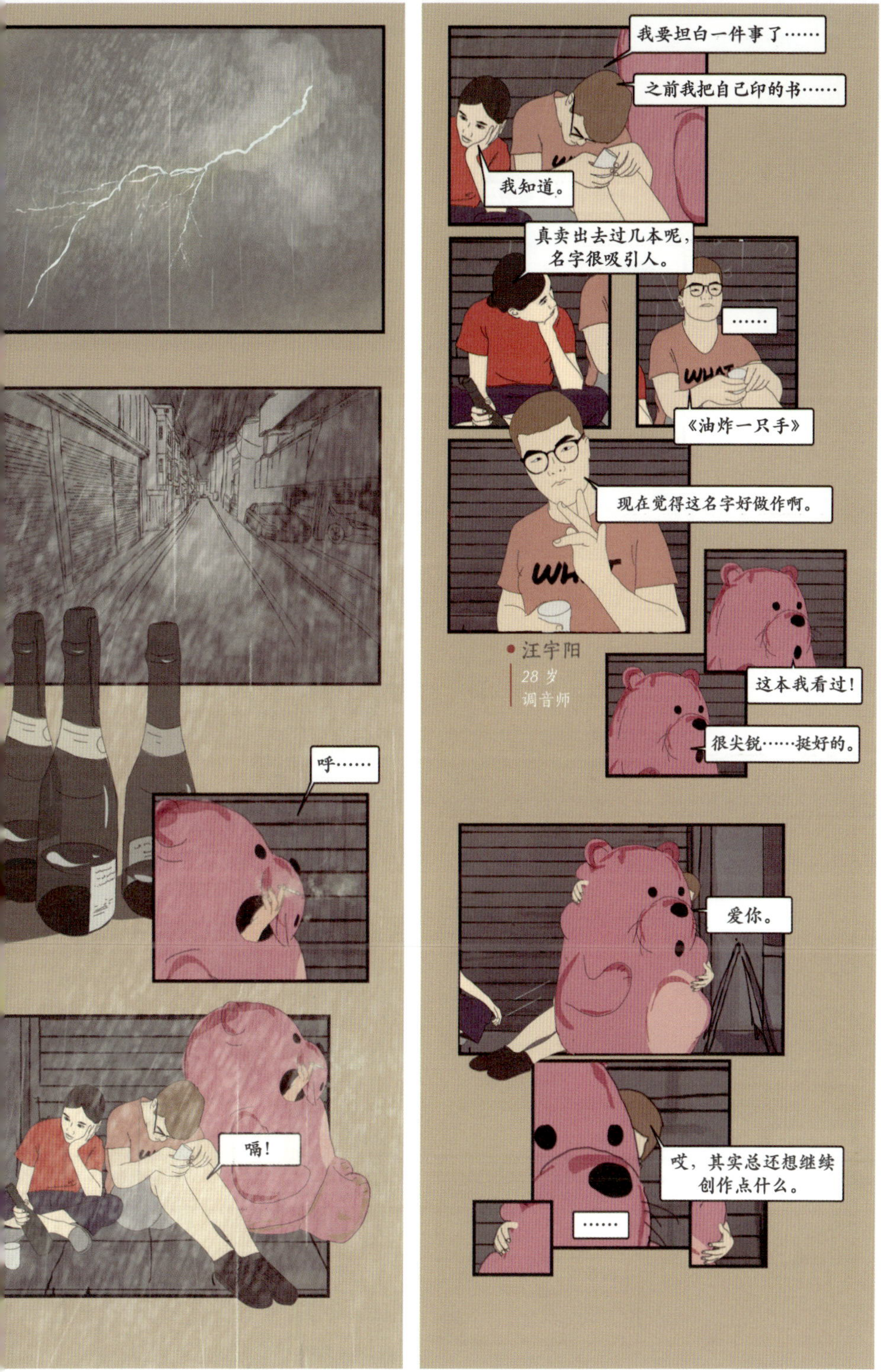

呼……

嗝！

我要坦白一件事了……
之前我把自己印的书……
我知道。
真卖出去过几本呢，
名字很吸引人。
……
《油炸一只手》
现在觉得这名字好做作啊。
汪宇阳
28岁
调音师
这本我看过！
很尖锐……挺好的。
爱你。
哎，其实总还想继续
创作点什么。
……

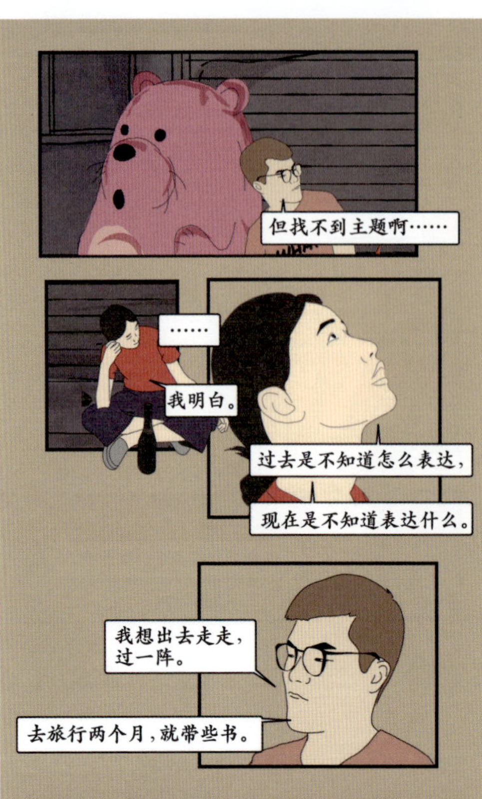
但找不到主题啊……
……
我明白。
过去是不知道怎么表达，
现在是不知道表达什么。
我想出去走走，
过一阵。
去旅行两个月，就带些书。

一个人？
是。

不孤独？

孤独呀。

……
……

所以孤独的人才会跑来你们这家店里看书
或者
或者来这儿当店员哈哈哈。

孤……独。
孤独孤独孤独孤
咕嘟咕嘟咕嘟咕
咕嘟咕嘟咕嘟咕嘟咕嘟咕嘟咕嘟！！
……
……

咕嘟咕嘟咕嘟咕嘟 !!!
咕嘟咕嘟咕嘟 !!!

不过……嗝……孤独也没有很难熬吧?

……
对常来这里的我们来说。
是噢。

雨变小了欸。
……

déjà vu books
?!
WHAT

啊!!!
啊!!!

……

déjà vu books
déjà vu books
怎么会……幸亏我们没走。
一开始在书柜边看睡着了。
我刚把这本书看完！
咦？这本……
家人不担心死了……
这么晚了，真是……
家里今晚没人。
WHAT
不过……今天看了三本书！
今天是今年最开心的一天！

哎呀，这本看完忘记放回去了。

我门都锁上了，书给我吧。
拜拜。
晚安。

寻人启示

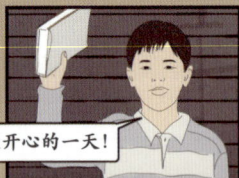

……

江力
26岁
待业

噢，可乐拿右边里面的吧。

哦?

右边的，不会喷。

哦。

刚刚那孩子在看的书……

拜拜。

……

寻人启示

……

?!

是小时候，外婆读给我的那本……

这个……

不是……

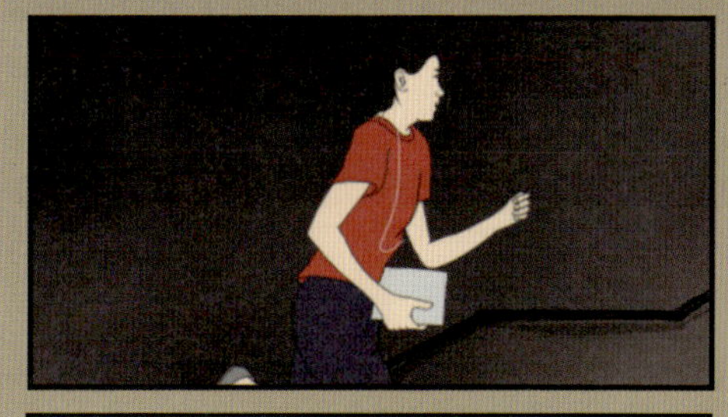
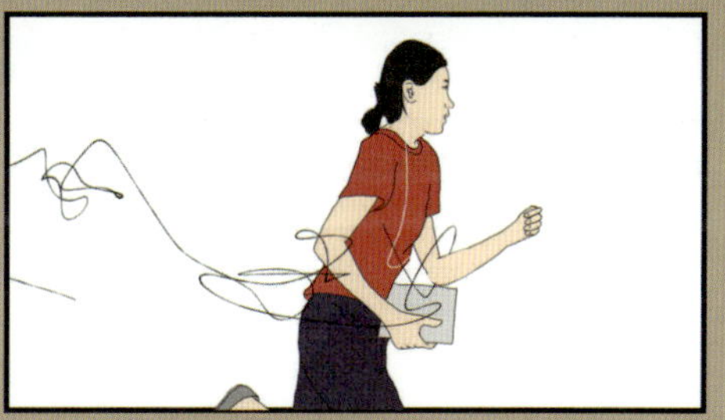

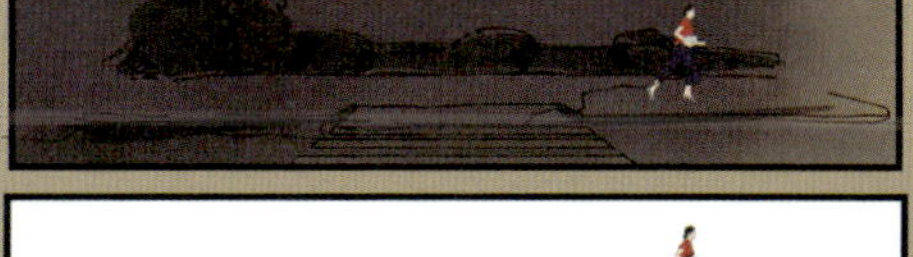

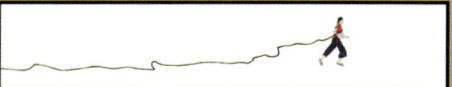

我在这家书店待了一年零五个月。

其实至今也搞不清楚……

什么是对的事情……

又或者说

是所谓“不浪费时间”的事情……

但我最终还是画出了一篇……

名为《书》的故事。

乘车
To Subway

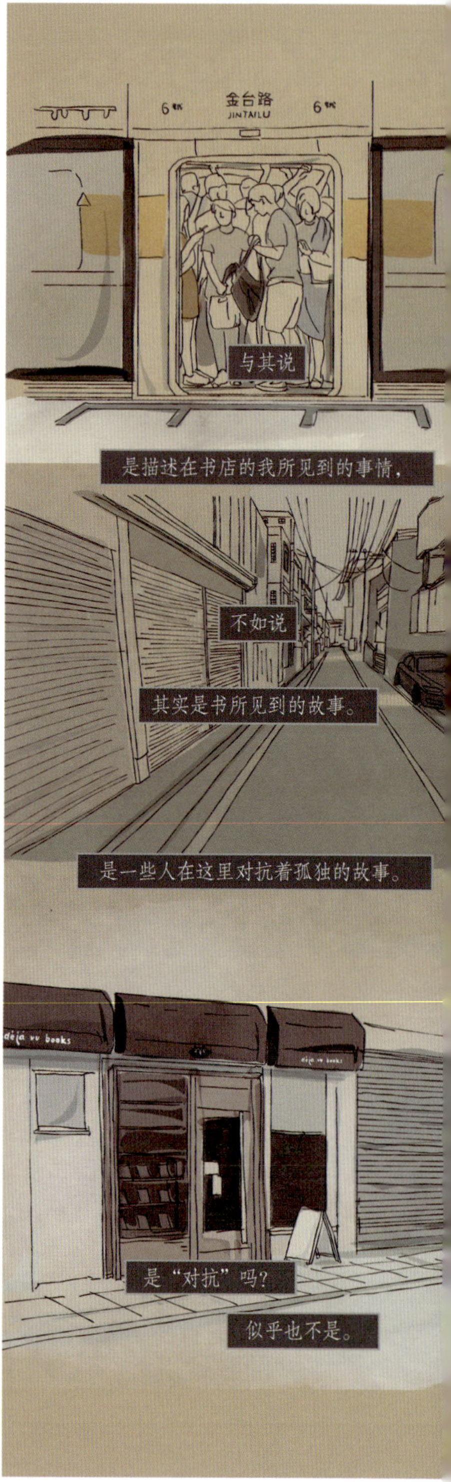

金台路
JINTAILU

与其说

是描述在书店的我所见到的事情，

不如说

其实是书所见到的故事。

是一些人在这里对抗着孤独的故事。

déjà vu books

是“对抗”吗？

似乎也不是。

«Book»

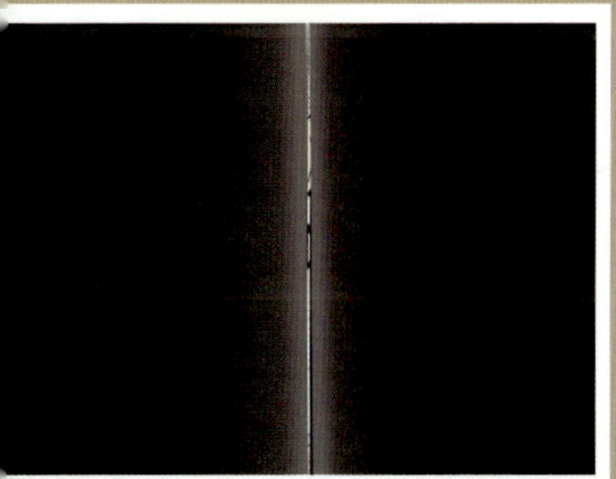

……

潘美华
66 岁
退休
这下看得清字了。

罗海峰
43 岁
停车场保安
这层还有停车位吗？
3B
出口
有吧。

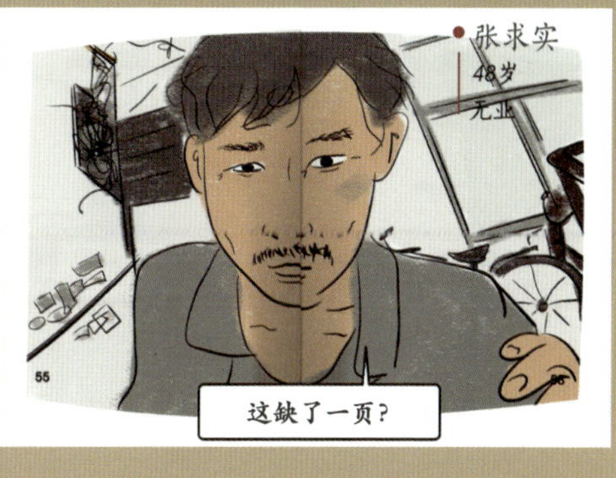
张求实
48岁
无业
这缺了一页？

Lisa
30 岁
互联网公司HR

邹玉婷
28 岁
人类学博士
下一站是……

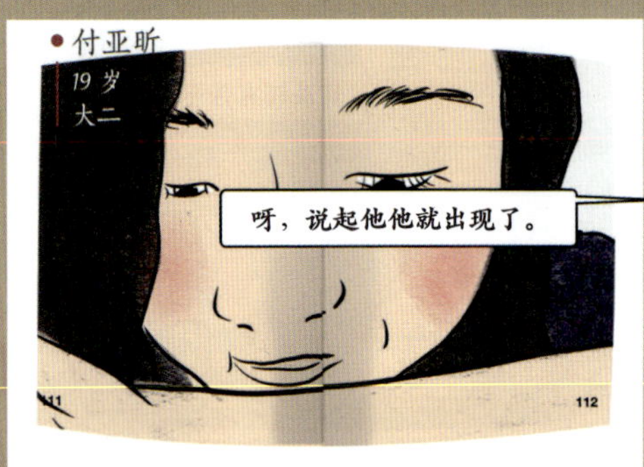
付亚昕
19 岁
大二
呀，说起他他就出现了。

看，他往教室这边走过来了！
笨呀，别盯着看呀！

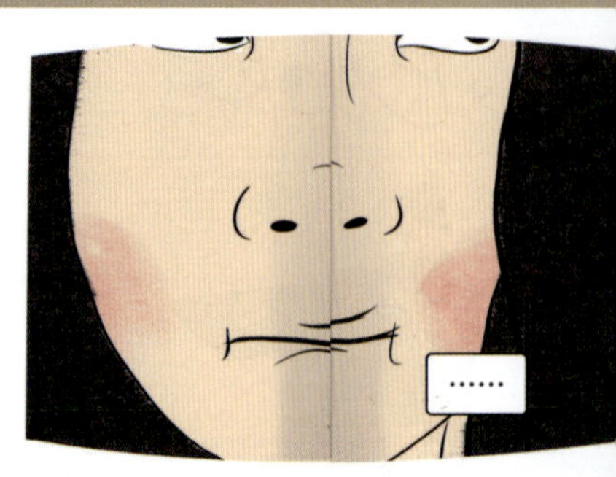
……

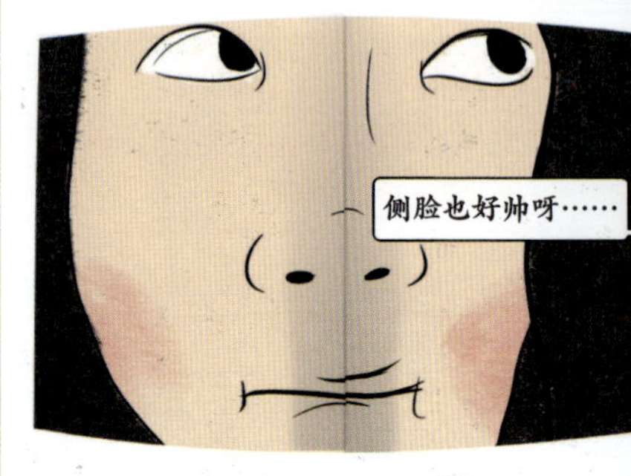
侧脸也好帅呀……

……

阿康
25–30 岁
兼职促销员
……

Zzzzzzzzzz

Zzzzzzzzzz
……

Zzzzzzzzzz
……

汪宇阳
28 岁
调音师

新概念英语
NEW CONCEPT ENGLISH
too much 和 much too 分不清的时候，

只要理解后一个单词的意思就可以了。
今天班上怎么死气沉沉的？
你那本还剩多少啊，看完快给我！
……

快看到结局了，别急……

?!

?
?
?

谢洋
25岁
测绘员

江力
26岁
待业

今天换成熊了呀。
啊……噢。

好美……

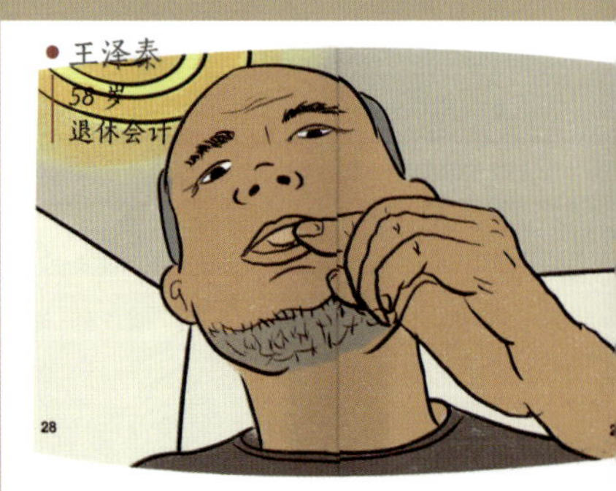
王泽泰
58岁
退休会计

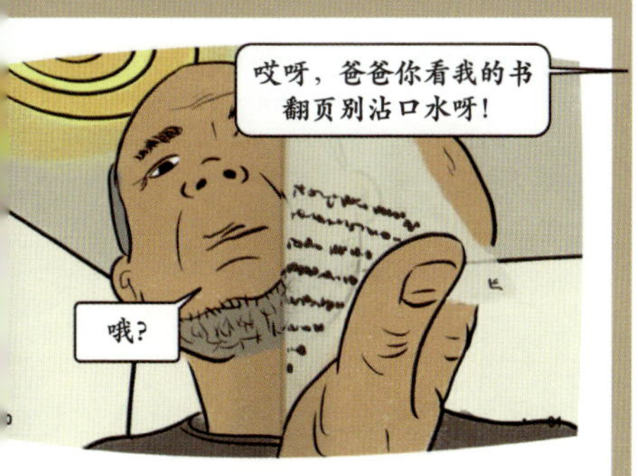
哎呀，爸爸你看我的书
翻页别沾口水呀！
哦？

Lisa
30 岁
互联网公司HR
你不能在店里吃外卖呀，
小雀姐来了会说的。

江力
26 岁
待业

汤晓蕾
22 岁
骨科护士

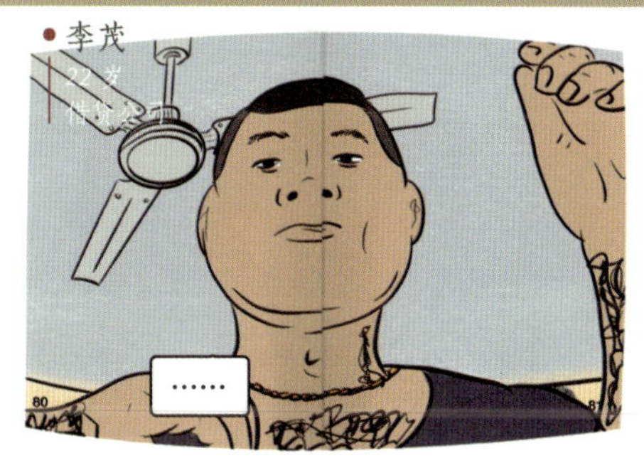
李茂
22 岁
借贷公司
……

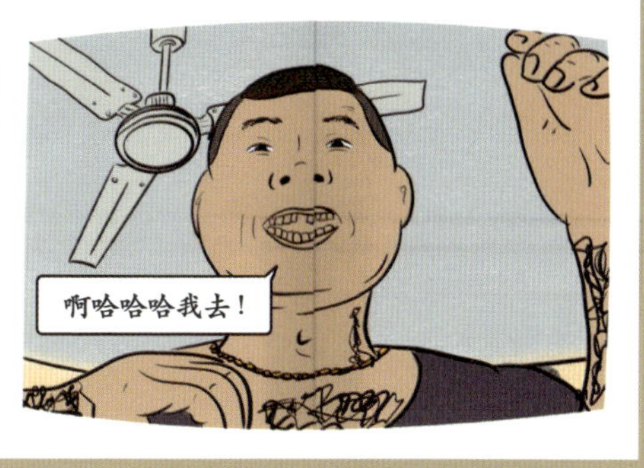
啊哈哈哈我去！

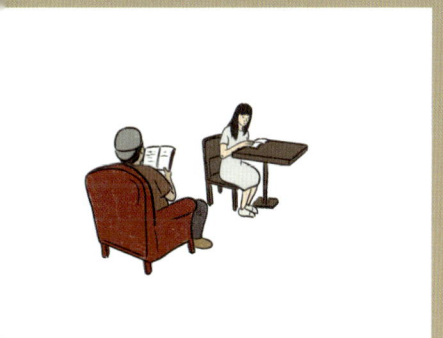

郑来
11 岁
小学在读

您的冰咖啡。

都到 11 月了，怎么还这么多蚊子。
阿康
25–30 岁
兼职促销员

后天就过年了……

没有专门买很多孕妇裙噢。

不过倒是有买防辐射的外套啦。
?!

!!!
!!!

!!!
!!!
……

汤晓蕾
22岁
骨科护士

……

……

写得……太好了……

Lisa
30 岁
互联网公司HR
好像真瘦了呢。
……

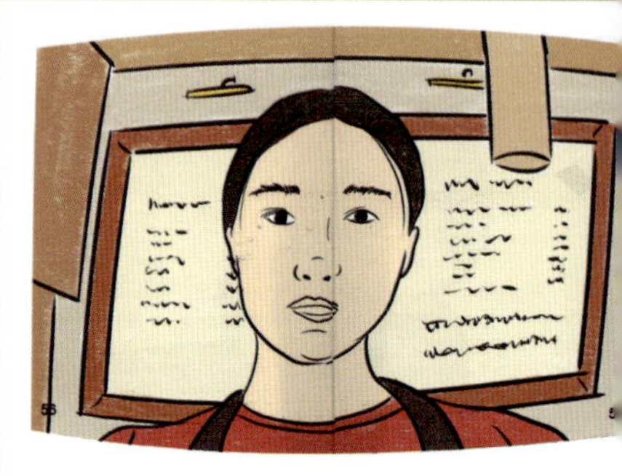

他的手语……怎么说，
很有魅力吧。
甚至让人觉得他的
手语文采很好。

是哦，姐夫的手很漂亮
手指很修长的。
……
说起来，倒是很适合弹钢琴，很讽刺

铃
铃
铃

小雀
33 岁
书店老板
……

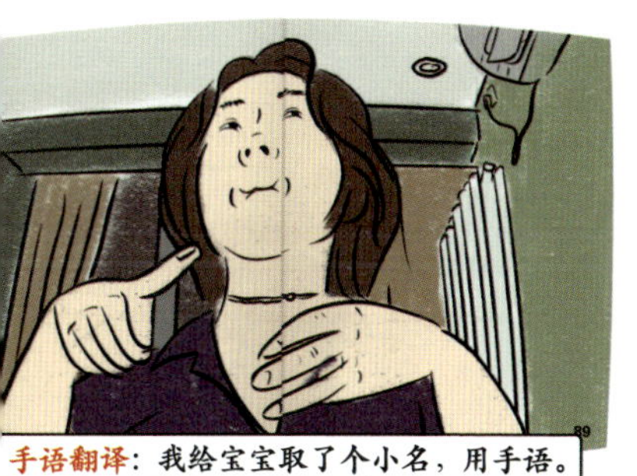
手语翻译：我给宝宝取了个小名，用手语。

小雀
33 岁
书店老板

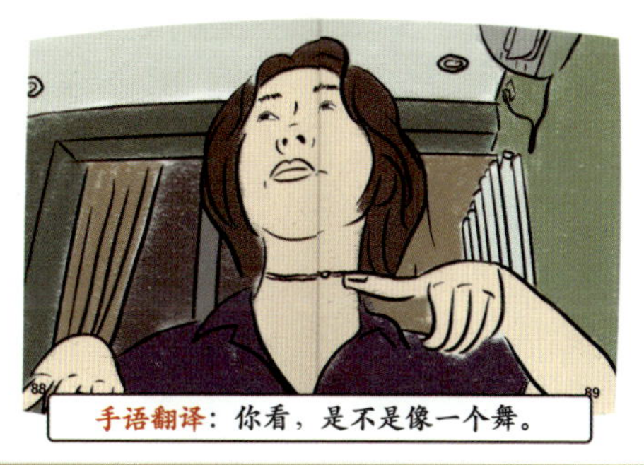
手语翻译：你看，是不是像一个舞。

别在这张桌上看书，
打牌的地方，输输输的……

郑博胜
你妈再打电话，让她回来，我不追究。
……

郑来
11 岁
恨死你们了……

Lisa
30 岁
互联网公司HR

带这本吧……

汪宇阳
28 岁
调音师

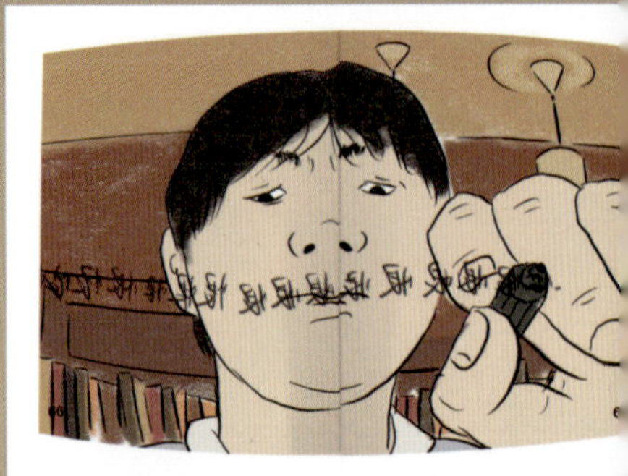

……
哎哟!

啊……
……

这个送你哟。
哦？

……
67

67

潘美华
66 岁
退休
欸？
104
105

……
104
105

104
105

67

112
你看。

虽然娃娃被我表妹洗得耷拉

112
但是不是很像你。
……

Lisa
30 岁
互联网公司HR
43 号在吗……
468

汪宇阳
28 岁
调音师
51

21

萨瓦迪卡*。
225

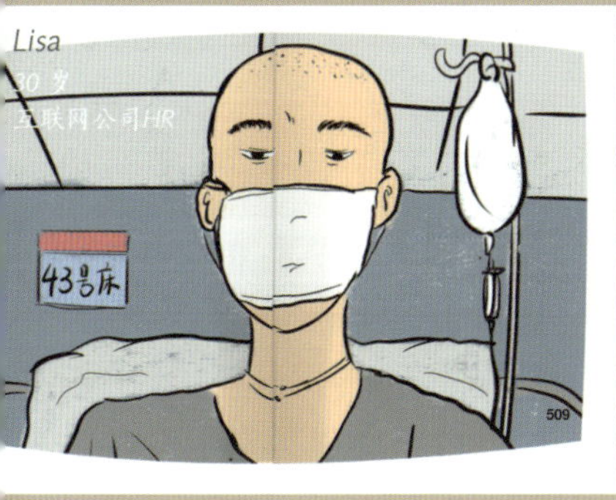
Lisa
30 岁
互联网公司HR
43号床
509

你看，书上的小嘟嘟睡不着怎么办。
他和每一样东西说晚安呢。
12

罗素平
60 岁
退休
试试看呀，躺下来认真听。
认真听就能听到所有的东西也在和你说晚安。
14
15

嗯呢。

音译，“你好”。

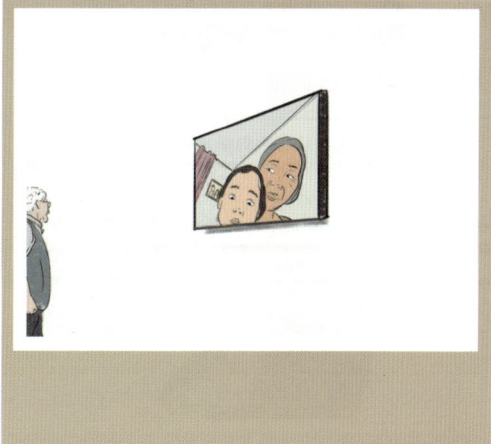

……

这位女士在讲的，不是
我画的那个故事呀。

我画的是一个叫嘟嘟的小男孩在
家里找到魔棒的冒险故事。
她在用我的画讲自己想到的故事？

我一直在目睹人们睡着的景象。

……
我似乎写了一本用以催眠的

让人能够安心地睡着，这样想想也还不错吧。

在 78 页时，人们会露出笑容

到了 238 页，许多人流下眼泪。

不管在什么时代人们总是能感受到同样的东西。
也许某种沉重的情感，真的在这样繁衍下去。

……

噢，逐渐被遗忘也是会发生的一种情况。
停在某一页而不再被打开的情况经常会发生，也许是这个时代的人太忙碌了。

……

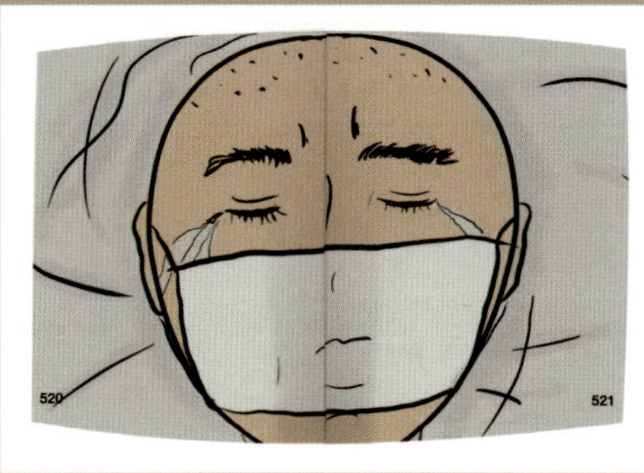
520
521

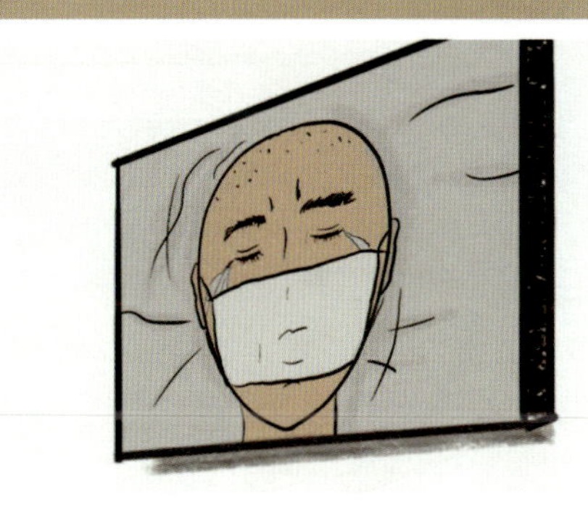

……

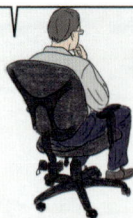

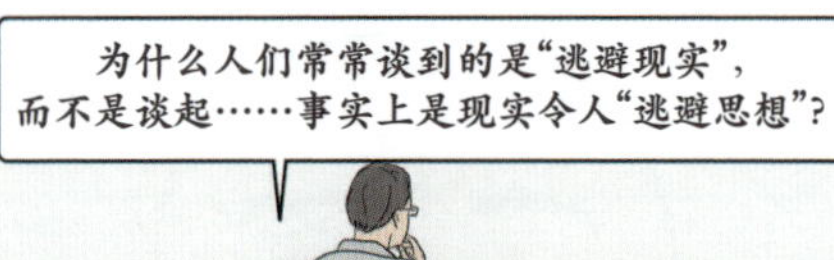
为什么人们常常谈到的是“逃避现实”，
而不是谈起……事实上是现实令人“逃避思想”？

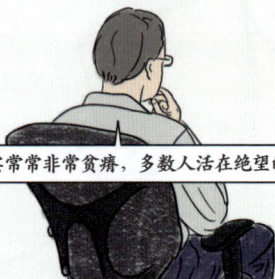

现实常常非常贫瘠，多数人活在绝望的平静中。

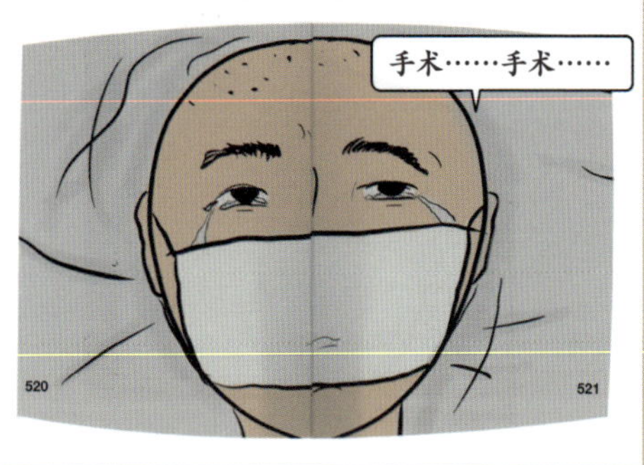
手术……手术……
520
521

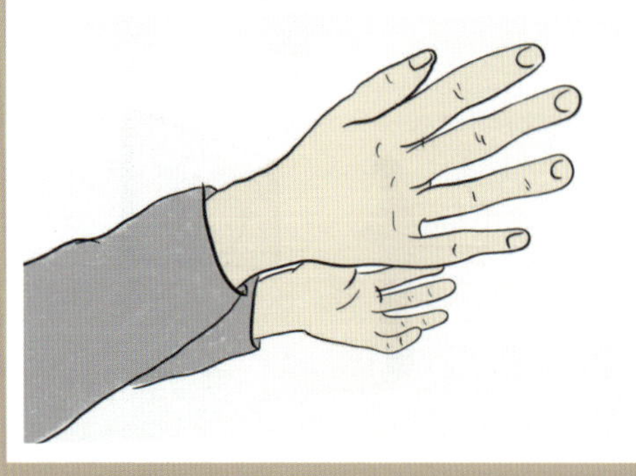

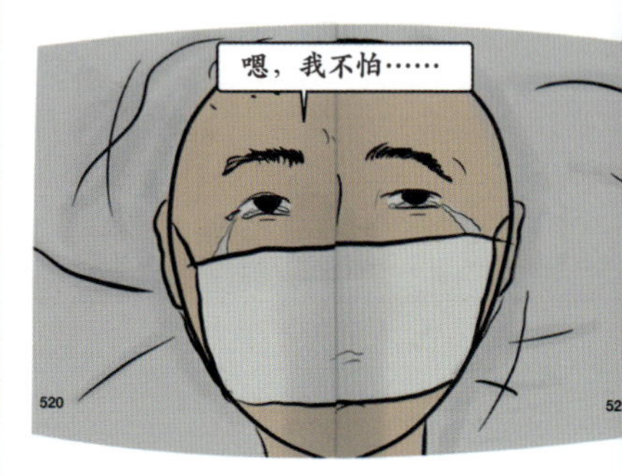
嗯，我不怕……
520

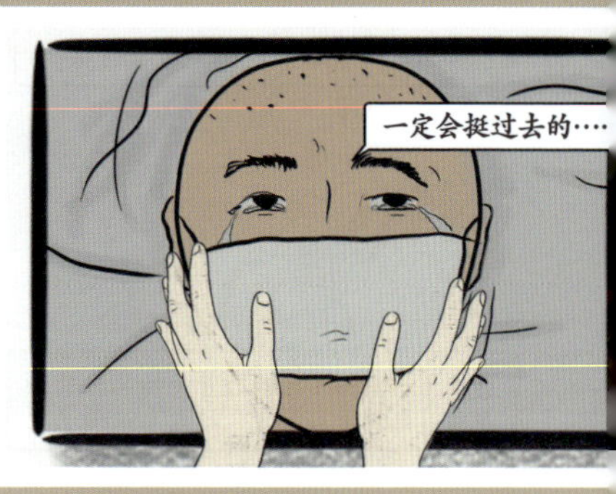
一定会挺过去的…

让人在某种经历里，觉得自己并不孤单…
我那些诗，是为了勇气和尊严而写

事实上，任何事情都可能已经发生过了。

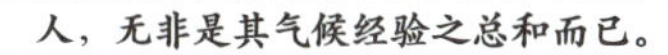

人，无非是其气候经验之总和而已。

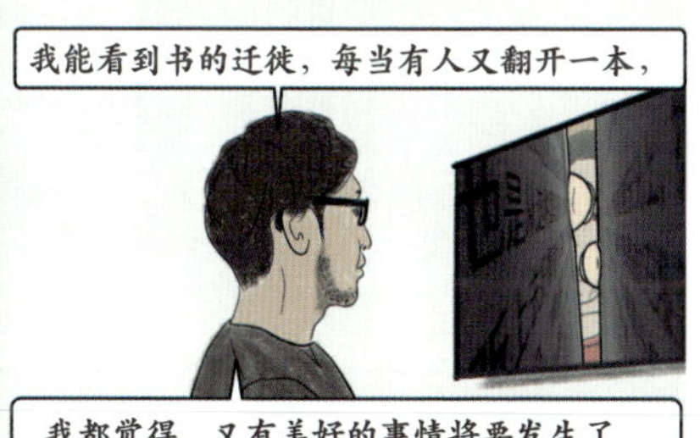

我能看到书的迁徙，每当有人又翻开一本，
我都觉得，又有美好的事情将要发生了。

书吗？
那是人类思想的芳踪。

你的外婆……

是后来才想起的……

外婆好像只认识自己的名字。

不过她虽然不识字……
但老让我多看书呢。

画得真好……
可以做一本小书了。

想把它印出来，放在店里。

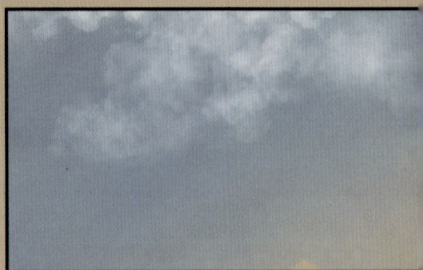

好久没见你来过了呀！
差点没认出来。

嘿。

……

书籍的全部意
义在于使人善用
自己的孤独。

嗯。

把月亮放左边

Puzzle

1

饭厅墙上挂着幅字，篆体。
父亲自己提笔写的：
“修理乾坤”。
墨色洇开了两处。

自从读懂过后，
吃饭时面对那字，
赖野总感觉食物在胃里悬空着，
得不到消化。
但父亲在时，他不敢提前离桌。

2

父亲耳垂饱满，
再早三年，
赖野喜欢捏着父亲的耳朵睡觉。
感觉安全温暖。

赖野上学前就认字，
能举起书朗诵，多读几次，就又能背诵，
5 岁时被母亲当作功劳，给回家的父亲表演。

父亲常出差，
笼统去算，一个月住在家里不过五六天，
但赖野即便年幼，也清楚自己家境极好。
和伙伴说：“爸爸是造火箭的。”
很神气。

3

赖野是早产儿，出生时四斤六两，
六七年来，能觉察到的是自己小病不断。
夏天游泳，和伙伴水下比赛闭气，
浮出水面了还要等其他几人半分多钟。

离开前要恶作剧，几人约定各尿一泡，
赖野闭眼站着，一团烟雾从泳裤缭绕开来，
只有赖野的尿是黄的。
几人笑了一路。

4

上小学前由母亲督促，
赖野四个月里预习完了头两年的课本，
也会头昏脑涨，
但赖野有自己的排遣。

5

开春，
赖野溜出门，
走得远了些，看到漫山植物。

“花真美呀。”
“草也美。”
赖野赞叹。

又觉得自己说得不好，想了想，更正了赞叹：
“花，比我说得更美。”
“草也是。”

6

鸡雏把第一眼见到的事物认作母亲，
书上写，这叫“印痕行为”。
赖野着迷不已，
既觉得小鸡盲目，又觉得奇妙。

鸡渐渐长大，
有天突然不见了。
母亲说运家具的工人几进几出，可能跑掉了。
赖野去厨房，偷偷揭开火上正腾热气的炖锅。

没在汤里。

7

上了小学。

赖野起初每天有轿车接送。

后来大了，抗议，终于能自己上下学。

到二年级，又跳一级。

并排做操是个头最小的一个，常被捉弄。

后座男孩把膝盖上的红痂抠下，一片片扔到赖野头上，

一节课下来星罗棋布，后排笑作一团。

赖野回头，懵懵地也笑。

8

也终于交到了朋友。

“你把那虫给我，我匀你几只青蛙。”
高山常说。

与赖野相反，高山是留级生，高个邋遢，龅牙从里面掘开他的嘴，笑起来可笑，不笑也可笑。父亲是公园园长，在教室里则与垃圾桶为邻。

两人的交集，
是都爱收集些虫子、贝壳，也捡各式各样的坚果。

9

一次捡坚果，
在矮栗树下见到只松鼠，脖子上长了两颗头颅。
停下细看，是只小松鼠缠在母亲脖上。

母松鼠挠开土地，将坚果塞到土里，在储备过冬粮食。
赖野愣了愣，没去捡。

气温骤然转凉，赖野深夜躺在床上，
听到新搬来的家具里，“刺喇”红木裂炸的声响。

10

生意原因，过年时父亲总在海外，
初六回来一家人才吃团圆饭，也只赖野、父母、外婆四人。
从不跑亲访友。

父亲喝了些酒，
睡前赖野去卫生间，看到父亲对着镜子在笑。
反复笑，好几种笑。

“柴老那天说我笑起来，很邪？”
听到父亲和母亲说。

11

春季开学，
自然课上介绍蚕，
赖野又起了兴头，像养鸡雏时般跃跃欲试。

好不容易养到蚕结茧，爬出的竟是耷拉着的蛾，
没精打采。
赖野把握不到其美，有些失望。

一周后突发奇想，和高山一起在公园树上捉回
二三十条青虫毛虫，放在大塑料盒里。
想养成蝶。

12

高山和赖野在放学的路上，
常遇到几个邻校高中生勒索，
通常把零花钱交了就好。

有回高山远远看到他们，把赖野拖进商店，
“把钱花光！”
两人一共买了八十支笔，装进书包。

叼着烟的高中生远远瞧见了，溜达过来，堵在门口。
见他们已经把钱花光，把二人拎去巷子里用脚踹。

赖野肚子被踹了几下，倒不还手，
高山却忍不住回了几拳。
那几人对视。

“要不在他脸上，留个疤？”

13

两个月之后，疤就淡淡的了。

高山当时说：
“等我把大象放出来，踩死他们！我有钥匙！”

高山父亲的公园里，除了有猴子和梅花鹿，还有只年轻的象。
象的后腿有些问题，于是流落到这公园。

14

有那样的几天，
赖野在课堂上坐着就突然开始呕吐起来。
三四回之后，老师将他送回家里。

看过医生，吃过药，
赖野觉得躺在床上也像晕船。
他看出母亲脸上不安，母亲说："暂时不去学校了。"

15

事实上半周后赖野就觉得好了。
但母亲仍不让他上学。

母亲不在家时，赖野翻东西。
在一个抽屉里，翻到过好几只表。
想到夏天将到，
赖野挑一只出来，对着秒针练习闭气。

赖野还翻到一大盒谁新送来的茶叶，包装恢宏。
打开，里面堆的竟都是钱。

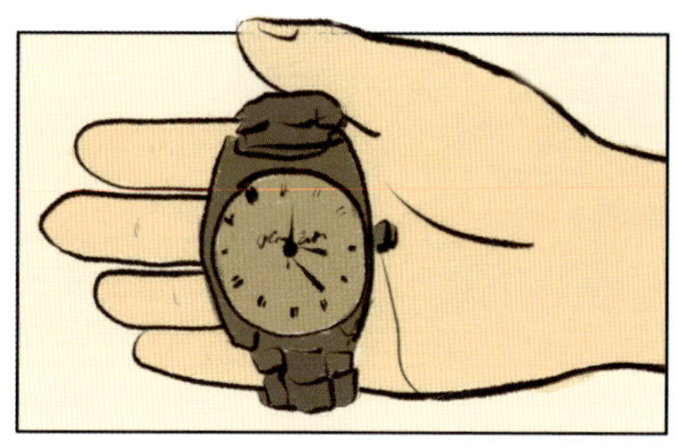

16

母亲会请学校任课老师来家补课，
似乎报酬不菲。

但也有老师不肯收，临走还闹得不愉快。
教数学的郑老师说：
“那以后不来了，我把卷子寄来，让他自己做吧。”

高山送来过一个大塑料盒，
里面都是新抓的虫。

“再养一养，就要结茧啦。”

赖野去厨房把垃圾里的菜叶都偷偷挑了出来。

17

更小的时候赖野就知道，
母亲不时会发病。
烧过赖野的童书，事后却又道歉。

赖野觉得，近来母亲又开始有些阴晴不定。

父亲回来时，
赖野听到争吵。

一半话题关于自己，
另一半，
说话声音突然放小，听不清楚。

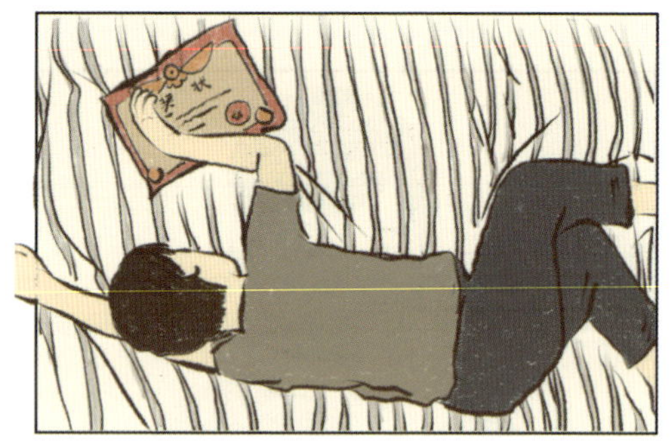

18

赖野获得父亲认可的方式过去是朗诵，
现在是分数和奖状。
但他也听到过父亲和母亲说，
“细声细气，像个女孩。”

安静被训练成脾气，是母亲的所为，
两三岁就练成了，为的是不吵到难得回家的父亲休息。

因过早懂事，礼貌又被教得太严格。
上学路上哼起时下流行的歌，
不自觉是“您比从前快乐”
“我和您吻别”。

19

赖野收获过别的认可。

一次中午意外迟到，赖野翻过围墙，被郑老师逮住。

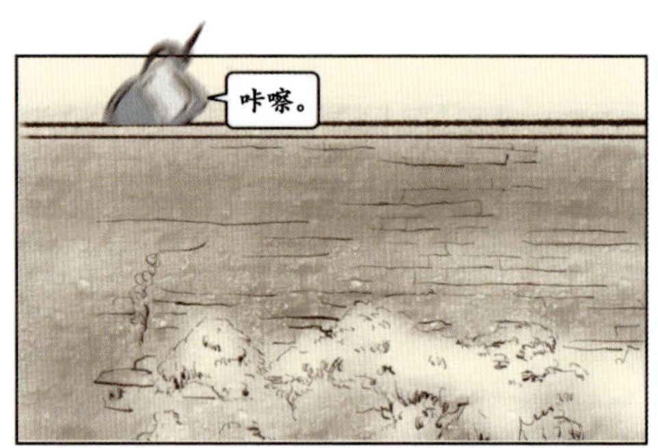

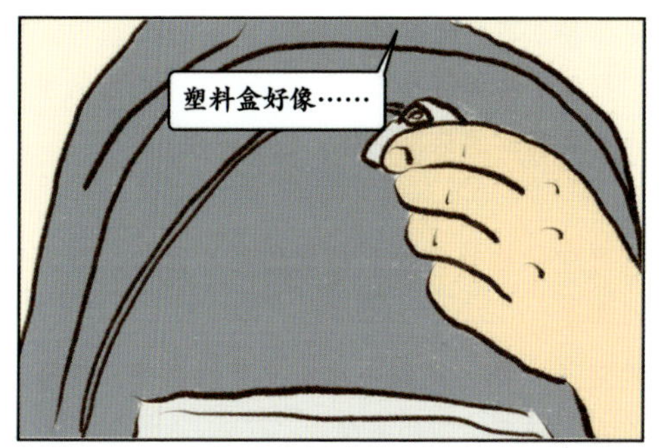
塑料盒好像……

?

20

自从郑老师和赖野说：
“好奇生物如何生长，用脑袋猜不是明智的事，直接去观察的话也不够，还要记录。”

赖野就从路边常挂到裤腿的苍耳开始，每天进行测量。
确定了一株，找到一片新发芽的嫩叶，就每天都来，记录下新的长度。

郑老师自己则观察星星。
还曾坐火车去乌鲁木齐，帮人掘土，建一所私人天文台。

“哇，天文台，是什么样的？”
“其实搭得像公厕。”

郑老师拿了几本书给赖野。
但不许他上课看。

“看了会入迷，回家看。”

21

父亲近来在家时会喝酒，
几天下来，赖野放学注意到，酒柜摆的红酒瓶空了一半。

父亲对这个家不熟悉，
什么找不着时，总不耐烦地大喊妈妈名字。

赖野曾看到过父亲吃完鸡爪找不着纸巾时，
用床上的被单擦手。
母亲看到了骂他。

“你压根是没把这当家！”

母亲偶尔也会喝酒，
喝完两人争吵，房门关得死死的，但很大声。

22

赖野发现，被自己观测的苍耳叶会渐渐枯死。
而同一株上的其余叶子，明明长得茁壮。

问郑老师，他也不知。

“你试试测另一片。”
“换过三片了，每次我一开始测，它就不长了，然后枯掉。”

回家路上，赖野看见去年的矮栗树下有一丛新发芽的幼树苗。
心生一念：要不改去测量这个？

但突然想到，这是去年那松鼠藏果实的地方。

矮栗树通常不成簇生长在一起，是松鼠为了过冬，才把种子埋到了一起。

可冬天一下雪地貌就变了。

松鼠常找不着自己藏食物的地方，在冬天活活饿死。
……

23

父亲这次出门后一星期，
赖野发现母亲常陷入呆滞。

叫她无反应，多叫几遍，才抬头。
是一寸一寸抬，像费力顶起什么。

而抽屉里用来练习闭气的表，少了好几只。

24

周末赖野会跟着郑老师上郊外，做定点自然
观察。
高山也跟着来。
一行人背着各种图鉴、数据。

对同一个区域做定期造访，记录各季节变化，
是自然观察的概念。
犹如探视旧友。

远看时，山腰上堆着云。
走进去只不停地打喷嚏。

“年年去，风景不变，是没被污染到的地方。”
郑老师说。

走累了，
赖野倚在溪流旁的一块大石头边，
阴面有一片厚厚的苔藓。
他摸上去，
觉得自己像是抚摸猫咪般在抚摸地球。

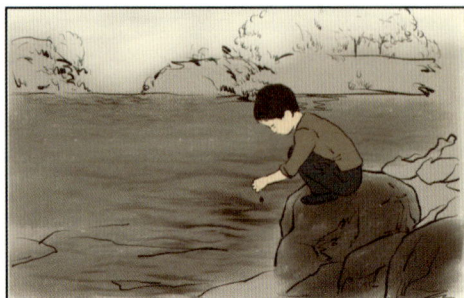

25

赖野一次在家时，有警察来找，
母亲终于从卧室出来，似乎三四天没洗过澡，
头发毛毛的。

保姆做过饭就走，
第二天来，总要将为母亲留的却未动过的饭菜倒掉。

赖野把耳朵附在门上，
听到母亲在房内啜泣。
“还让我去指认尸体……我怎么能去啊……吓死我了……”

26

两天后父亲回来了。

赖野看到，进家门不过两个钟头，客厅烟缸就满了。

晚饭时父亲又在喝酒。

赖野记得司机曾说过：赖总酒量很好。

但这半年，父亲在家时总醉醺醺的。

赖野常觉得父亲不是根本没醉，

而是没有根本的醉掉，

虽有时借酒发脾气，但家里的东西倒不摔不碰。

但这次，凌晨两点到四点，父亲打了母亲。

赖野听到母亲的哀求，

父亲的吼叫变得不似人声，

赖野在被子里，感到自己在发抖。

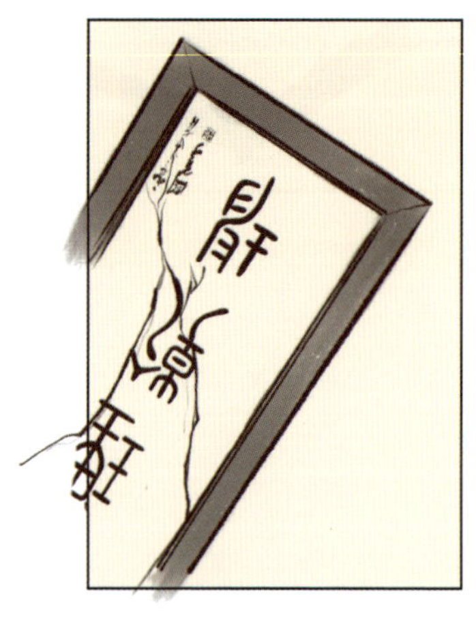

27

隔天赖野一早就出了门，
在图书馆待了一阵，
又拿出零花钱去商店。

回来时，家里不见母亲。
父亲则在沙发上鼾声如雷。

……

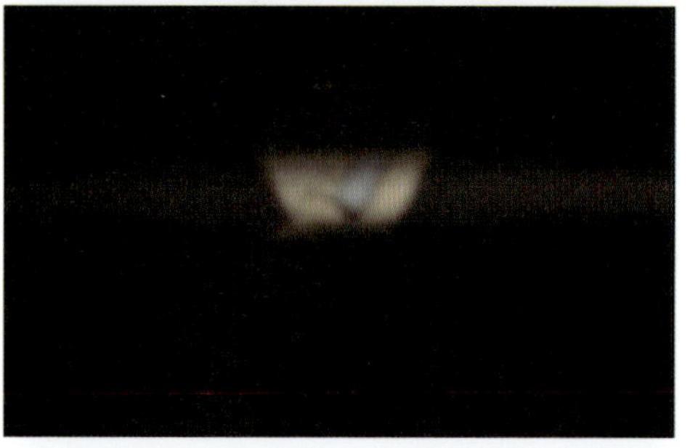

这是刀子。

这是农药。

这是体温计，里面有水银。

你会睡着，你会吃饭，
你会喝水，喝酒。

我查过了。

未成年人杀人会进少管所。
但不会死刑。

我现在把刀放下，你可以立马狠狠打我。
但我总会长大。

父亲没打赖野。

几天之后，

外婆带着母亲回家住下来，父亲又出远门了。

28

高山说，
郊外有座山，这个季节有萤海。
坐大巴就能到。
赖野只是听着，提不起精神。

那一阵赖野回家都很晚，
有时去图书馆，
有时来找郑老师。

一次晚上，郑老师正在观星，赖野忍不住开口问：“都说要看到事情好的一面……要是事情真的看不出有什么好的一面呢。”

郑老师回头看了看赖野。

“要我说啊，强行从事情里看出好的一面，不如去看更多事情。”

你来看看这个。

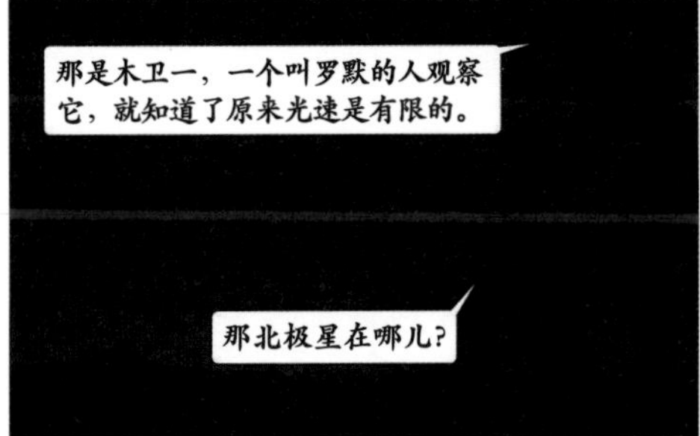
那是木卫一，一个叫罗默的人观察它，就知道了原来光速是有限的。
那北极星在哪儿?

29

郑老师建议赖野“去搞清一个立方米中，生态的来龙去脉”。

“即便只是一棵树，它如何为真菌、附生蕨类植物、昆虫……成百上千种有机体提供生态环境，搞得明白？”

“搞明白！”

赖野找了一个草丛。
最终他至少弄清了一个鼠洞的构造。

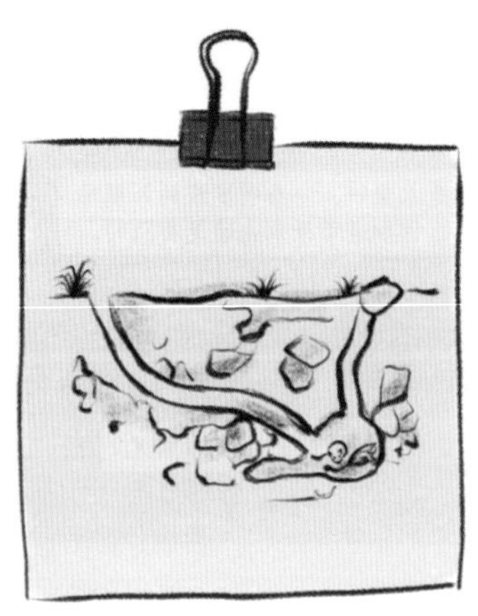

30

在外婆的照料下，母亲的状况渐好。
听母亲说父亲周末会回，
赖野便把原本周末的自然观察提到了今天放学。

可路上，却远远地望见了理应身在国外的父亲。

现在企业这个情况，也真是只能拜托你了。
应该的……
老同学嘛。
……

……
卖红薯咧！

买两个。

饿了吧?

31

转眼升学，
赖野开始与郑老师一起参与搜星。
高山也上了同所中学。

“以后公园里要开昆虫馆，里面都是我们做的标本，我爸同意的。”
高山对此势在必得。

地球飘浮在真空里，
天空卷起来在地球下延伸，
地表水的蒸发去空中做了雨水。
赖野一想到这些，竟会觉得高兴。

他有了偶像，
是伽利略、开普勒、亚历山大·冯·洪堡。

开普勒发现椭圆轨道时惊呼：“噢，万能的上帝，我想到了你的想法。”
赖野也跟着惊呼。

伽利略感叹：“何时我才能停止感到惊奇？”
赖野冒出一身热汗。

他也读杰克·伦敦的小说。
赖野逐渐觉得，
知道了什么，
比得到什么能放进口袋里的东西要更实在。

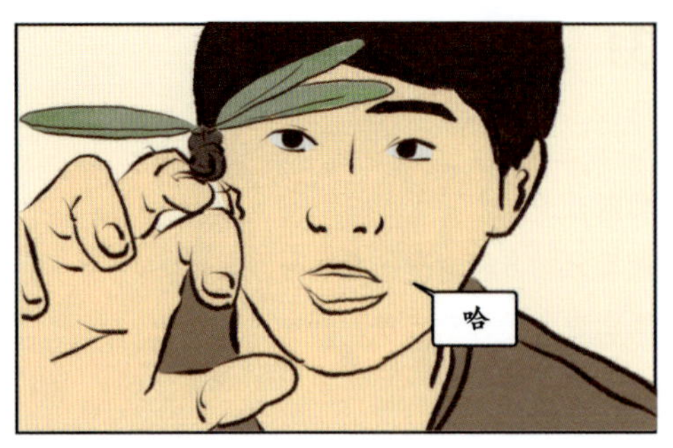

32

父亲因为生意纠葛而避走海外。

母亲卖掉了那套红木家具，开了家鞋店。
在外婆的帮衬下，一段时间后，算是有声有色。

只是偶尔抱怨几句：
“自动门红外线照得太远，马路上过辆车，门都要开。”

33

高山自进入了青春期，脸上开始猛地爆痘，像油炸物。

他说羡慕赖野看起来干净。

到初三，赖野经人提醒，

逐渐注意到自己是个受欢迎的男孩。

他觉得自己眼白有些多，于是总眯着眼。

男孩间传阅有违良俗的书籍碟片，赖野也看。

高山则常常将做的春梦讲给赖野听。

又说：

“哪天要是能被女孩在春梦里梦见，多好啊……”

34

升了高中，性情逐渐发展。

郑老师批评赖野：做事踏实，做人莽撞。

但过一阵，又教他如何追踪生物，用石膏将泥地上的脚印灌模转印。

到高二时，赖野已经有自己收集的狐狸和野猪脚印。

赖野自修材料力学，好奇各物的原料强度与荷载条件。

他想看清物体间的关联，

河边停泊的船、铅笔的芯、机翼引擎、家中的阳台……

在他眼中都成为“悬臂梁”的各式变种。

课堂上讲到电磁学时，他又仿佛能看到一个“场”的世界。

万物仿佛由巨大隐形的蛛网连到一起，

而这些线都承载着力。

郑老师说：

“人可以借助不同的东西来思考世界，不论是时钟、计量棒、光线，或网格、曲面、曲线和投影，还是记忆和幻觉。”

高山嚼着辣条补充道。

35

赖野觉得，那女孩终于也注意到自己了。
每在校园遇到，
会互相躲避眼神，
但又忍不住去确认一下对方的位置。

不好意思托人打探，也无人可托。
挨到冬天，
赖野第一次找到说话的机会。

“打可乐，找那个阿姨打。”
赖野又补充：“那男的只打到半杯，阿姨就会把杯子打到满。”

虽然是在食堂，女孩的半张脸仍包在围巾里。
但围巾里，赖野觉得是一个笑。

36

第二句话挨到夏天才说。
晚自习的走廊上，
赖野遇到她在办公室门口，等哪位老师。

赖野在想该说什么，感到自己大脑里，正要形成引发行动的脉冲。
女孩被一只蛾子吓得“啊”了一声，那蛾子扑到她手捧的书上。

赖野打消了本要说的话，跨一步，弹走蛾子。

“飞蛾的天性就是通过月亮找方位，它们会一直把月亮放在自己左边，然后仰仗月亮朝西飞。”

“……什么？”

“但有了电灯之后，飞蛾会以为灯是月亮，于是飞的时候，也想把灯放在自己左边。”

“……左？”

“可灯不是挂在距它384000千米以外的月亮，灯就在它边上，蛾稍微一飞，这个‘月亮’就转到了它背后。”

“……”

“蛾就会以为自己线路拐弯了，于是就不停调整自己的航线。”

“所以最后，它就一直围着灯转？”

“是的，直到耗尽自己的能量。”

“……”
女孩皱着眉头笑。

那天晚上，赖野的收获是，
得到了一个她的网络账号。

37

那次赖野是第一次听到她讲话，
算了一下，哆、来、咪、发、唆、拉，
她讲话的音调高，唆音起。

“你就是搞创造发明的那个吗”是女孩在网络上回复他的第一句话。
但随后又久久不回了。

赖野点开她的空间。
发现，女孩远不比想象中简单……

“教室里开了窗，
微风进来，在推销厕所的味道。”

“提拉米苏被搅捣成一团，
像个袖珍的被烧焦了的人。”

“以‘你能懂’为目标去写作和‘你感觉得到’去写作，是两个维度。”

“我不相信，但也不太肯定我的不相信。”

“得过上有分量一点的人生。”

赖野挠头，
这样的女孩，他心里一时处理不动。
赖野还没想出怎么形容。

38

高山说：“有人看见你和庞曼约会了。”

“看错了吧。”

是看错了。
是另一个男生，
赖野后来看到，他和她牵手。
听到了唆音甚至希音的潺潺笑声。

赖野泄气，
课业也渐重，赖野只好心无旁骛。
但发现，困倦时想起她，
能提神。

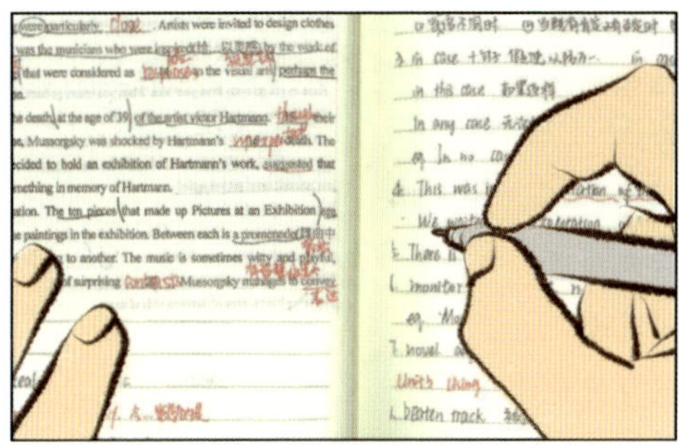

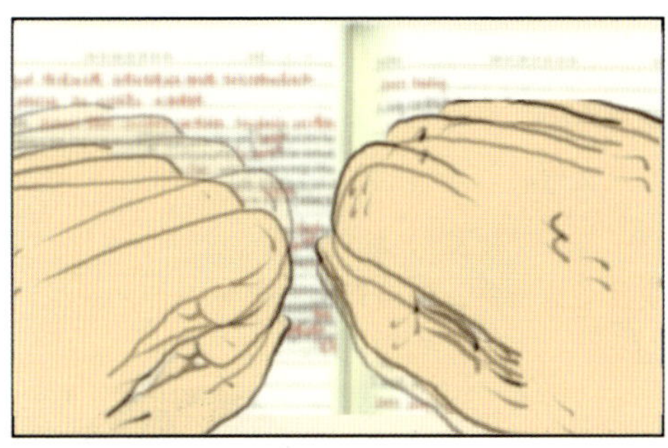

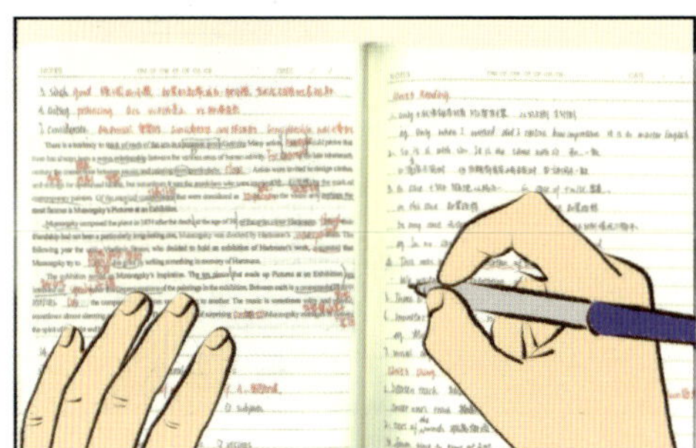

39

升入大学后能再遇见，是巧合。
见她手抱着书出现在自己的校园里，赖野揉揉眼睛。

后来知道是来找人，她在城市东边的另一所学校就读。
赖野好奇她来找的究竟是男生还是女生，但羞于问，只简短打了个招呼。

目送走了，又远远回头看。
“是女的。”

虽然心情上佳，但赖野决定自持一点。

40

聊过十余回后，赖野几乎要忘记自己的立场。
她这次变热情。

“你在引导我说出‘我喜欢你’吗？我不说。”

“那我说，我喜欢和你拌嘴。”

再两个星期过后，赖野和她牵手了。
原来恋爱是这样，赖野想。

41

他们总是三五天寸步不离，
三五天又各找不到对方人影。
赖野在山里，庞曼排演节目。
如此循环。

“你有演讲的天分。”
“你有倾听的天分。”

她写歌曲，会弹会唱。
她既黏人，又独立。
她指导赖野削苹果：
“你太不会削皮了吧，削掉太多果肉了。”

她又提一些匪夷所思的问题：
“瞎子的性欲从何而来呢？基因里记得的吗？”
“美是摸得出来的吗？”
“还是要从别人口中得知美？”
赖野答不上来，于是去查资料。

学期结束，她又说：
“我掌握了一套全新的姿态和父母说话，我暑假可以不回去了。”

赖野总体觉得，
恋爱，原来是一种千呼万唤始出来的高兴。

苹果好甜……

……

虽然很早就想离开那个城市……

但回想，我们那座城市
也有很多奇幻的事。

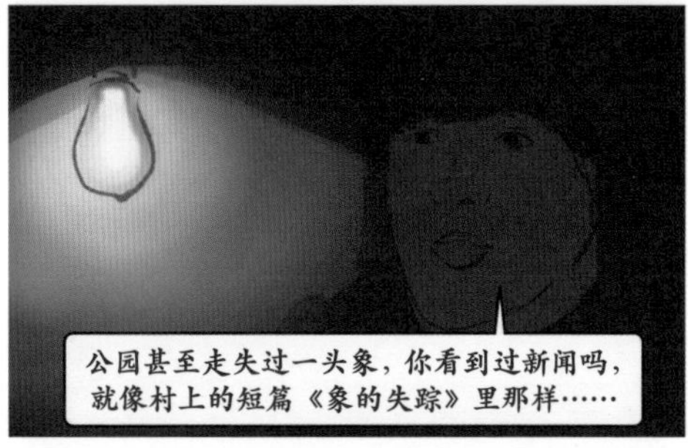
公园甚至走失过一头象，你看到过新闻吗，
就像村上的短篇《象的失踪》里那样……

赖野笑,他觉得那是他和高山之间的秘密。

或者说,共有的幻觉。

知道了赖野的经历后，她说：

“你会比别人更擅长成为大人。”

42

大三时赖野得到了第一项专利。
她问："会有很多钱吧？"

"被看作外型专利的话，不赚什么钱的，其实是从昆虫上得到的灵感。"

赖野设计出一款供工程队使用的安全帽。
却找不出能量产的生产机器，
由此又要求再设计出一个生产这款安全帽的机器。

赖野频繁地做一个奇怪的梦：
是正常的一天，地球公转自转，突然他停在了那里，地球移开了，他被晾在宇宙中。

43

春节回到家乡，他们在公园见面。

批判起家中的男性长辈，她像连响的鞭炮。

“把失态当作展现男子气概，把很多事全当成自己作为男人来讲不需要了解的事。”

“是因为不了解那些，所以显得男人味又足了一些吗？”

“男人味就是一些可被容忍的粗暴？因为那些瑕疵所以可以叫作男人？”

赖野不说话，只是搂了搂她。
女性也并不放过：

“即便那么无聊的课，我也认真做笔记，想让自己的分数再高一点，再多做对一道题。”

“因为早就想清楚，要是得和这些势利、虚荣、贼眉鼠眼的人一辈子生活在一起，就是对自己最大的惩罚了！”

那年赖野和母亲在医院陪外婆过的年，父亲早无音信。

外面下着很大的雪，赖野觉得室外也铺着医院的白床单。

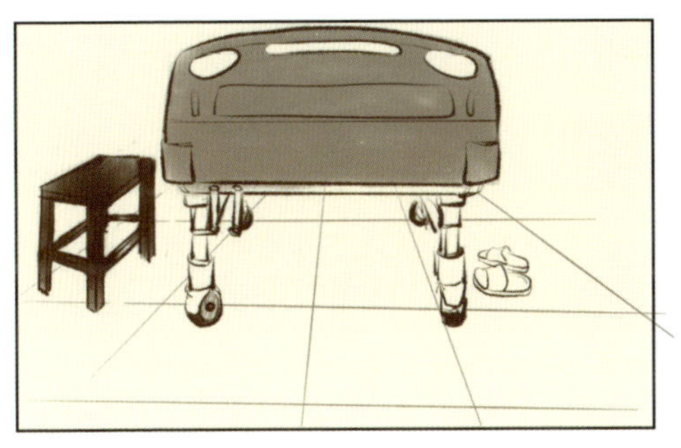

44

开学回程的火车上。
赖野知道，毕业后她是绝不想回来的。
而他要回来。

但他和她像是相互摄入了，
两个“我”都越来越少，变得混杂。
变得越来越有对方的味道。

他们会辩论。

“没有那么理想的，人面临一大堆问题时，就容易塌陷，塌陷进一个模子里。”

“郑老师说，生活过上去千篇一律，是因为正在过这种生活的人千篇一律，至少一部分人是这样……是人的问题，不是生活的问题。”

她评价他说：“你头脑太工整了。”

但他们也会很快讨论起别的什么。

日本人把时间的印记记作‘侘寂’，
字面意思是锈斑。

我们可以在空间中朝各个方向移动，
但无法在时间中这样。

或者说，我们可以在时间中移
动，但只能朝一个方向移动。
庞曼
22岁
那如果……通过记忆呢？

如果记忆足够准确，人通过回忆，
也可以仿佛进入到过去吧？
赖野
21岁
那也算在时间中，往反方向移动。
我有时就能看见过去的自己。

有时人还能记得一些还没发生的事情。
既视感，法语里叫 déjà vu，总是觉得很多新发生的事情，似曾相识。
哈，我是记不起还没发生的事情。

也许，你只是认不出来。

45

高山还记得“昆虫博物馆”的约定，打电话来，
似乎场地都准备妥当了。
赖野放下听筒，也兴致勃勃。

庞曼也表示，能和童年玩伴去做一直喜爱的事情，是很难得的。

庞曼则去参加了电视选秀节目，
进入赛区前十，又认识了几个朋友，
回来说，明年想拍摄纪录片。
赖野也说，是难得的好事。

但两人的善意表现，都令彼此觉得有点过分客气。

46

一次赖野去做定点观察，山中无信号，隔天才回来。
到宿舍才得知庞曼被淘汰，电视上有播放。

见了面，庞曼在反复抨击大众的审美趣味和那些“口水歌女孩”的晋级。

赖野却想，她想得到的，是更多人的注意。

“我小时候测量过苍耳的叶子。”

“被我测量过的叶子，就总会枯死，当时不懂，后来才知道，是触碰引发的生长迟滞。”

“就像含羞草，能感觉到外界在触碰它。”

“不要太在意外界对你的测量吧，无论那是什么，会影响你。”

庞曼觉得赖野并没懂她，以致没有共同话题。

庞曼说："你太在自己的世界里陶醉了。"

赖野回："那不是我自己的世界，那就是世界。"

两人的相处，
变成不断地积累成见。

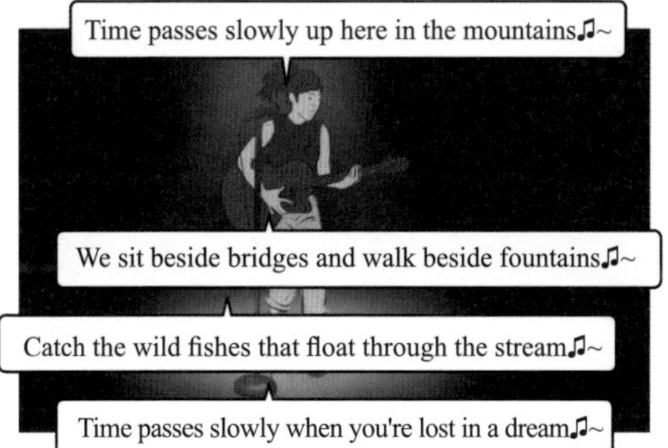

47

赖野认为追求不凡是好事，
但他觉得庞曼被“不凡”的愿望所压迫。
在庞曼口中，
普通人的生活，平平凡凡的一生被形容成地狱。

“那也不是地狱吧。”
赖野想了想，但没说出口。

48

毕业分别时，
没有严格正式的分手。

赖野记得庞曼牵着他的手说：
“记得上次聊过的，关于时间吗？”

“我看一本侦探小说里，有人送给主角一块调快了 15 分钟的手表。”

“意思是，让他能追上那些以为自己已经错过的东西。”

庞曼把赖野的表调快了 15 分钟。

赖野则很虔诚地想，希望她能找到一个真正有共同话题的人。

49

面临就业，
赖野仔细考虑后，决定找一份并不太透支精力的工作。
一方面仍有工业设计的个人业务，
另一方面，想像郑老师一样，在业余展开自己。

虽然不觉得别人比自己值得好运，
但最终顺利在本地的一所高校成为讲师。
讲家具史。

50

赖野和高山开始每周往山上跑，
有时也去更远的地方。

高山在本地念完大学后，早早结婚生子。
一切平顺。

去高山新家吃饭，高山主厨，
端上一道老婆不爱吃的菜时老婆瞪眼，高山笑：
“哈，你是刚刚才嫁给我的吗？”
“亲爱的，我是刚刚才开始后悔而已。”
调侃之下，生活显得有滋有味。

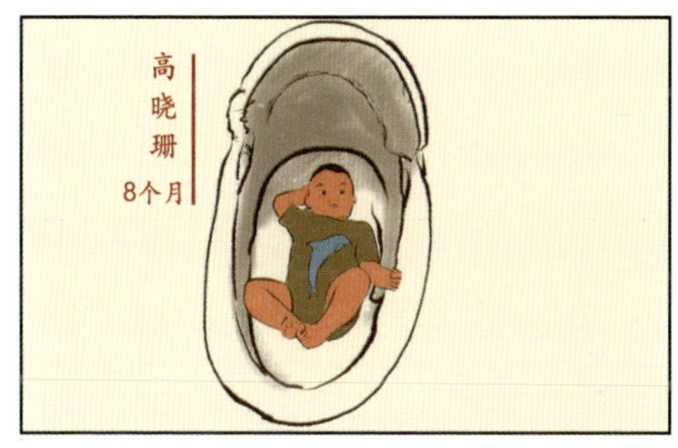

51

郑老师搜星之外，
又接下出版社邀约，打算出一本书，
名为《树木掌故》。
郑老师邀赖野帮忙拍摄照片。

“有一点有限的经费。”

赖野端着相机出去，两天后满载而归。
打开给郑老师翻图，结论是多而不精。

后一次在森林里遇见几位观鸟人，躲在伪装帐里。
跟赖野讲解拍摄心法。
赖野顿悟。

52

随后三年，
赖野讲台上按部就班，倒是在设计上有些建树。
又有几个专利下来。

赖野也只身去过更远的地方，
南美、东南亚。

在东南亚，一次天气太过炎热，
沿公路走回住处后，竟发现自己的鞋底熔化成别的纹路。

在南美，去稠密的雨林，
又潜到河里，惊叹，植物竟在水流里这么茂密。

水呛进嘴里，奋力游回去。
他快想不起自己还有这凶狠蛮横的一面，
是被叠起来好久了没动用过的生命力。

脱了衣服，赤膊着，暂时不怕蚂蟥了，
往前走几步，走出树荫，感觉阳光在轻轻拍他
肩膀，赖野感叹，快乐得简直像在恋爱。

53

又一年之后，
赖野听说庞曼回来了。

既在同一个城市，活动区域甚至都不远。
赖野以为心里有惦记的话，
两人必定动不动遇见，但没有。
有没有擦肩而过的时候？
不晓得。

他听说她在本地的电视台。
有在手机上不冷不热地聊过几句。

“要账的找赖账的，不过都是把电视台当枪使。”

“要么就是疏通下水管道，解决小区油烟问题。”

“还有人打热线进来，问是不是去北京的黑车。”

庞曼回的这些。

54

高山肚皮越来越大。
赖野有时为了清早出发方便，会住在高山家。
坐上车，高山把一个老式书报夹，夹在安全带上，富余出一点喘气的空间。

“不然勒得慌。”

手机双卡双待，
为了在山里有信号。
时常一手捏着虫子，一手接到女儿电话。

诸如女儿打来说，保姆做的菜里有好多葱，她明明不吃葱。
女儿较喜欢上一个保姆，但高山老婆觉得那个47 岁的女人太过年轻，风韵犹存。

高山捧着脸无奈笑笑。

55

一次山路走到一半。

高山突然解开裤子拉链问：

“这是你的内裤吗？”

赖野摇头。

“会不会是你爸的，还是你岳父的？”

高山摇头：那俩是穿老头内裤，耷拉拉的……
但也没别人住我家呀。
两人沉默，继续爬山。

到半山腰时，高山蹦出一句。
“操，穿着还挺舒服！”

56

高山常说七年之痒。
又说，如今和老婆最快乐的时候，
是有别人在场时。

在外人面前互相揭短，用来活跃气氛。

“我们宁愿出来见人，比在家里单独相处好。”
“好像只有有别人在场时，我们才有话说。”

他和她单独在家的每一次接触，都像一次剐蹭。

57

赖野是一次课间接到电话的。

是父亲。

父亲病了。

等赖野弄明白是谁后，没说几句铃声就响了。

赖野挂掉了电话。

晚上回到家，母亲似乎也知道了。

58

父亲病房挤满了朋友，乱哄哄，喝酒聊天，他从前并不知父亲有那么多朋友，多半从未见过。

他下楼溜达了一圈，等没人了才进去。

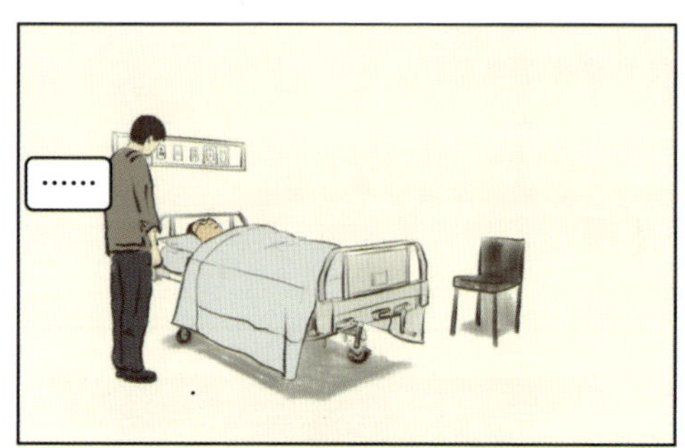

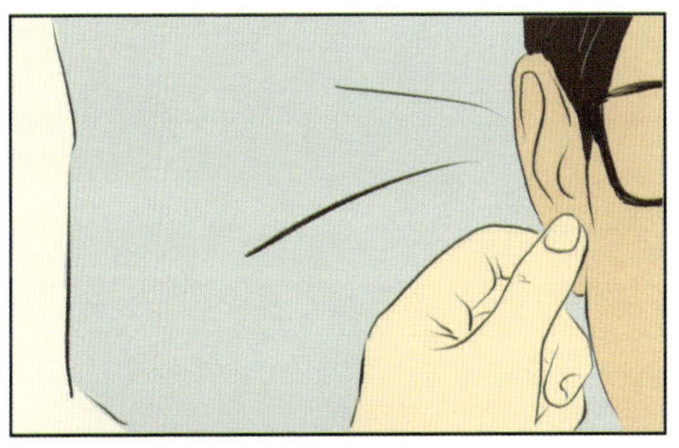

……

啊……

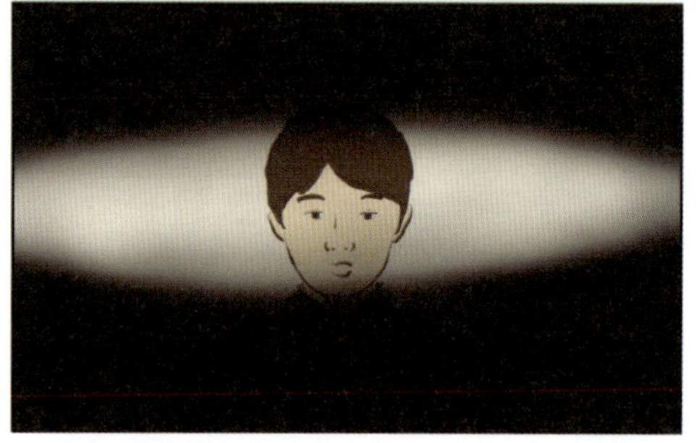

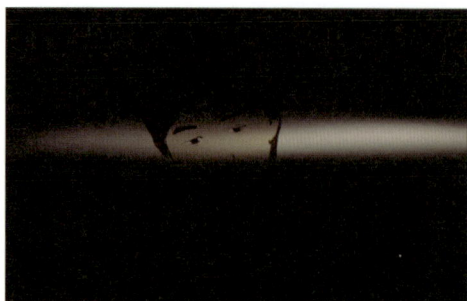

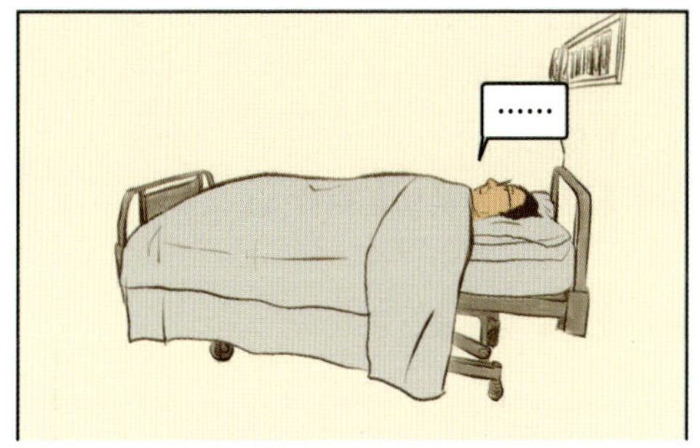

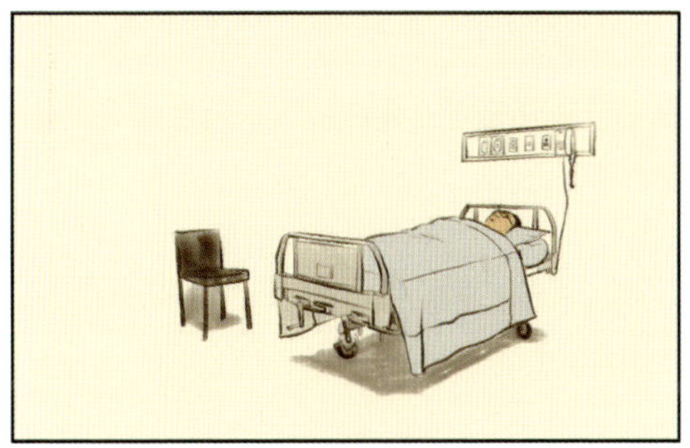

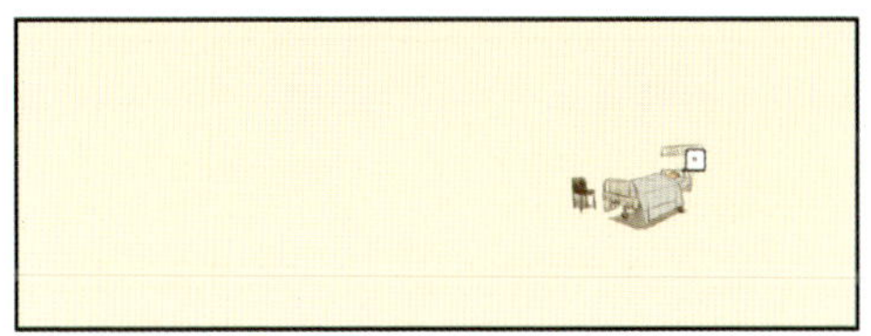

59

开春不久，
赖野看到庞曼婚礼的照片，
至少看照片，
不像是将与她有共同话题的人。

高山说是某实业家之子。

高山近来常找不着人，好不容易出趟门，装备却并未带齐。
于是干脆只开到城郊的山下，过去郑老师也常去的那里。

“哎，不行，我憋不住了。”
下车前，高山说。

60

“你回吧，我自己上去了，都理解。”
赖野挥手，并未回头就走进了山林。

高山说昆虫馆的计划要搁浅了。
打算做无纺布，开工厂，计划有一段时间了。
父母也决定将家业全投注于此。

“也是觉得自己活得太漫不经心了。”
“我又不像你，年轻教授，手上还有十几个专利！”

高山最后说：“其实我女儿怕虫……”

赖野觉得多说无益，止住了他的话题。

61

赖野独自在林中走，

越走越深，逐渐只剩下风声与脚步声。

在树与树间穿行，逐渐想起许多过去，

曾无数次来到这片森林的记忆，浮现在眼前。

赖野恍惚，

想起庞曼说的“在时间中移动”，

此刻，许多“过去”平行发生在眼前。

赖野脚下突然被什么绊到，一个趔趄，差点摔倒。

回过神来。

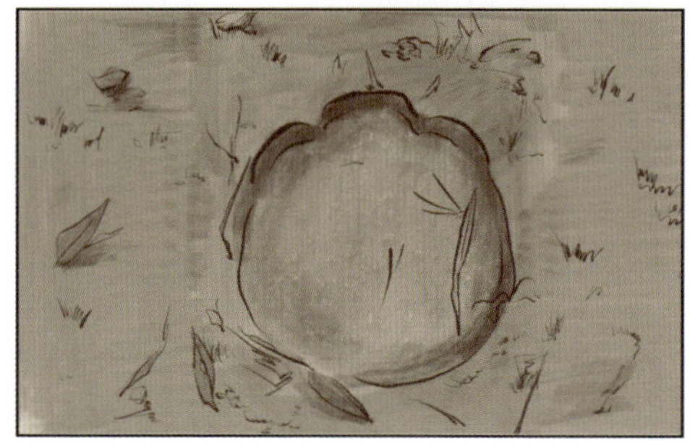

62

赖野隔天醒来，觉得神清气爽，
刷牙时，感到似乎有薄荷含片正在脑内溶化。

去学校路上，遇到同事，
沿路听他感慨年纪渐长的困惑，最后归结到：
在年轻女人面前自惭形秽。

赖野想起很早前自己就警惕过：

“切勿一天下来，所有的见闻和感慨，全是关于人的。”

校园路旁一排白杨又老又高，挺拔撑向半空。

63

赖野还有过一次那样的经历，“在时间中移动”。
是在16岁生日当天。

那时母亲正发病，赖野犹豫着是否要买个象征性的蛋糕。
在面包店买了，路上又想，更适合做明天的早餐。

他刻意绕了远路，又坐上公车。
过了两站，又下车继续走，溜达到曾经常去的地方。
沿路他看见不少自己的影子，眼前的“过去”如同正在发生。
栩栩如生。

……
庞曼……
……

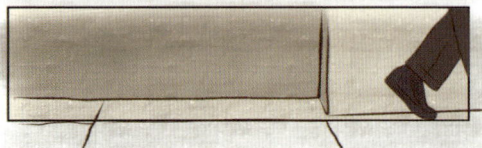

郑老师……

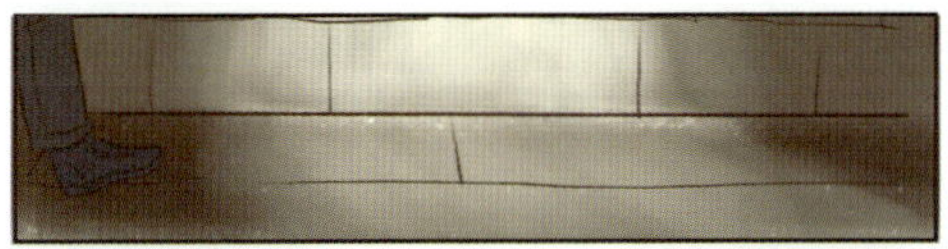

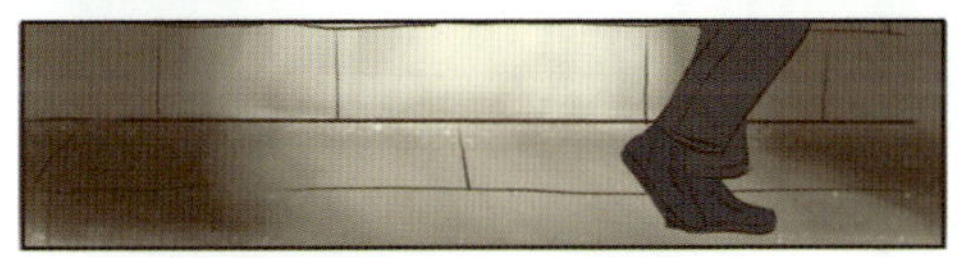

爸……

……
走，回去吧。

哦。

……

那是……

那是……未来的自己？

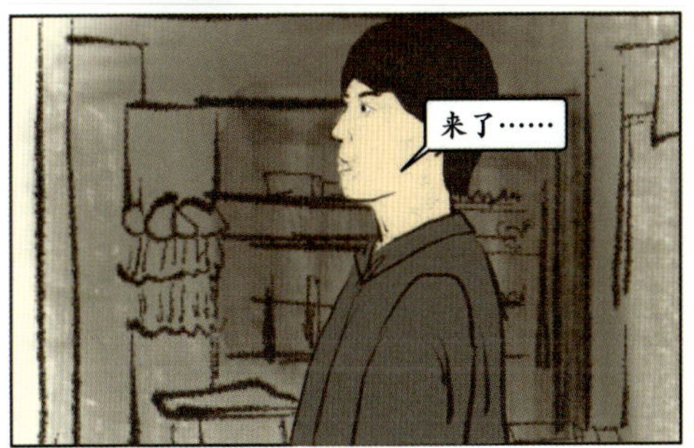

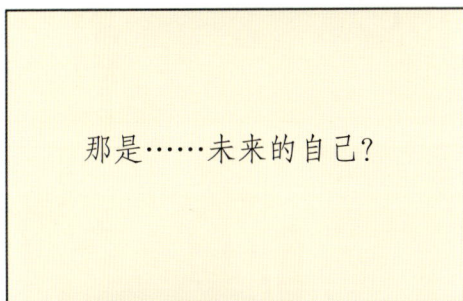

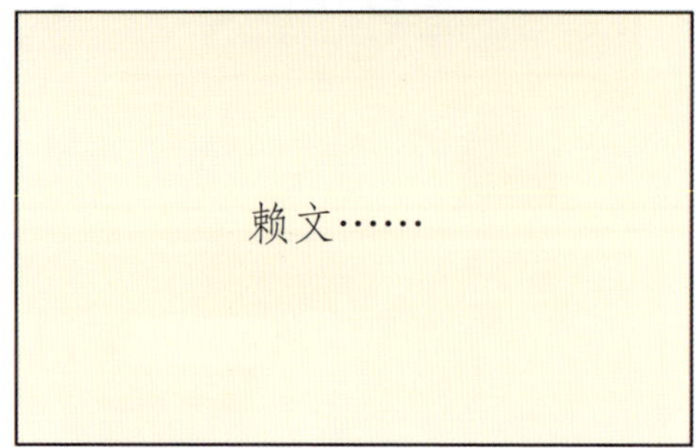
赖文……

赖野家里那位一个月出差二十几天的父亲，
在赖文家，一个月出差五六天。

每年春节，要初六才从海外归来的赖野父亲，
是赖文刚到初六就要出远门的父亲。

野的意思，
野种？

64

赖野喜欢野外。

35岁以后更是如此。
偶遇见老邻居，都说认不出是那个体弱多病的孩子。

高山的生意似有起色，
约过几回，终于坐在一起，还有个年轻手下在一旁帮忙倒酒。

高山看起来腼腆，他也知道他的腼腆让他看起来可靠。
有一个找到高山的供应商，一见面，高山认出来，是多年前在自己脸上留疤的小混混。
对方也认出他来。

高山默不作声，半刻后决定合作。

对方赔笑："谢谢你还愿意和我合作。"
高山："我是在赚钱，又不是在宽恕谁。"

进入生意场后，高山有了一种精心打理过的豪情率性，酒后也还有克制力。

一斤下肚后，像是跟赖野说话，实则在指点手下。
那手下叫"阿石"，一副被驯服过的样子。

你看霍总每年都有不同的亲近的朋友，说明他很容易交到朋友。
……
但也很容易和人分道扬镳。

我就不和他做密切的生意。

只要先回想自己最不愿听到的话是什么。
……
去自己跟自己说，就不会再受刺激，再被别人给激怒。

高山说完又回过头看赖野:“你知道庞曼离婚了么？”

65

早几年，赖野还常看到庞曼不时发几条近乎诗的状态。
但近来再打开，似乎在卖东西，承包果园的水果。

“省掉了收购商、批发商、零售商三拨差价，省了十天留转周期，再不下手等明年了！”

赖野甚至有些想要买。

66

后来赖野也买了伪装帐，用于拍摄鸟类。
鸟的警惕高，风吹草动都会飞走。

有时等待着等待着，赖野干脆在帐篷内睡着。

这天在帐内醒来，天已将黑，赖野看见，在崖壁边有个女孩的身影。

“从这里跳下去，是死不了的。”

女孩吓了一跳，回头，脸色惨白，能看到红肿的眼睛。
赖野想起，过去也有轻生的人来这山上。

“之前有一个男孩，跳下去并没摔死，只是骨折了十几处，疼了三十几个小时，才被找到，是死在医院里。”

女孩似乎受到震动。

“我带你去另一个悬崖，我下山顺路。”

赖野收拾好帐篷，背上，往山下走。
听脚步声，女孩果然跟了过来。

天几乎要全黑了，赖野打开手电，感觉脚步声跟得紧了些。

你怎么一点同情心都没有？

其实下山路上，没有什么悬崖。
……

你也都不问我为什么吗……

我觉得这个世界……周遭一切……
都太不公平了。

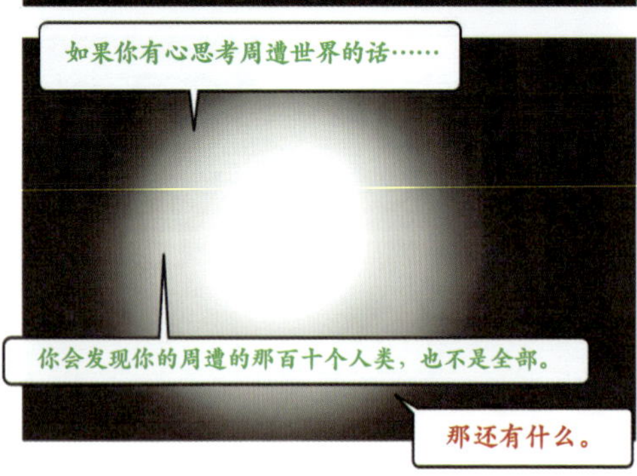
如果你有心思考周遭世界的话……
你会发现你的周遭的那百十个人类，也不是全部。
那还有什么。

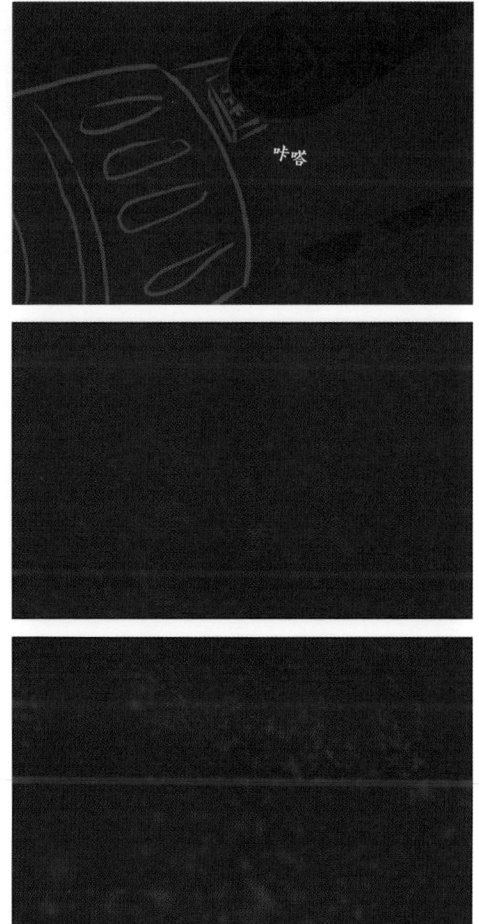
咔嗒

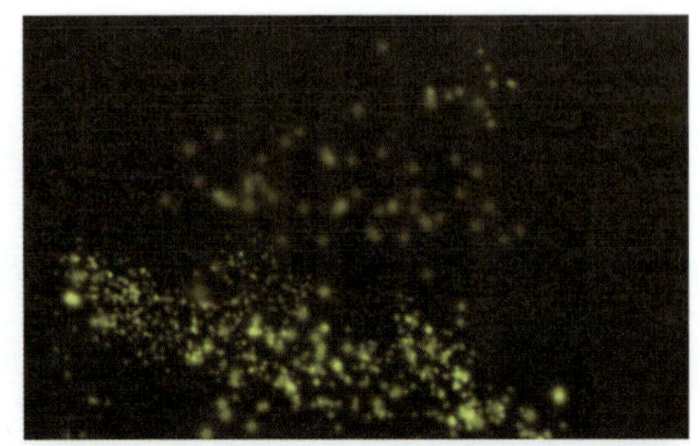

早年高山曾带赖野来过这片萤海。

赖野送女孩回家时，确信女孩已打消了轻生的念头。

也不知是因为萤海，还是他下山后对女孩说的那番话。

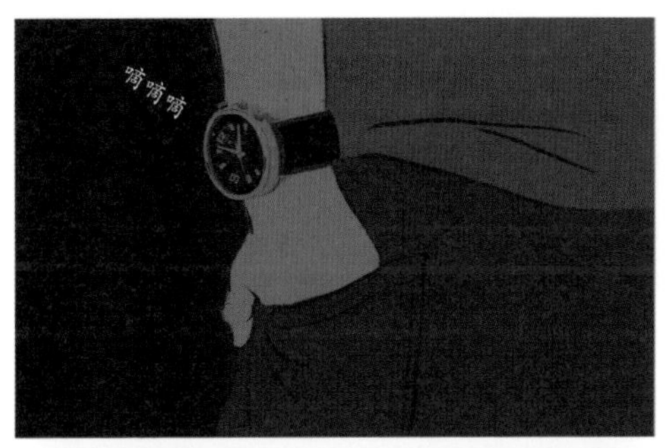
嘀嘀嘀

其实……虽然没有问你原因，

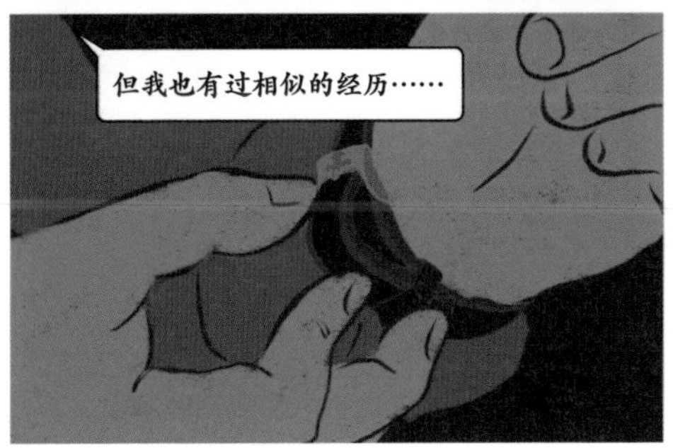
但我也有过相似的经历……

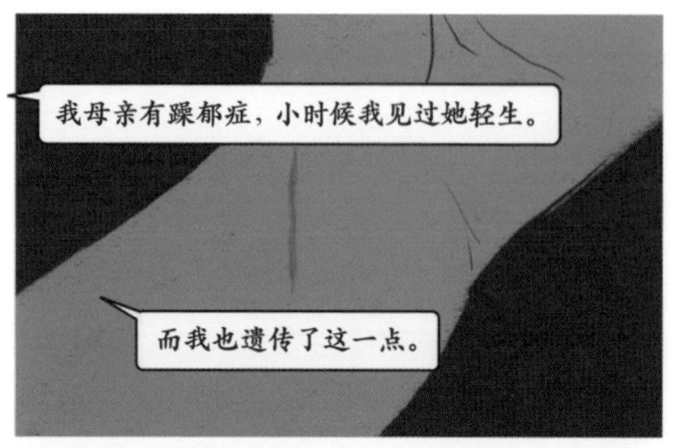

那是赖野临时的灵感。

自己怎会想到轻生呢，即便有过几次深度沮丧。

手腕上的，不过是一次爬山事故留下的伤疤。

67

一年后再见高山，他有些委顿。
一年前，阿石单飞，带走大半客户，供应商也中途掉链。

行业商会，桌上高山的名牌从一年前头几排，换到靠门口的后排。
高山说起用心培养过的手下阿石。

“如果只是为了砸自己的脚，当初何必搬起这么大的石头。”

68

赖野有天早起，
看到庞曼深夜的一条状态：

“话总有说完的一天，对的人大概是不说话都不觉得太静了的那种。”

赖野想起她唆音的笑声。
往前翻，她似乎又开了家书店，业余似乎也接一些本地活动。

69

高山女儿生日，邀赖野一起去海洋馆。

赖野想起和高山几年前曾一起去过爱尔兰的丁格尔半岛，在那看到过腾游在海中的海豚。

“海豚摸起来像大茄子！”
高山女儿高兴地说。

高山也堆出一些大笑，但难掩一层苦涩的底子。生意失败，家庭不顺，他仍在低谷。

去室外抽烟时，高山感叹：
“想起几年前在爱尔兰，又想起这几年的事情，人要守住自尊活，不容易啊。”

赖野无言。
突然又想起：“郑老师，好像终于发现了两颗SOHO 彗星。”

“能命名的那种么？”
“好像不是，SWAN 彗星才行，但郑老师很高兴。”

70

回程路上，高山说："记得丁格尔半岛的那只海豚吗，芬吉？"

"记得，都写进当地旅行宣传册了，喜欢陪游泳的人玩，却不接受人投食，好像只是因为喜欢和人类在一起。"

高山点点头说：
"后来《世界日报》有提过，有科研人员认为，那只海豚是疯了，它喜欢人类，只是因为它不喜欢其他的海豚。"

"……"

"我有时候想，这么多年来，你对其他的生物那么喜爱，是不是因为……你不喜欢人。"

赖野听了无话。

71

再次真正遇到庞曼，是在一个同事的婚礼上。
庞曼是司仪。

赖野在台下看她，容貌和记忆中并无太大出入，
只是穿着艳丽俗气，鬓后扎一朵假花。
是她自己过去绝对不能同意的扮相。

赖野止住了脑内产生的，要向她招手的脉冲。

72

好容易吃完酒席，赖野走出大堂，天已将黑，路灯亮了起来。
月亮格外明朗。

赖野看到庞曼在路灯下抽烟。
她也看到他了。

“蔷薇科落叶灌木，花瓣倒卵形，每年花期只一次，被重视的特性是抗病性与耐寒性……”
赖野指着她鬓后的假花。

庞曼淡笑：“好久不见，你还是没变呀。”

庞曼把烟熄了，抬头，不知是否有意地叹了口气。

“不知道为什么，现在让我想起的，是你第一次跟我说话，说飞蛾的那次。”

“那是第二次。”

“蛾都以为灯是月亮，就把灯当作指引，于是团团绕圈？是这么说的？”

“大意是这样。”

“多年下来，常想起你说的这个，觉得人，都好像蛾子，人去做些什么，指引着我们的到底是月亮，还是灯呢，人好像也分不清。”

“……”

总之一路下来，南辕北辙啊。

啪

新手表挺好看嘛。

……

……
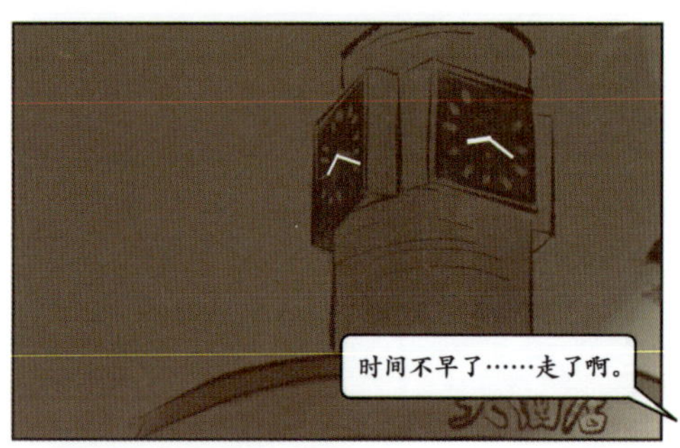
时间不早了……走了啊。

再见……

73

那天夜里，
赖野心里有东西翻涌，
躺到天快亮，于是干脆不睡了。

“是不是因为，你不喜欢人。”

“意思是，让他能追上，
那些以为自己已经错过的东西。”

中午发现自己已置身于书店门口时，
赖野自己也惊讶，而且手中竟然多了枚戒指。

店面比想象中大，赖野远远就看见了庞曼。
她在干什么？
挥舞着手臂，像在驱赶蛾子。

对面一个男人走出来。
用手语回应。

赖野看到两人牵起手，赖野听到戒指滚落在地的声音。
出于不想陷入一种戏剧性的狼狈中，
赖野反身走出书店。

74

自上一次，有半年未见过高山了。

说是生意仍无起色，后卖掉了厂房。
暑假，高山闭不出户，在家带孩子。

这天赖野敲门，手上提着蛋糕盒。

“感动，你还记得我生日！”
高山高兴，说正好想吃甜的。

迎进门，开了两罐可乐，女儿正巧去了同学家玩。

蛋糕盒打开，里面是一块大石膏。
是象的脚印。

“记得你和我说要去做无纺布那天吗？”

“这是我那天，在山里收到的。”

“这……我一直感觉，那像个梦！”

“我也以为，我以为我俩做了一样的梦。”

“你要把这个送我？”

“不给你，只是让你看看，我要自己收藏。”

“……”

赖野掏出三张机票。

“这是送你的，我们去丁格尔半岛，
带你女儿看海豚。”

?!
登机时间……还有一个半小时。
司机正在外头等，你如果没有任何犹豫的时间的话，我们就还有时间去接你女儿。

我……可是我护照在我妈房子里，过去也得一刻钟。

哦，刚说错了，我表调快了一刻钟，
还有一小时四十五分，我们赶得上。

怎样算是有分量的人生呢。
途中的赖野有些茫然。

“人生”实在太大了。

但赖野明明感受到过，某些具体的时刻……那一分钟，一刻钟，一小时，似乎的确竟是有分量的。

赖野想，他会一直都记得那些时刻。

嘀

嗒

嘀

嗒

嘀

嗒

嘀

嗒

织在一起的路

Puzzle

可别吐车里啦，再忍一忍。
没事，我慢点开。
……
前面怎么回事？
嘀——嘀——
……
……
……
没事。
……
……

张超觉得头有点昏。

虽然在那个所谓的聚会上，他没喝酒。

……

她开口“你愿意的话也来呗”，他就来了。

你愿意的话…

张超儿时有些口吃，长大后通过把话说慢，渐渐不显得了。

参加她朋友的聚会，他最深的感觉是……

在场所有人似乎都比他要了解她。

知道他的事吧。

知道，但也有一阵了吧。

……

苦恋嘛，走不出来。

……

下午李凡和丈夫从父亲家出来，
原本是闹了不愉快的。

她其实把你爸照顾得挺好的了。

也算是脱胎换骨了。

脱胎换骨……

是蛇蜕皮吧。

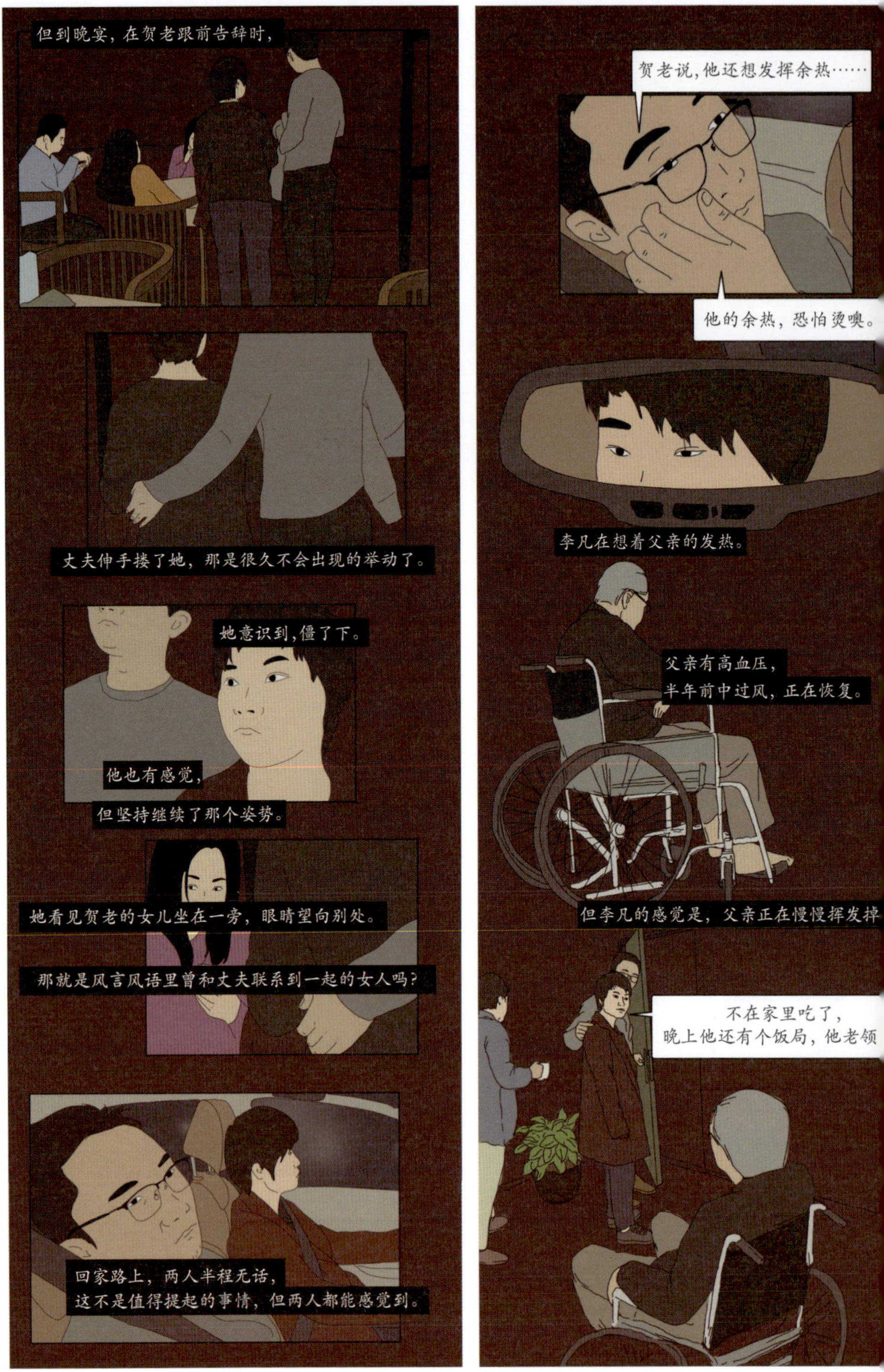

但到晚宴，在贺老跟前告辞时，

丈夫伸手搂了她，那是很久不会出现的举动了。

她意识到，僵了下。

他也有感觉，

但坚持继续了那个姿势。

她看见贺老的女儿坐在一旁，眼睛望向别处。

那就是风言风语里曾和丈夫联系到一起的女人吗？

回家路上，两人半程无话，
这不是值得提起的事情，但两人都能感觉到。

贺老说，他还想发挥余热……

他的余热，恐怕烫嗅。

李凡在想着父亲的发热。

父亲有高血压，
半年前中过风，正在恢复。

但李凡的感觉是，父亲正在慢慢挥发掉

不在家里吃了，
晚上他还有个饭局，他老领

临走前，李凡习惯性地反身摸了摸父亲额头。

是不是有点烫？

爸爸是不是发烧了？

……

……

有吧，量过体温的。

走吧，有吴姨在没事的。

表情滞重，
凡觉得刚刚一瞬，父亲眼眶里似乎有泪。

父亲难堪，不敢再看去确认。

爸，下周见啊。

……

其实……

其实，吴姨吧……
只要起到保姆的功能就好了嘛。

她还化妆了，你看到了吗？

李凡想起她的妆，
像是有人把她的头按进了一个双层的生日蛋糕里。

不过吴姨现在也才五十出头吧？
关于自己的父亲和母亲，
李凡早不再哀叹他们分别和别人结了婚。

我住的地方，离山湾怎么也有个三五公里远……
但每天都能听到“咚，咚”的……
那种特别沉闷的巨响。
是要建成一个富人区吧，标志性建筑。

老远就能看见塔吊。

比后头的山还高，听说后年完工吧。

张超好像有做那边的工程呀，他了解。

……

那男孩似乎是看到她望向自己，
才把“张超”和自己对上。

张超舌底涌出唾液，觉得自己该讲点什么。

嗯……是。

退伍后，
在本地做工程拉上了他，
为战友的下游商。

是勤恳考下了起重机执照。

些钱后又几人合伙，
几台重工机械。

几年下来，小有收获，也有要壮大的势头。

这样啊……

好像也没有要追问的意思。

整个晚上，张超都无法加入人群的谈话。

些活灵活现的“高才生”面前，
得自己笨拙。

嫌自己说出来的每一句话都没有意思。

……

张超有些恍惚，有感冒的前兆，
觉得脑子里有一锅热汤在滚。

今晚他变得更迷惑了。

他和她的关系，
虽然常是进一步退半步，如此反复。

但目前算什么呢，他不清楚。

她对他是不置可否。

而她的不置可否，使得他时刻都在检讨自己。

张超猜想，她正在不置可否的人，
目前大约有好几个。

……

后座那个男孩，也是对她有意思的吧？

先送她吧，不然还得绕。
他都这样了，你一会儿还得把他背上楼。
先送你们吧，我左拐了。

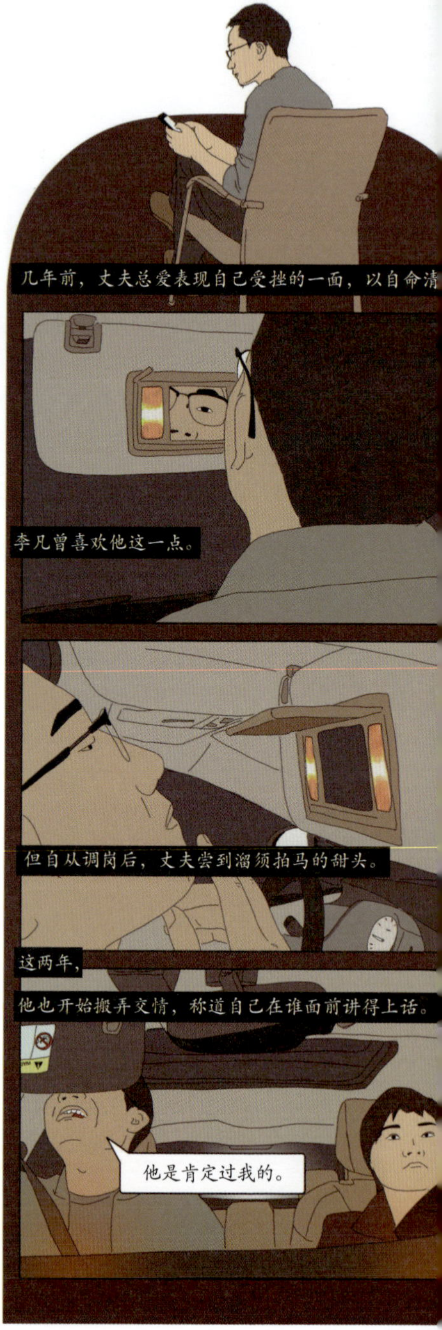

几年前，丈夫总爱表现自己受挫的一面，以自命清

李凡曾喜欢他这一点。

但自从调岗后，丈夫尝到溜须拍马的甜头。

这两年，

他也开始搬弄交情，称道自己在谁面前讲得上话。

他是肯定过我的。

他现在是什么位置……

新闻里播“领导出席的有”……

总排在第二、第三位的人。

行了，同样的话你讲过几次了。

不由得想起继父。

继父那时出席剪彩活动，也志得意满。

常故作隆重，让她去房间挑领带。

继父曾给她看过新办公楼的设计方案。

问为什么要设计成这样。

继父说，这多好，像“国土局”的“土”字。

母亲生弟弟时，差点让李凡也改跟继父姓。

连名字都想好了，继父姓石，
母亲说“两个人，就叫石全石美”吧。

李凡不想当石美。

李是母亲的姓。

我们楼上好像要离了，
我和你说过没……

昨天说了。

不知是否是年纪到了，
丈夫如今讲起什么都是老调重弹。

但好像自己也是。

和楼上那户是闹过矛盾的。

也许是楼建得薄，层高也不够，
李凡总能听到楼上顿顿的脚步声。

深夜觉得，那声音仿佛就敲在眉心。

丈夫说她神经衰弱。

都是你，当时说不做吊顶，
不然还能嵌隔音棉。

本来层高就有限嘛……

再做吊顶……

和楼上多次交涉，
甚至有近乎激烈的冲突。

毕竟一个小区，不要和
邻居闹得水火不容……

对小孩不好。

楼上讽刺性地送来一副耳塞，揶揄她听力过好。

丈夫的反应有些窝囊。

是同样的户型……

大事化小，小事化了嘛。

他测量自家房型，打算给楼上定做一套地毯。

李凡愤然制止。

周二新闻播报……

今日环保局专家莅临山湾，
山湾大型拆除工程暂缓……

FM90.0

今天是周二？

可昨天不是周二吗？

因为荒废多年，广门大厦竟成为上万只
从海上飞来过冬的候鸟的栖息地……

这新闻昨天仿佛也听到过。

李凡恍惚，

今天是昨天吗？

以后贺老全家都打算搬去山湾呢。

说在那建的新城，是未来城市呢，
周围有最好的配套设施。

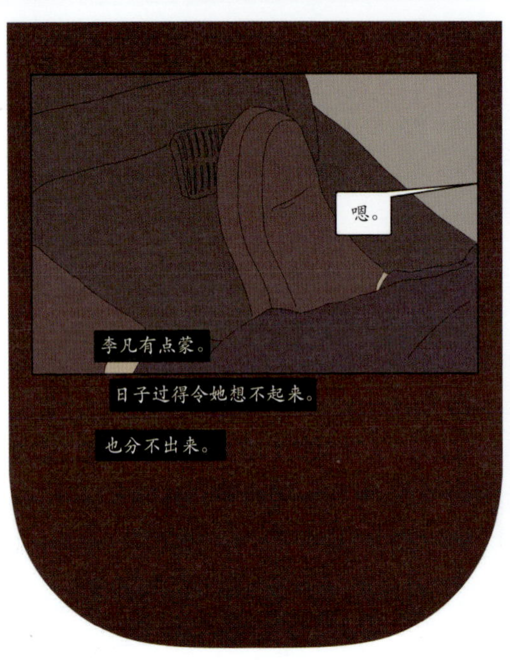

嗯。
李凡有点蒙。
日子过得令她想不起来。
也分不出来。

因为并非共事，
张超每周和她见面都很是想方设法。
他羡慕那些天然和她有许多共处机会的人。
昨天组织去福利院，你怎么没去？

临时被安排了别的事。

福利院的孩子特别高兴
有人去和他们玩。

我也想去的。

我记得小时候院子里就有个
孩子，比我大一两岁吧。

好像智力有点问题，后来没人管，
听说也被送去了福利院。

的确好多都是有先天缺陷的孩子。

那边的人说，有几个孩子可能活不过二十岁……

不知道我们院子那个后来长大了没……

说福利院的孩子都姓国？

前两年进来的好像都姓贺，说是因为市长姓贺。

呃呃呃呃

啊呀……其实……

他这个样子就特别像我们院那个傻子……

那时候我们都叫他“水龙头”。

像水龙头拧不紧，每天哈喇子流一腿……

虽然比我们大两岁，但我们还欺负他，每天拧他鼻子，想想后悔。

……

感情不变成义务就是泡沫!

这个……

好好好……

张超觉得脖子发热,
感觉耳后的血管在跳。

爱情是个什么东西嘛!

爱情就是啊……

你尝了点甜头,就跟进了,
最后吃尽苦头吧!

蕊。

……

李凡从来都能分辨
丈夫是否在装睡。

ZZZZZZ

丈夫并不知道自己睡着之后的呼吸是怎样的。

他装睡时模拟的气息，
不是他睡着后的那种。

她想起那时父亲在车上睡着的样子。

她敲窗，父亲醒来。

啊，刚好经过，想来看看你。

李凡看到车上的落叶，显然不是刚到的样子。

受那时电视剧的影响，李凡也曾问过父亲，

爸爸，你还爱妈妈吗？

父亲不说话，似乎又微微地摇了摇头，
是理解成“不爱”或是“不知道”都行的摇头。

也可能，是“对女儿无可奈何”的摇头吧，

李凡不懂。

但她知道，母亲是不爱父亲的。

初中时她常在书房翻书，

有一个旧笔记本，里面零星有些句子，像
片段的摘抄，是母亲的字体。

她不快乐，
怪自己错把怜爱当成了爱

母亲把一句抄在了本子上，
又反复在下面画了几条线。

看日期，是和父亲在一起的那几年。

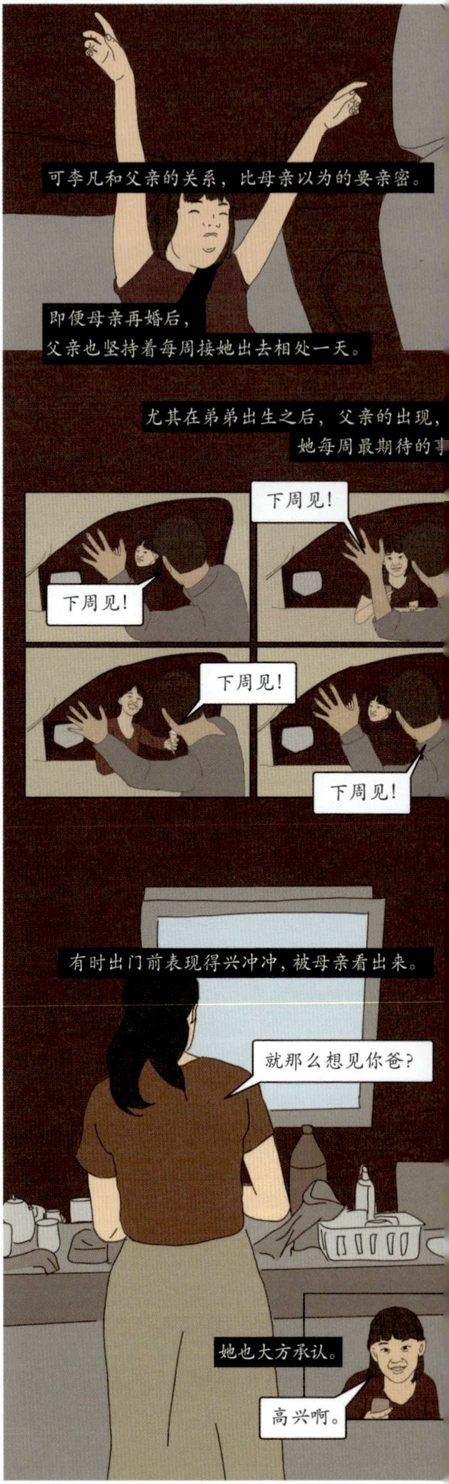

可李凡和父亲的关系，比母亲以为的要亲密。

即便母亲再婚后，
父亲也坚持着每周接她出去相处一天。

尤其在弟弟出生之后，父亲的出现，
她每周最期待的

下周见！
下周见！
下周见！
下周见！

有时出门前表现得兴冲冲，被母亲看出来。

就那么想见你爸？

她也大方承认。

高兴啊。

坐在父亲的车里，
她“地乌地乌”地模仿警车开道的声音。

开着车窗轻快驶过街巷。

地乌地乌。

亲总带她去些新奇的地方。

有时驶进窄巷，路窄得后视镜要擦到窗沿。

但又恰好能通过。

也不知父亲是怎样找到的那里。

只许最后再吃一颗，
下次再带你吃别的。

好！

会不利于身体健康吗？
可她一直很健康啊。
而现在，她甚至时常怄气想生场大病。
zzzzzz

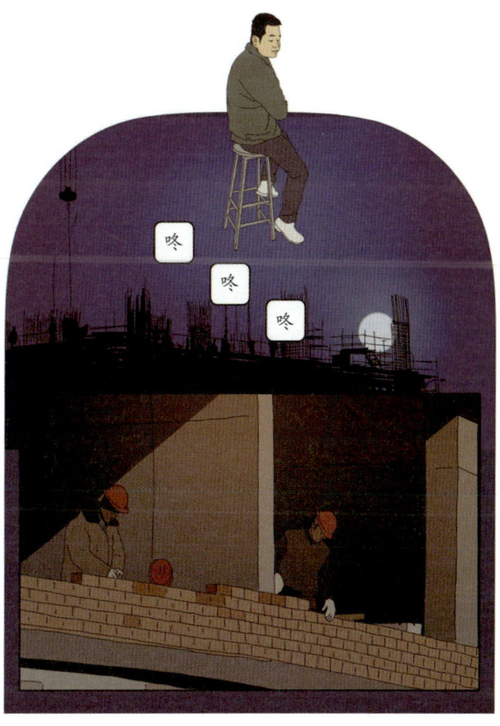

咚
咚
咚

你不觉得最近
建起来那些楼……

像摞得老高的笼屉吗……

你这样一说，好像有点……

我觉得这一路都有点奇怪的感觉……

像这几条路先织在一起，又胡乱洒开去，
感觉最初的设计图纸上，有人在宣泄……

那男孩说话像口头散文，
是个在聚会上有些想要独领风骚的人。

所以说……

张超有些气馁，他是个单调的人

只能造出很平凡的句子，说不出令人意外的见解

于是他就尽量不说。

绞尽脑汁送她些礼物，
或是每次带她去不同的地方。

他怕她发现，真实的他异常空洞。
他想把真实的自己，乃至自己的过去，都藏好埋紧

就明白，自己不是那种优哉游哉
活得很好的角色，有足够空闲去培养志趣。

他的角色，是不懈奋斗，他所想的，
人生的起码问题。

于是他乏味。

他不懂调动气氛，于是气氛常会被他压制……

大的重型机器驶过松软的泥土。

他曾铆足劲，
试图说点什么有趣的事。

好地笑，那笑甚至早于笑话到来，

种礼貌。

他真的没有令人开心的能力？

但她又总说“今晚挺开心的”，不像是客套。

……

他那些非分之想，其实都在分内……

太直接吧……反而……

zzzzzz
丈夫是真睡着了。
那眉头遗传。
李凡夜里盖上被儿子踢开的被单时，
儿子也那样皱眉。
从那张脸上，还看得见过去的影子吗？
……

啊！
咦……
……
那是过往画面的一帧。
以前的事情，好像也不过那样几帧。
ZZZZZZ
……
李凡回想饭局上见到贺老的女儿。
她竟觉得，
若自己能有一丝醋意都很奢侈。
但她只是茫然，什么感觉也没有。
♫
♫
♫
♫
FM90.0
♫
FM99.1
FM91.9
FM93.1
FM93.9
FM95.1

到啦……停门口就行啦。

哎哟……你这么重啊……

小心点噢。

你才小心点噢……

开玩笑啦，哈哈哈。

嗯……

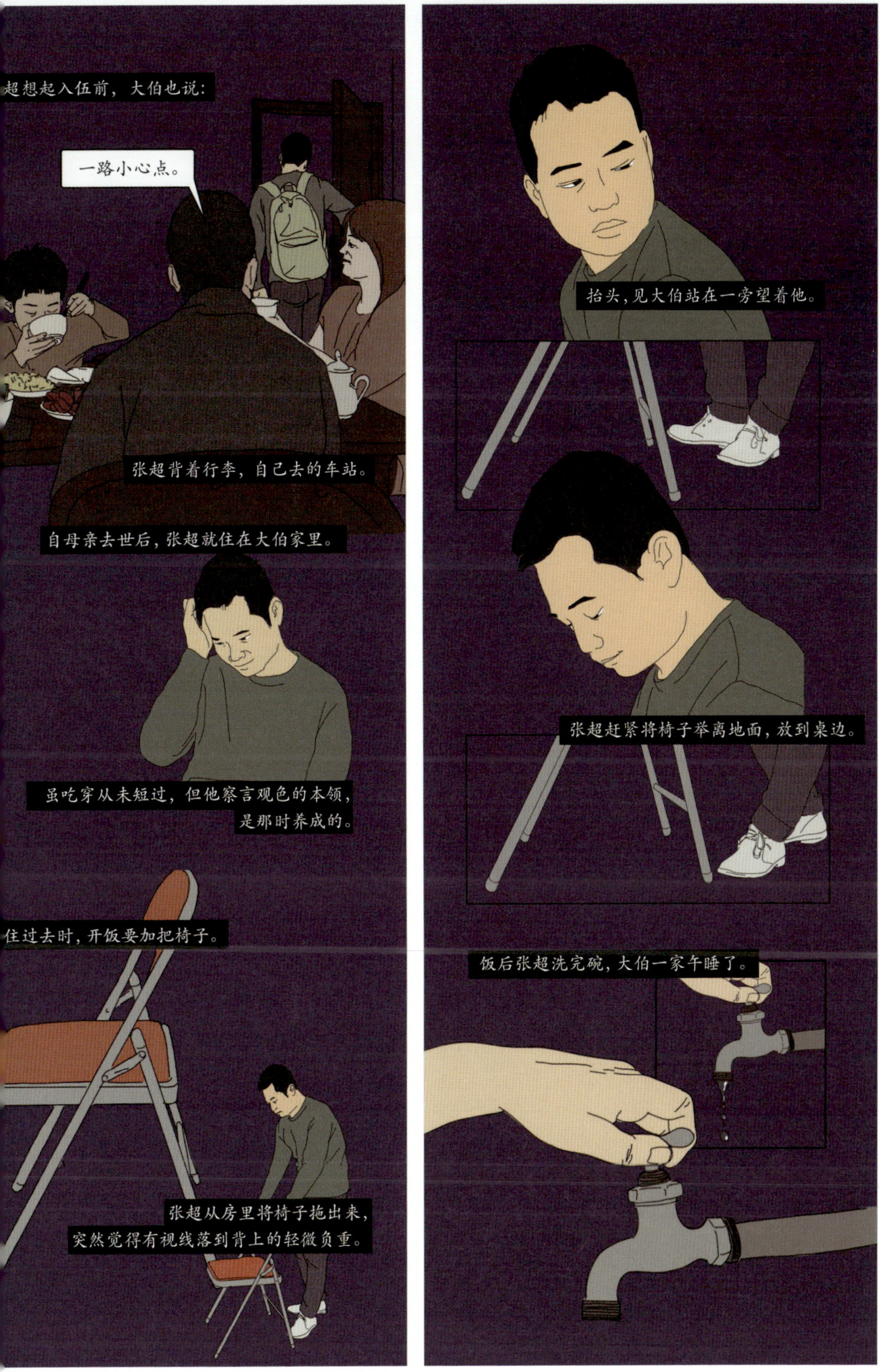

超想起入伍前，大伯也说：

一路小心点。

张超背着行李，自己去的车站。

自母亲去世后，张超就住在大伯家里。

虽吃穿从未短过，但他察言观色的本领，
是那时养成的。

住过去时，开饭要加把椅子。

张超从房里将椅子拖出来，
突然觉得有视线落到背上的轻微负重。

抬头，见大伯站在一旁望着他。

张超赶紧将椅子举离地面，放到桌边。

饭后张超洗完碗，大伯一家午睡了。

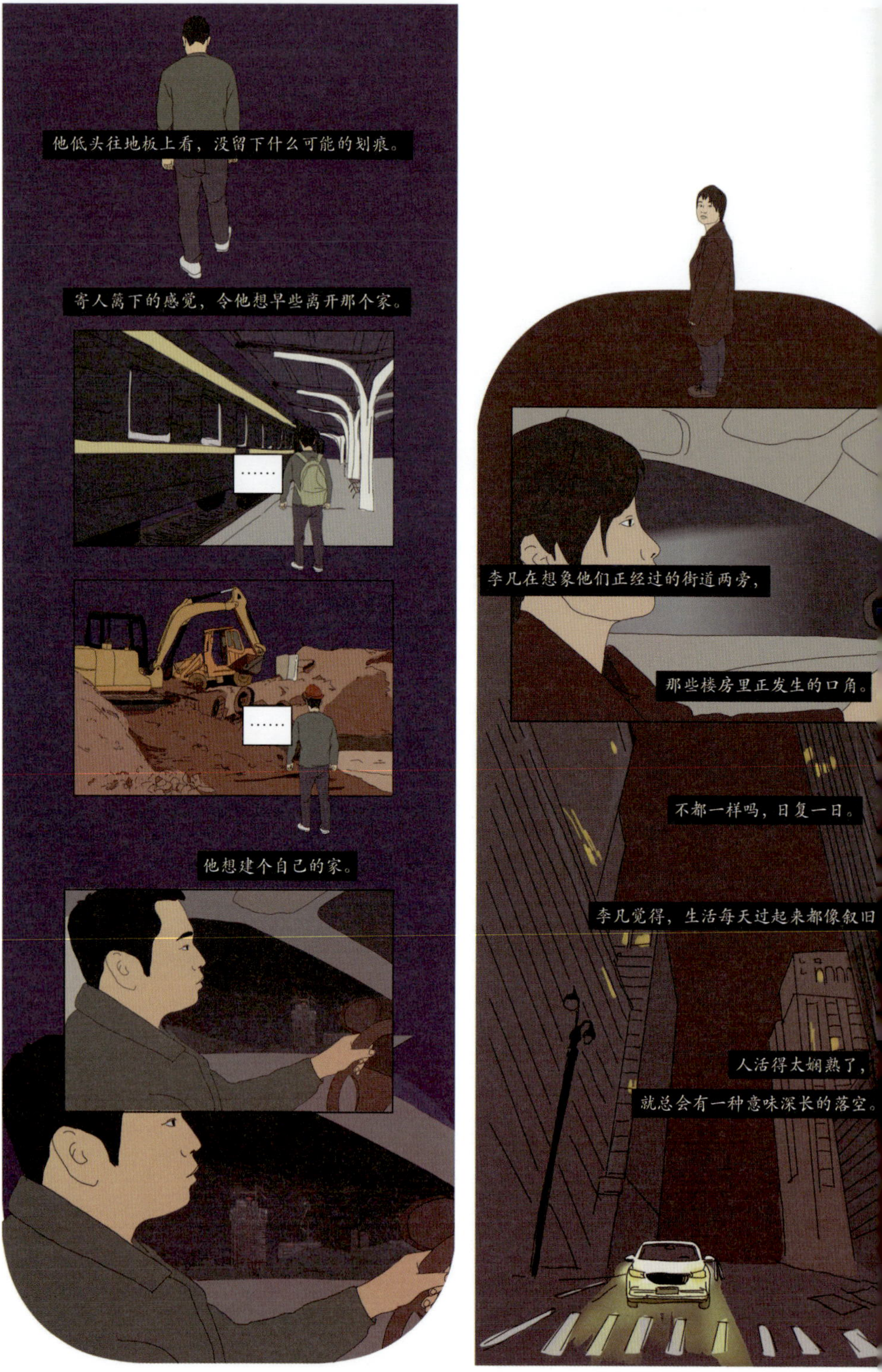

他低头往地板上看，没留下什么可能的划痕。

寄人篱下的感觉，令他想早些离开那个家。

……

……

他想建个自己的家。

李凡在想象他们正经过的街道两旁，

那些楼房里正发生的口角。

不都一样吗，日复一日。

李凡觉得，生活每天过起来都像叙旧

人活得太娴熟了，

就总会有一种意味深长的落空。

像从哪本书里读到的说法：

整个生活，像一遍又一遍播放的录像。

不过是重复而已。

或许就是在这种重复中，
许多感觉被消磨殆尽？

李凡觉得自己难闻，怨气闻起来是馊味。

可她又有些失控。

甚至想开口问丈夫“你还爱我吗”。

她忍住了。

……

她意识到，

就连这问题都不知重复问过多少次了。

她又想起，多少次当她说起什么，

才刚出口，就想到是已经说过的话。

而他好像也知道，但他仍回答。

他为什么就对这样的重复不以为意呢？

还是自己对一成不变的生活太抱成见？

……
她以为自己要牵她？
有时并肩走路，手会碰到。
她就抬起搓手，仿佛突然间气温变冷。
是有意地保持距离吗。
早两年，张超有过些一度走得近的异性。
但都因为自己木讷敦厚，最终被当作无性生物。
张超想，如果她认识到真实的自
会鄙夷他的丑陋与愚蠢
拐进去就到了？
对。

……

今晚你不开心？

没有啊。

他们都挺喜欢你的呀。

……

我想说件事……

嗯？

我……

……

我就是那个傻子。

什么？

你朋友说的……那个“水龙头”是我。

小时候表哥跟我说，
口水有毒不能吞下去。

我一直以为是真的。

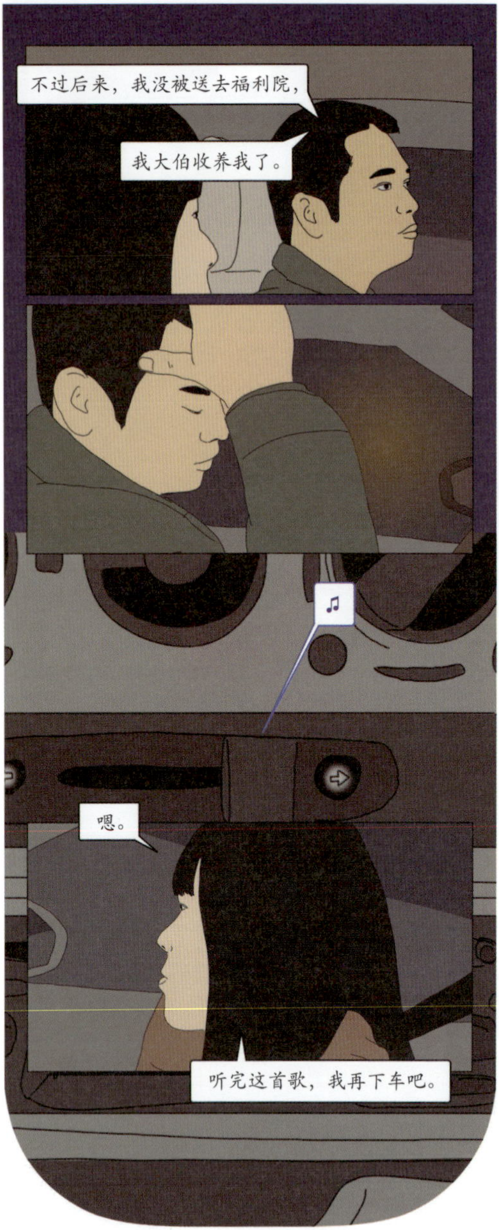

不过后来，我没被送去福利院，
我大伯收养我了。
嗯。
听完这首歌，我再下车吧。
啊，你看。 
什么？

不会往这边飞吧，刚洗的车。

往这飞，更好呀。

好像那时候……你记得吧？

……

还是觉得那时候好啊……

虽然这把年纪了……

但经常……也会想重温那时的感觉啊。

……

……重温？

♫

……

警车开到啦……地乌地乌地乌……

♫

♫听众朋友们，下周见啦。

FM99.1

FM91.9

FM93.1

FM93.9

……

下周见……

下周带你吃另一个。

下周见!

下周见啦!

走了，爸爸，下周见!

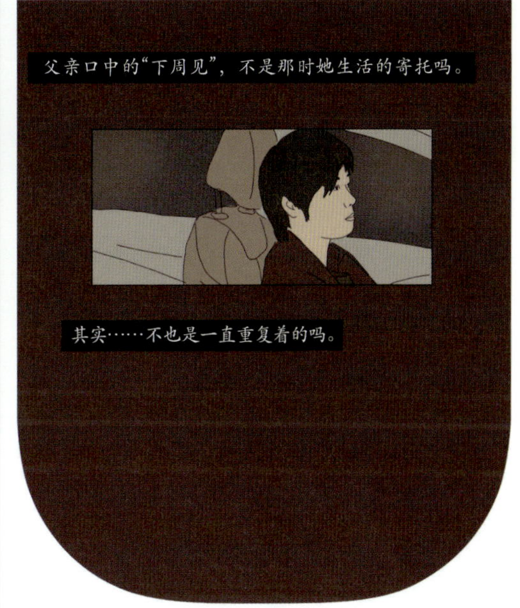

父亲口中的“下周见”，不是那时她生活的寄托吗。
其实……不也是一直重复着的吗。

我特别喜欢这首歌。
在家里，会一直单曲循环，
一遍又一遍地重复听。

……

你头疼?

好像是要感冒。

发烧了吗?

欸?

?

……

是有点烫啊……

……

那……下周再来找我？

下周见！！！

贺老总说这边以后多么好。

你说我们以后也搬过来吗。

李凡想起听母亲说过，
父亲曾参与过山湾的早期工程。

他们也曾想搬到山湾。

上一代人想做的事，下一代，好像又会重复。

那做吊顶吗？

哈，当然做！

那天夜里，张超决心。

他要为能让她高兴的事情效力。

下周见!!

张超听到远处山谷，传来阵阵重复的回声。

下周见……

下周见……

恍惚间，仿佛以为……

下周见……

听到了回应。

下周见……

下周见……

……

重复的口角，

重复经过的路，

重复被勾起的回忆，

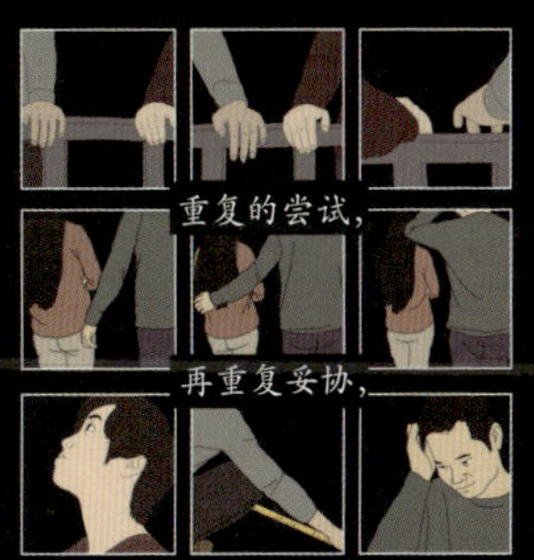

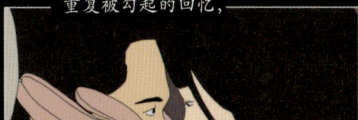

人会厌倦，但又离不开。

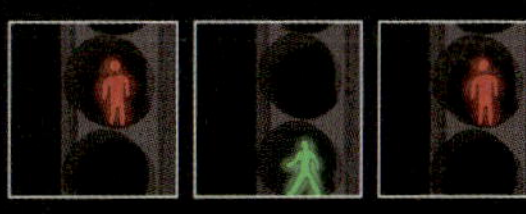

高楼是否疲惫于一再被筑起。

枝头是否厌倦反复发芽。

在越冬地和繁殖地间，
候鸟怎样看待年年的迁徙？

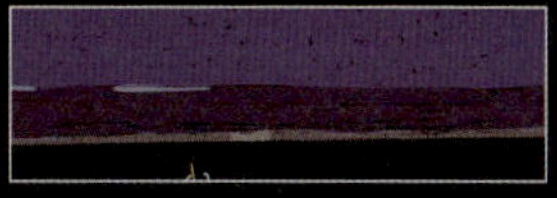

人类不晓得，

但人懂得自己……

一代又一代人，

选择怎样的观念相栖息。

我们一再选择重复的东西，
或许就接近我们的本质。

爱，意味着无数次的重复
和确认，
需要一遍又一遍地
验证与感知。
人们懂得如何继续。

和梦打交道的人

Puzzle

来玩那个游戏吧！

是在我刚刚看电影的时候？
是你喝太多了吧……
阿龟是我的小秘密。

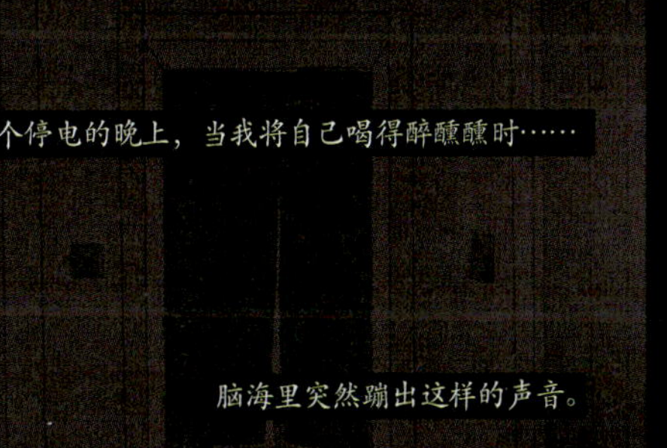
个停电的晚上，当我将自己喝得醉醺醺时……
脑海里突然蹦出这样的声音。

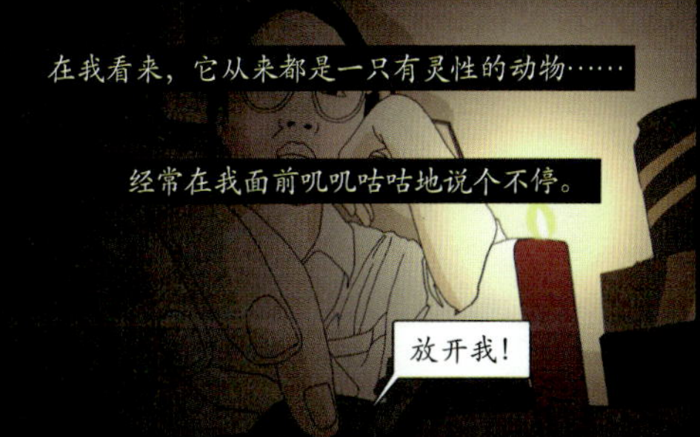
在我看来，它从来都是一只有灵性的动物……
经常在我面前叽叽咕咕地说个不停。
放开我！

游戏？

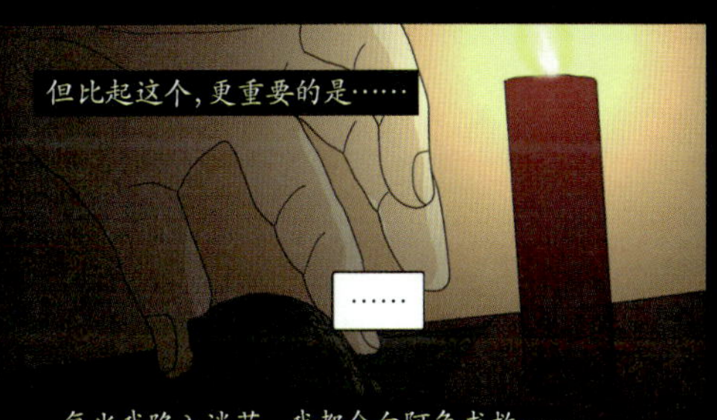
但比起这个，更重要的是……
……
每当我陷入迷茫，我都会向阿龟求救……

嗝……
咦……你什么时候爬上茶几了？

让它为我指引方向……
阿龟你说……

我是不是……一辈子也做不到啊？
YES
NO
我用相机记笔记，我也写一些小故事……
虽然从未拍到过什么了不得的景象，
也没写出过令自己佩服的故事……
晕晕晕！！
转
转
转
YES
NO
但我一直以为，我在朝着自己的目标努力着……
停下了吗……
啊……不敢看……不敢看……
我是不是真的做不到啊？
几年前起，我养成了每天拍下一张照片的习惯。
至今已经装满了好几个箱子……
偷瞄
偷瞄

YES
NO
阿龟给出的答案是：是……
?!
YES
伸出
NO
也未可知噢！
……
我们来玩那个游戏吧。
嗯?！
……
那个游戏?
翻身

就是那个游戏哦！
一个词语+一个画面。
想象一小段剧情。
什么样的小片段都可以。

是哦！

中学时……
被困在课本上方的我……
总是靠那个小游戏度过那些难挨的时间……

把照片拿出来！
选这个词！
开始吧！
……
抽张照片……
加热充分之前就已经开始膨胀，最后
一个又轻又有空气感的面包。刚出炉
有啪啪啪炸裂的声音。在1920年的
应该早上4点之前工作，
这是个什么鬼词啊……
个又轻又有
有啪啪啪炸
我拍的小区傍晚啊……
啪啪啪……加上这个画面……

好难啊……
……
快跑！甩掉它们！
夏天的傍晚，
要是毫无防备站在室外的话，
头上总会飘着一朵蚊子云。
我要把我的引到你头上

我来了！
啪
啪
啪
哇！
像放鞭炮！
那边还有好多！
像银河！
啪！
啪！
啪啪啪！

我要是真厉害的话……

就不会这个礼拜……

连续收到三封退稿邮件了吧……

啪——

竟然没有落入俗套变成情色故事……好厉害嘛。

有一种高台跳水时被水面拍蒙的感觉……

我要是真厉害的话……

作为一名普通的二级市场研究员……

嘀——

嗒——

也许是我的白日梦吧……

DIALOGUE
电影语言的语法
我在拍电影时思考的事
我喜欢电影。
可是好难啊……
……
许多其他在爱好一栏里写上“看电影”的人不同，
我从不以“打发时间”的心情去看电影。
喜剧之王
别发呆了，继续吧。
看完一部好电影对我来讲……
会觉得那段时光特别满足。
……
像醒着，却做了一个美妙的梦。
我也想做出令人满足的东西。

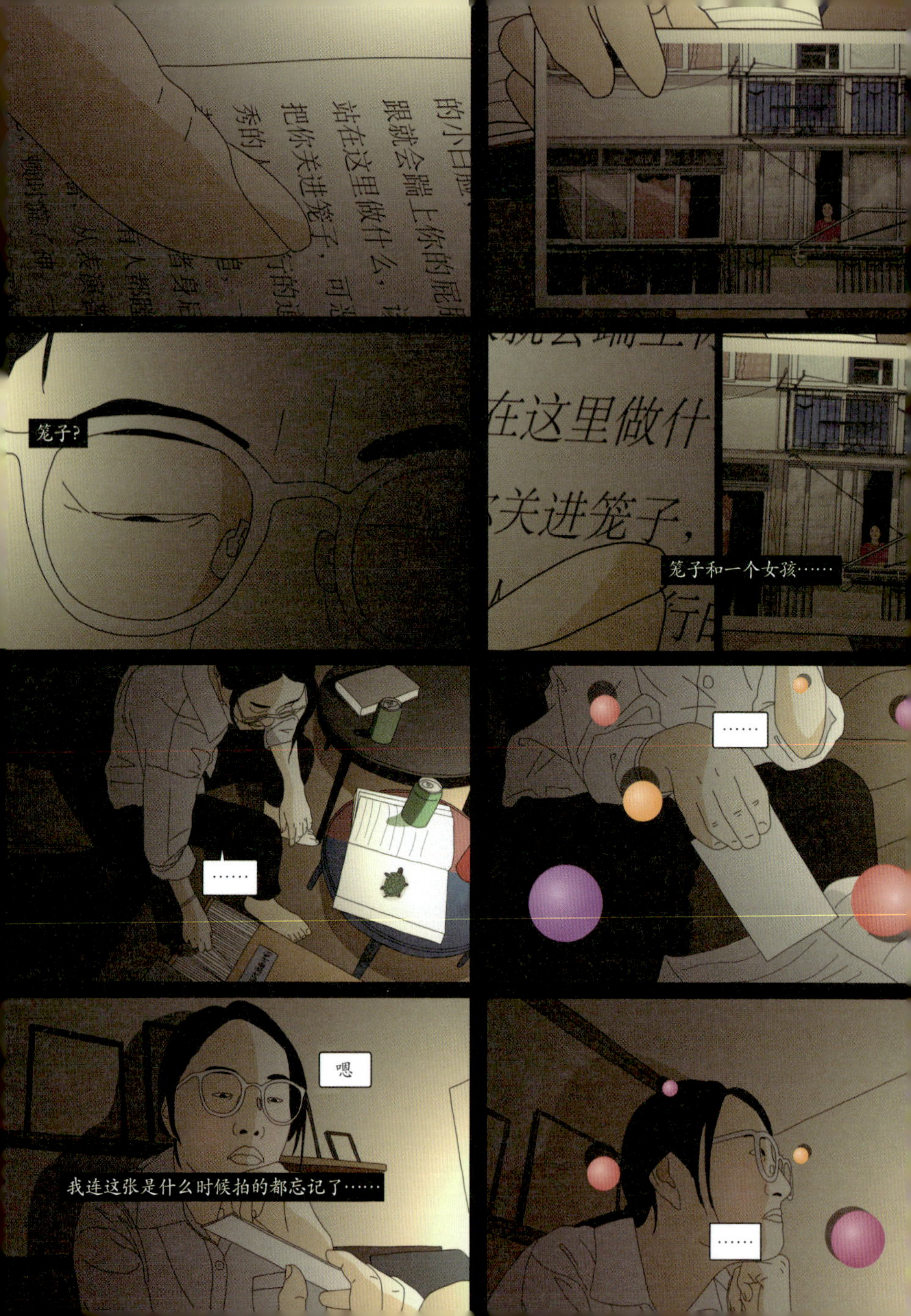
笼子？
笼子和一个女孩……
……
……
嗯
我连这张是什么时候拍的都忘记了……
……

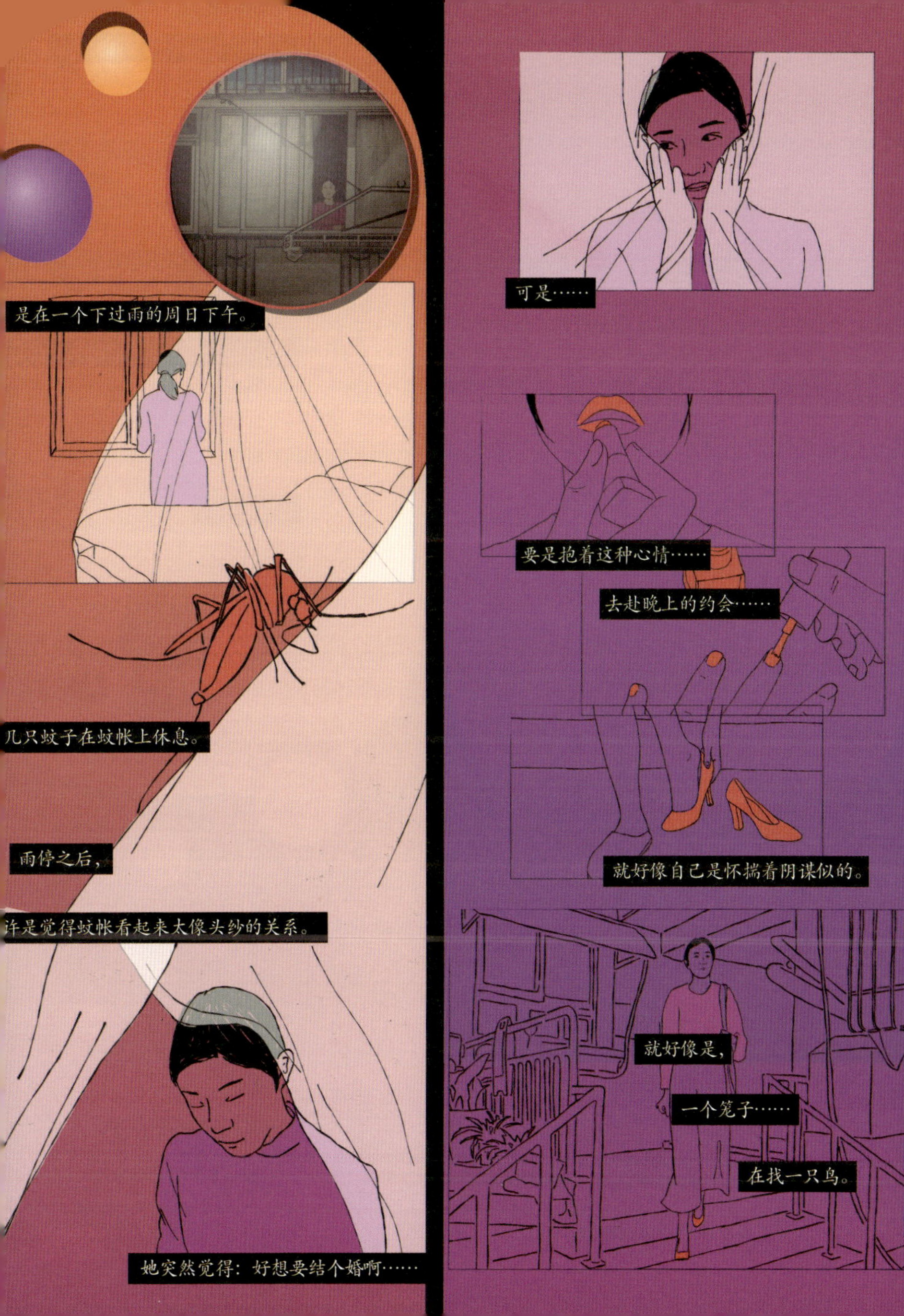
是在一个下过雨的周日下午。
几只蚊子在蚊帐上休息。
雨停之后，
许是觉得蚊帐看起来太像头纱的关系。
她突然觉得：好想要结个婚啊……
可是……
要是抱着这种心情……
去赴晚上的约会……
就好像自己是怀揣着阴谋似的。
就好像是，
一个笼子……
在找一只鸟。

不要……
不要……
不要……
不要……
就这样想着，一路到达了目的地。
电影放映的某个瞬间，她突然想到
我不是笼子，
我是树呀。
窸窸窣窣
窸窸窣窣
唉……

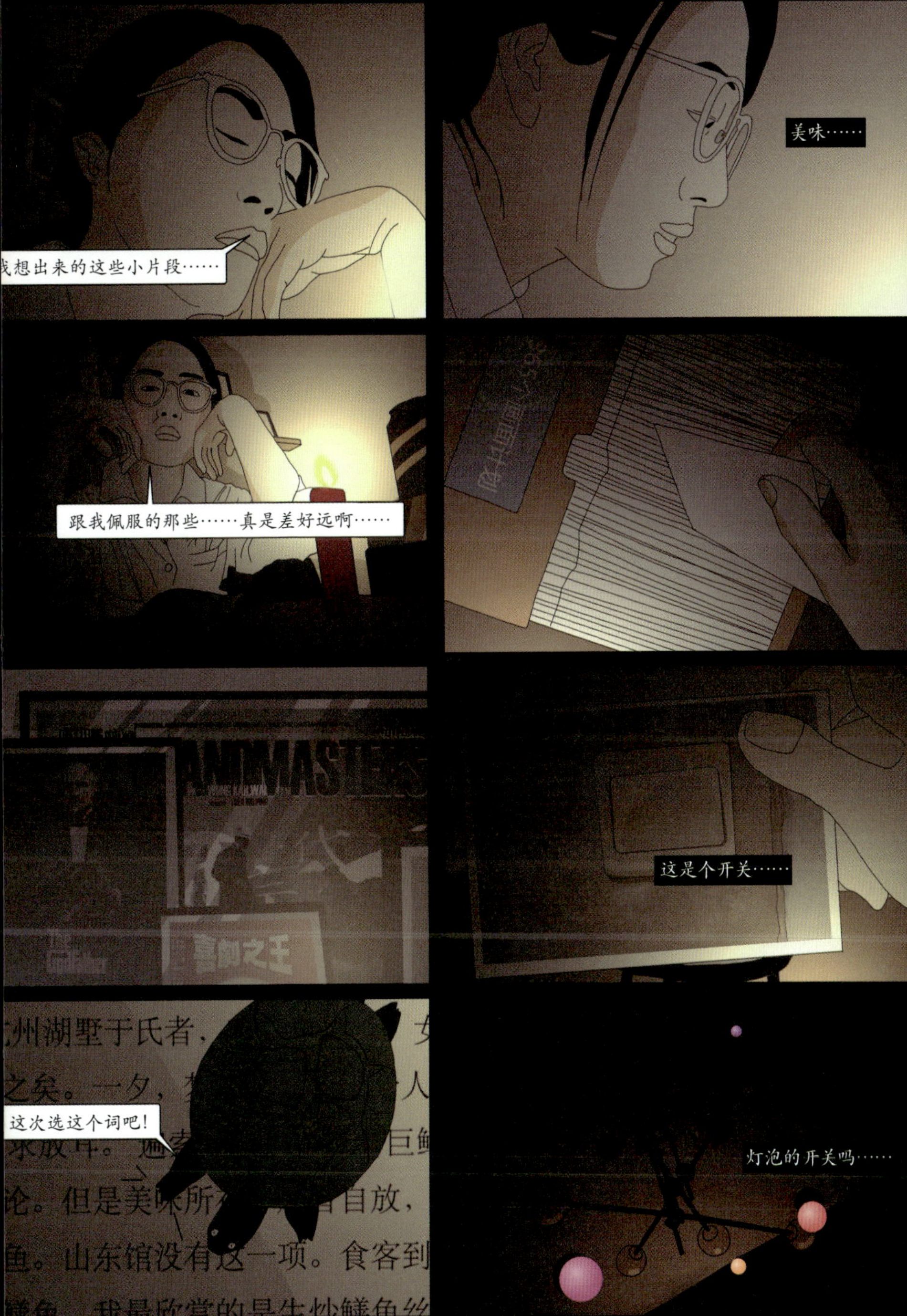

想出来的这些小片段……
美味……
跟我佩服的那些……真是差好远啊……
这是个开关……
这次选这个词吧！
灯泡的开关吗……

美味的开关?

是出租屋的日光灯老了吧。

在想什么似的要等很久才亮。

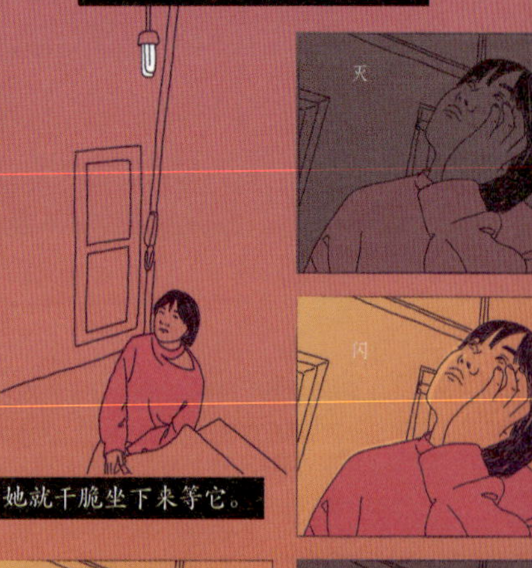

灭
闪
她就干脆坐下来等它。

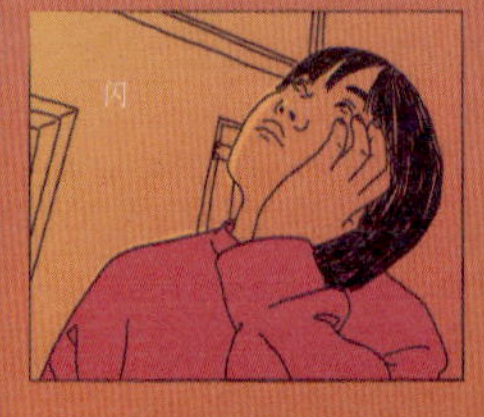

这样的闪光，想起那时他给她拍照。

那些照片放哪儿了呢，是搬来的时候弄丢了吗？
想起搬家时，他在摩托车上，
狼狈地踩着脚蹬的情形。
一下又一下，
不知道要哪一下，才能踩得它发动起来。
她总是等他。
说起来，
在这种紧巴巴的生活里，
好像没有什么是可以一次就成功的吧……
刚刚在灶台也是，
她试了好几下才将火点着。
……
哒
可是，
也没问题吧。

她闻到厨房飘来炖汤的香味。
她想，等他晚上回来，就可以一起喝了。
会很美味吧！
太少女了吧！
为什么……
为什么我就没有跌宕起伏的经历呀……
在这种平淡的生活里……
我一直想出来的都是这种平淡的日常啊啊啊
没有经历过的，看别人的就好啦。
从自己的生活出发嘛。

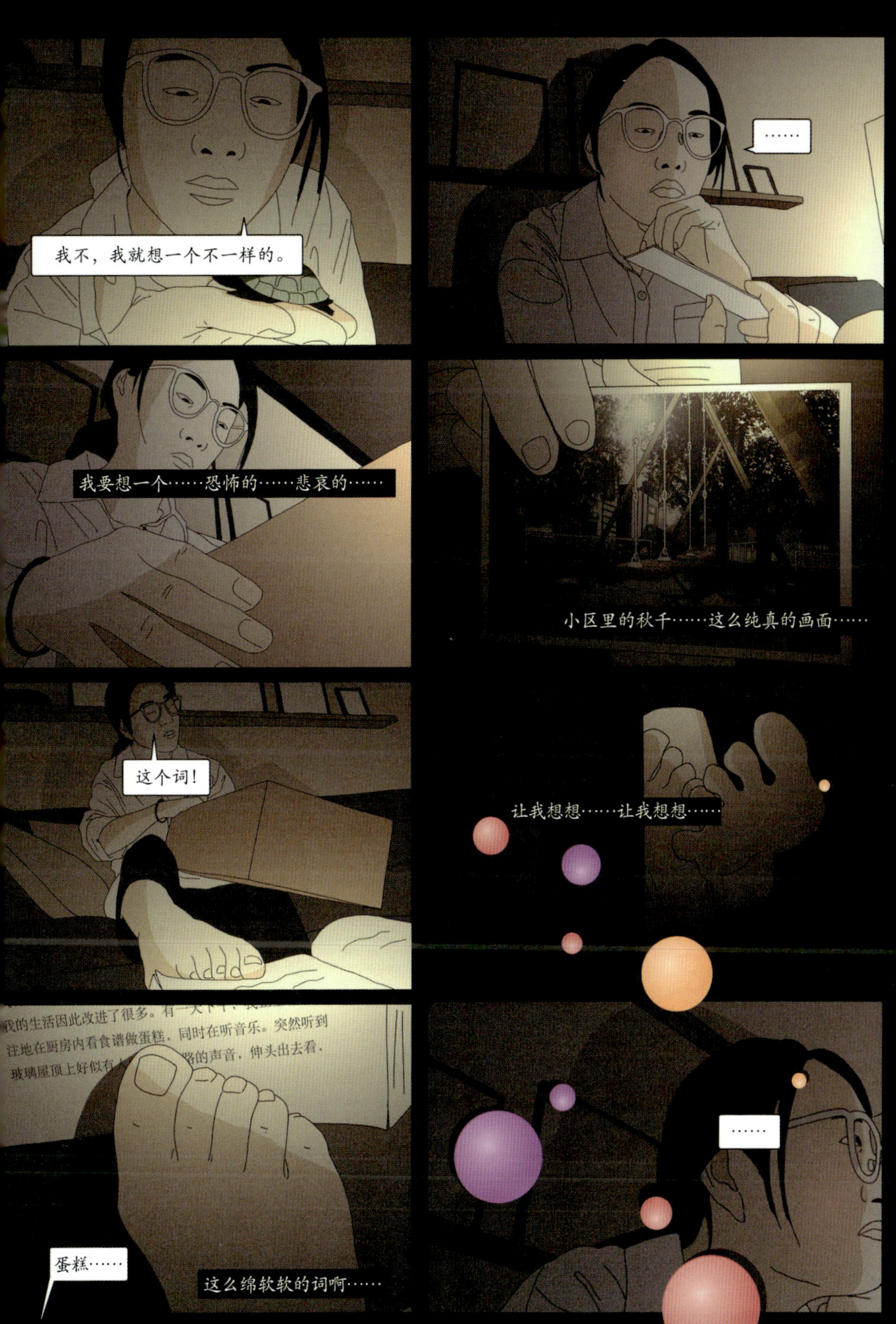
我不，我就想一个不一样的。
……
我要想一个……恐怖的……悲哀的……
小区里的秋千……这么纯真的画面……
这个词！
让我想想……让我想想……
蛋糕……
这么绵软软的词啊……
……

荡
荡
荡
荡
我的秋千……
我的秋千是一个这么大的循环。
你的秋千是这么大的一个循环。
我们仨加在一起是这么样的一个形状。
所以蛋糕就应该恰好这么分。
不公平！

当然蛋糕只是一个比方。
是说，我们家的家产，应该是这么分了。
你说的家产，是那些家具吗？
我要所有的玩具！
荡
荡
荡
我们要自己努力活下去了。
荡
荡
有意思……我想要继续看下去噢。
阿龟好会安慰人……
可我也想不出后面该怎么发展了……
再来。

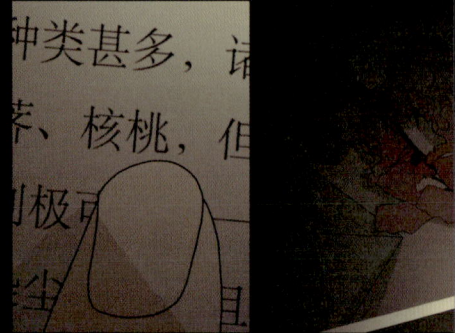

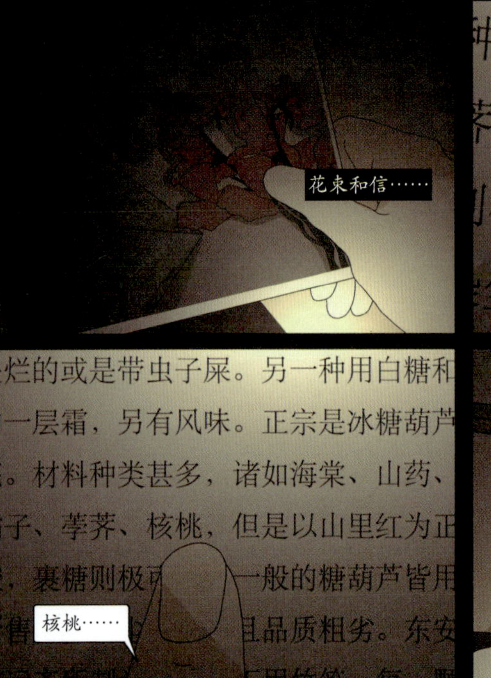
花束和信……
是烂的或是带虫子屎。另一种用白糖和
的一层霜，另有风味。正宗是冰糖葫
亮。材料种类甚多，诸如海棠、山药、
橘子、荸荠、核桃，但是以山里红为
一般的糖葫芦皆用
品质粗劣。东安
核桃……

种类甚多，
荠、核桃，

想一个男人为主角的！

……

因为愧疚，
他头天特意带了一大捧鲜花回来。
她很高兴。
咦，还写了卡片？
是他努力想到的一段话：
一件真事：
最近常常走在路上觉得，要是手里没你的手，我就浑身不自在。
真是肉麻！
今早起床时，他才告诉她。
周末还是没办法陪你去了……
她应了一声，没说什么。

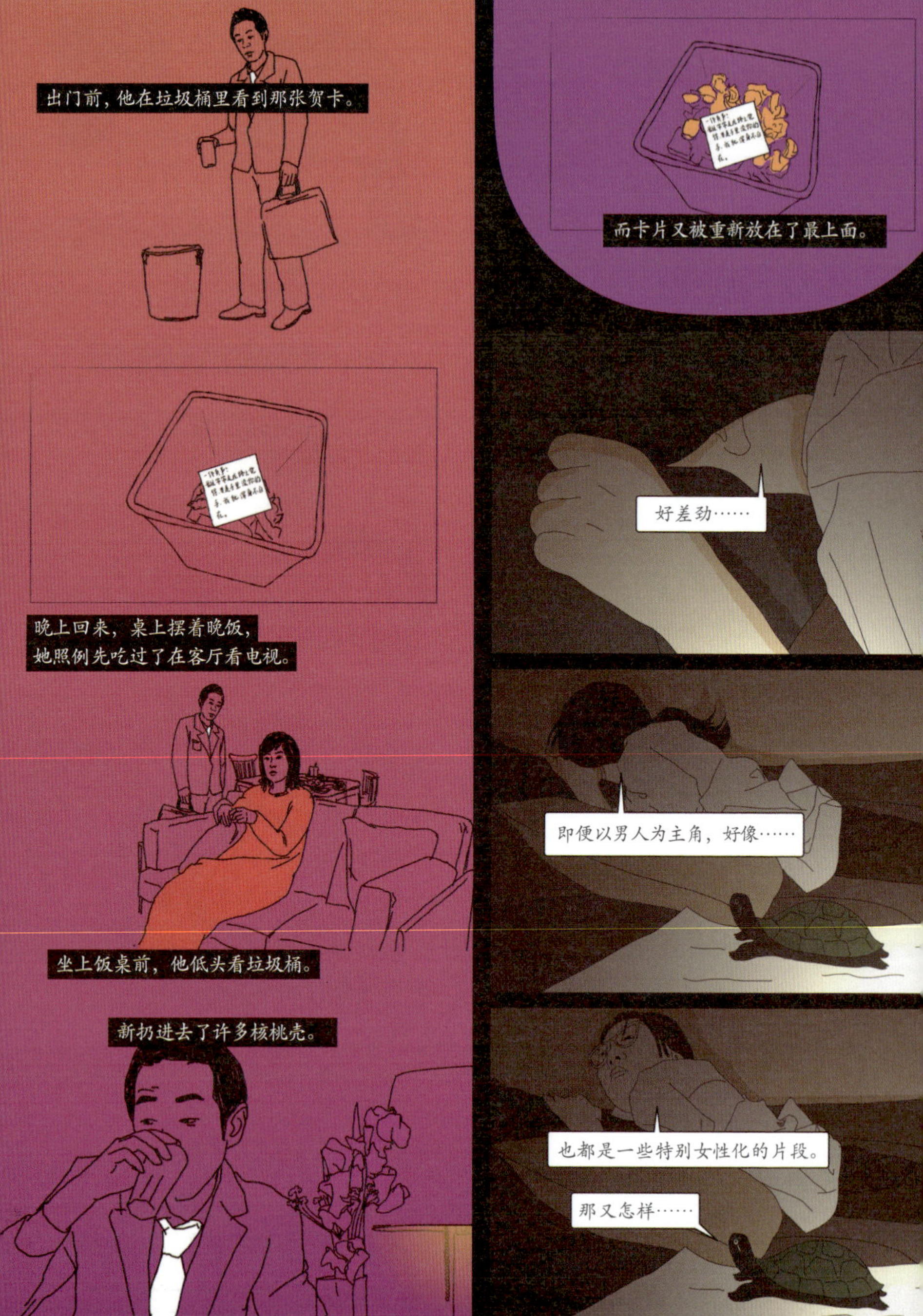
出门前，他在垃圾桶里看到那张贺卡。
晚上回来，桌上摆着晚饭，
她照例先吃过了在客厅看电视。
坐上饭桌前，他低头看垃圾桶。
新扔进去了许多核桃壳。
而卡片又被重新放在了最上面。
好差劲……
即便以男人为主角，好像……
也都是一些特别女性化的片段。
那又怎样……

不去想自己擅长的故事，
就像锯树的时候，坐反了位置。
“摩托车”……
喔……阿龟你怎么好像在背诵
我看的书里的话……
“脸”……
……
情况如果不在漫画中
丢漫画家的脸。
脸和骑摩托车的人？
抽

虽然他爱耍勇斗狠。
但她见过他最彷徨和难堪的时刻。
说什么多个朋友多条路…
操他妈我要这么多路干吗啊！
我走不完啊！！！
可她仍喜欢他。
她给他买许多白衬衫，觉得那才是他最好的样子。
还是上学时那个意气风发的少年。

段日子，虽然他是焦虑的，
但她高兴，
喜欢就那样搂着他，被他载着随便去什么地方。
年后，
于到他有了起色，是朋友给撮合的机遇，
他开起一家台球厅，
又在临近的位置，与人合伙揽下一家酒吧。
早出晚归成了他的常事。
一天回来，她发现他衬衫上有一张脸。
确切地讲，是半张，
女人的脸。
是有谁像她那样，从后面抱着他吗？
分手是后来的事了。
是两人都厌倦了。
她开始一个人住，也给自己买白衬衫。
买了许多，
慢慢竟觉得，更适合的是自己。

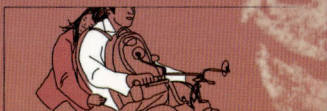

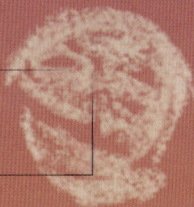

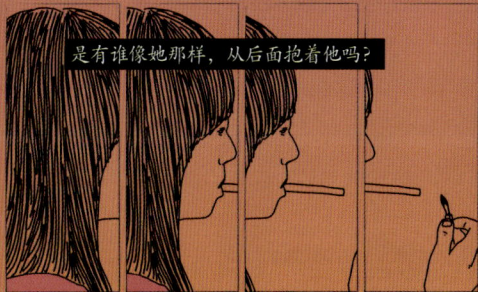

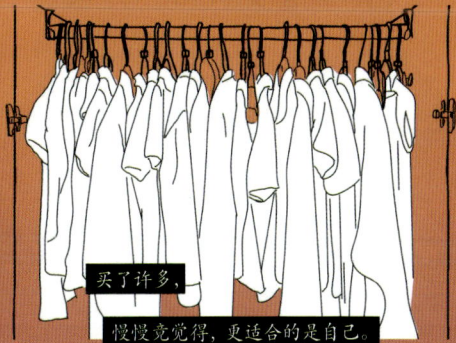

她剪短了头发。
常有不知情的女孩喜欢上她。
她看到过他的结婚照片，
那女人的脸，总觉得似曾相识。
是那时他白衬衫上的那张吗？
她不在意了。”
那是你的故事吗？
不是呀。
总感觉有你的影子。
影子而已啦……

哈欠
好困……

这个?

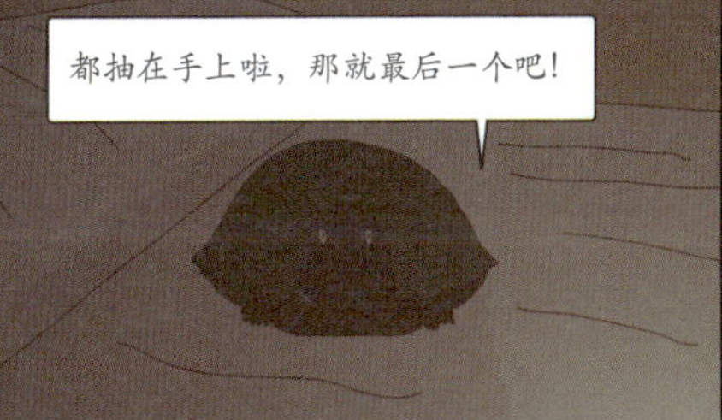
都抽在手上啦，那就最后一个吧!

“光”

这是……那个公园的小游乐场……

……

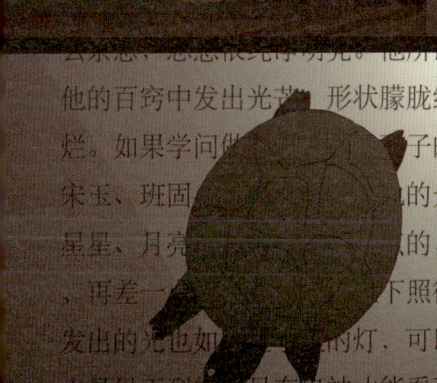

她记得无数次，
小时候，躺在海洋球池底。
小心翼翼地呼吸，
不让那些塑料球随着她的呼吸起伏。
但外公总能一把将她捞出来。
哈哈哈哈哈！
她爱和外公玩躲迷藏。
售票处
外公有小火车，外公有海洋球池。
外公还有气枪和一墙的气球。
有的时候，生意会好得很。
出口
去开开小火车嘛，
一下午都在海洋球里。

过外婆和外公斗嘴。

公在阳台抽烟，茶杯放在洗衣机上。

外婆用洗衣机甩干衣服，

杯子摔落，玻璃碴碎了一阳台。

谁会把茶杯放洗衣机上面?!

谁会把洗衣机放茶杯下面?!

外公也是笑眯眯的。

长大一点，她喜欢上拍照。

着相机四处跑，路过公园，就去找外公。

远远地看见外公坐在小凳上，把海洋球拿出来。

一个一个地擦干净，再放回去。

外公！
Yeah。
咔嚓
那时每次来玩，
她会偷偷塞两个海洋球在口袋里带回家。
渐渐就积满了一抽屉。

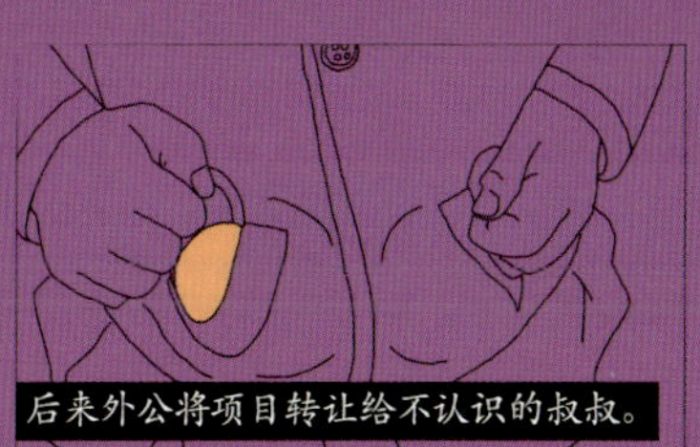

后来外公将项目转让给不认识的叔叔。

她才告诉外公：“我那里还有一小池呢！”

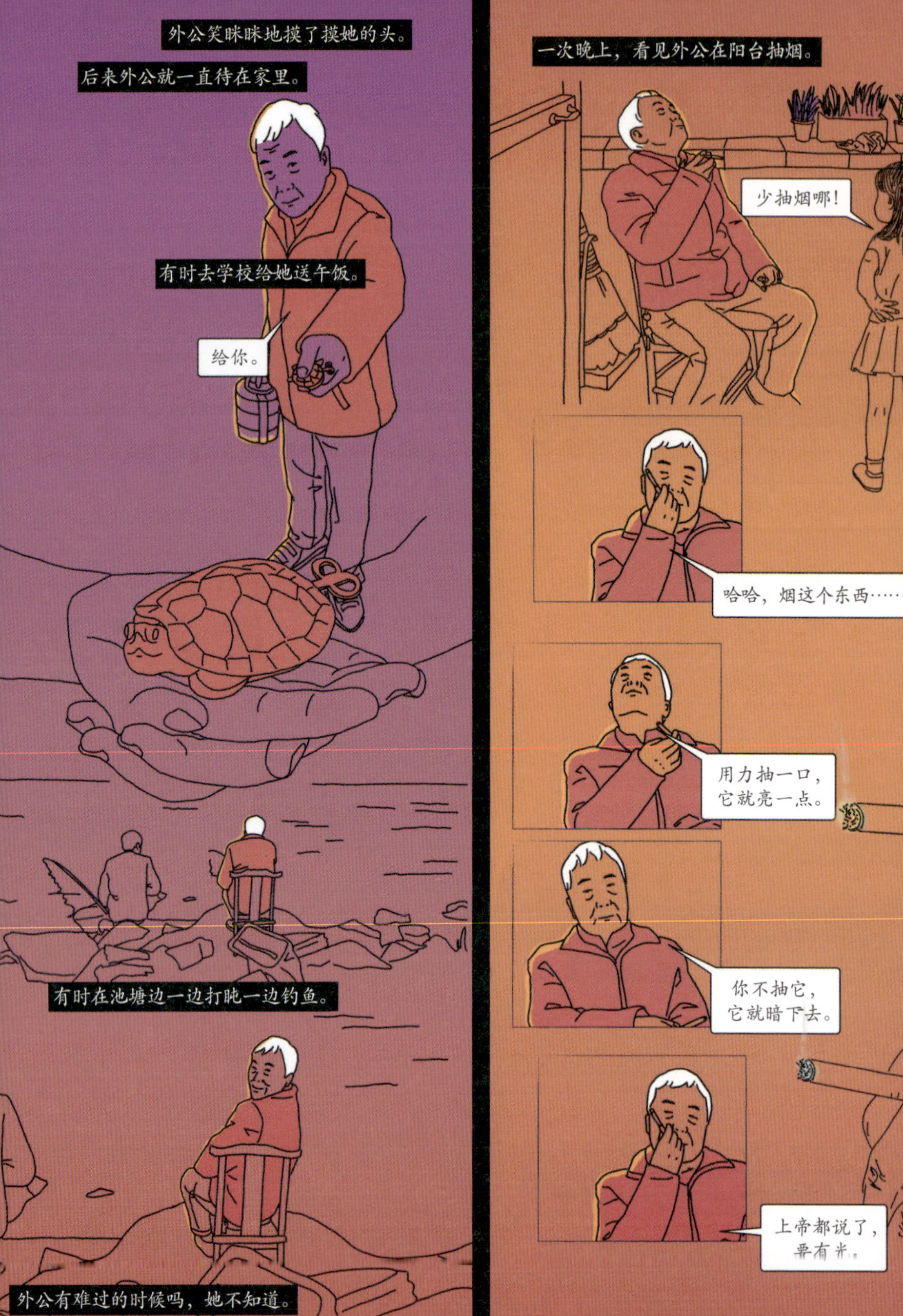
外公笑眯眯地摸了摸她的头。
后来外公就一直待在家里。
有时去学校给她送午饭。
给你。
有时在池塘边一边打盹一边钓鱼。
外公有难过的时候吗，她不知道。
一次晚上，看见外公在阳台抽烟。
少抽烟哪！
哈哈，烟这个东西……
用力抽一口，
它就亮一点。
你不抽它，
它就暗下去。
上帝都说了，
要有光。

那我当然是要让这个世界多一点光亮嘛。

嗯……

那……那我也要发光！

你就不许抽烟了……

呀……你要想自己的办法。

妈妈说，外公去世的那家医院，也恰好是他出生时的那家。

那听起来，就像在棋盘上走完一圈，又回到了起点。

手术室

她常想起最后一个画面……

是外公被推进手术室时。

她看见外公的手。

笑眯眯的外公，永远是个会发光的人啊。

外公……
嗒
嗒
我要怎么才能发光啊……
来电啦!

我会发光吗，这天夜里我没有得到结论。
The Godfather
喜劇之王
但是这一天……
我明确地感觉到。
……

自己被照亮了……
电影啊……
喜劇之王
就是光呀。
有如走路的速度
STORY
法国新浪潮点电影史
蛤蟆的油
DIALOGUE 对白
电影语言的语法
我在拍电影时思考的事
菊次郎与佐

我也想写出可以发光的故事。

二天，我仿佛受到了鼓舞似的，

又开始做起了自己的电影梦。

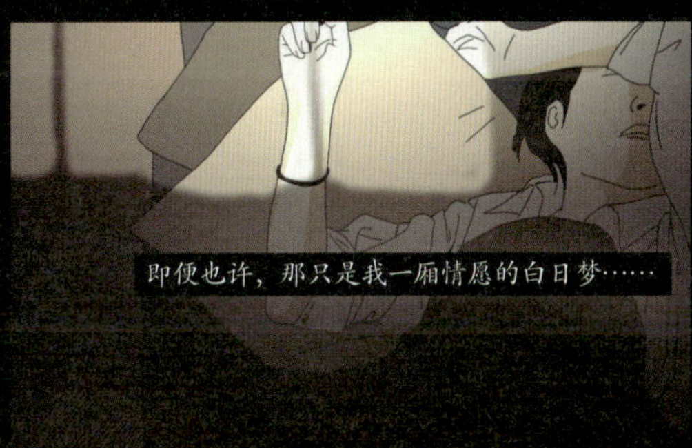
即便也许，那只是我一厢情愿的白日梦……

但电影本来就是最接近白日梦的东西吧。

是会发光的白日梦。

我被别人的白日梦照亮过。

而我呢，是我自己白日梦的作者。

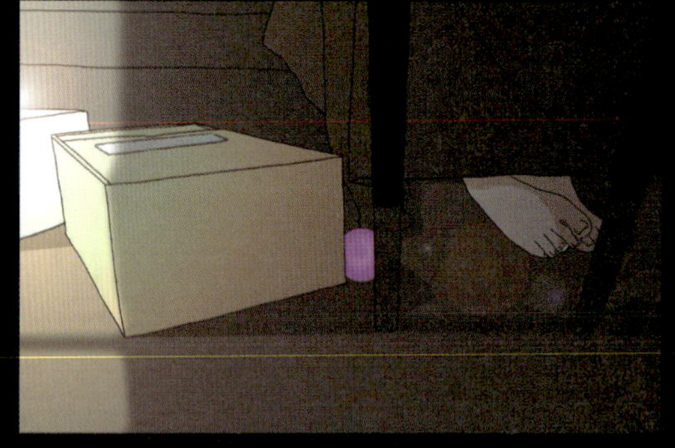

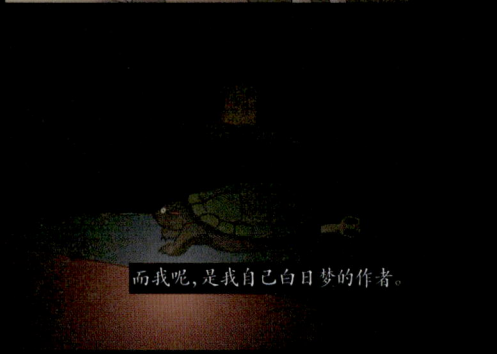

人们面对着影像时，不常意识到，
自己正被某些片段照亮。

那些零星的片段，
以微弱的光在鼓舞着人，丰富着人。

而发生在人们身上的故事，
又以某种方式照亮着他人吧。

自己的故事

Puzzle

一次郭佳开车回郊区的房子，
发现父亲把家里的食用油全做成了肥皂。
福顺
74岁
穿这件？
……
这件好像好点。
……
这个呢，你们拍出来觉得呢。
爸，人家是来拍你做肥皂的，不用太……
我想想。
王丽华
78岁
几件都一样，你琢磨什么？
还是有区别，缝线不一样。
2014-11-2
09: 27
……
……

早上还和我爸吵呢。
郭佳
44岁
他非要叫“生合”，
我说这个名字已经被人注册了，要抢过来很麻烦的。
王丽华
78岁
我觉得之前那个，叫“润和”也挺好呀。
哎呀，搞不懂我爸，我是不太想管他了。
……
生合，听起来很辽阔。
水……称重。
郭福顺
74岁
再称碱。

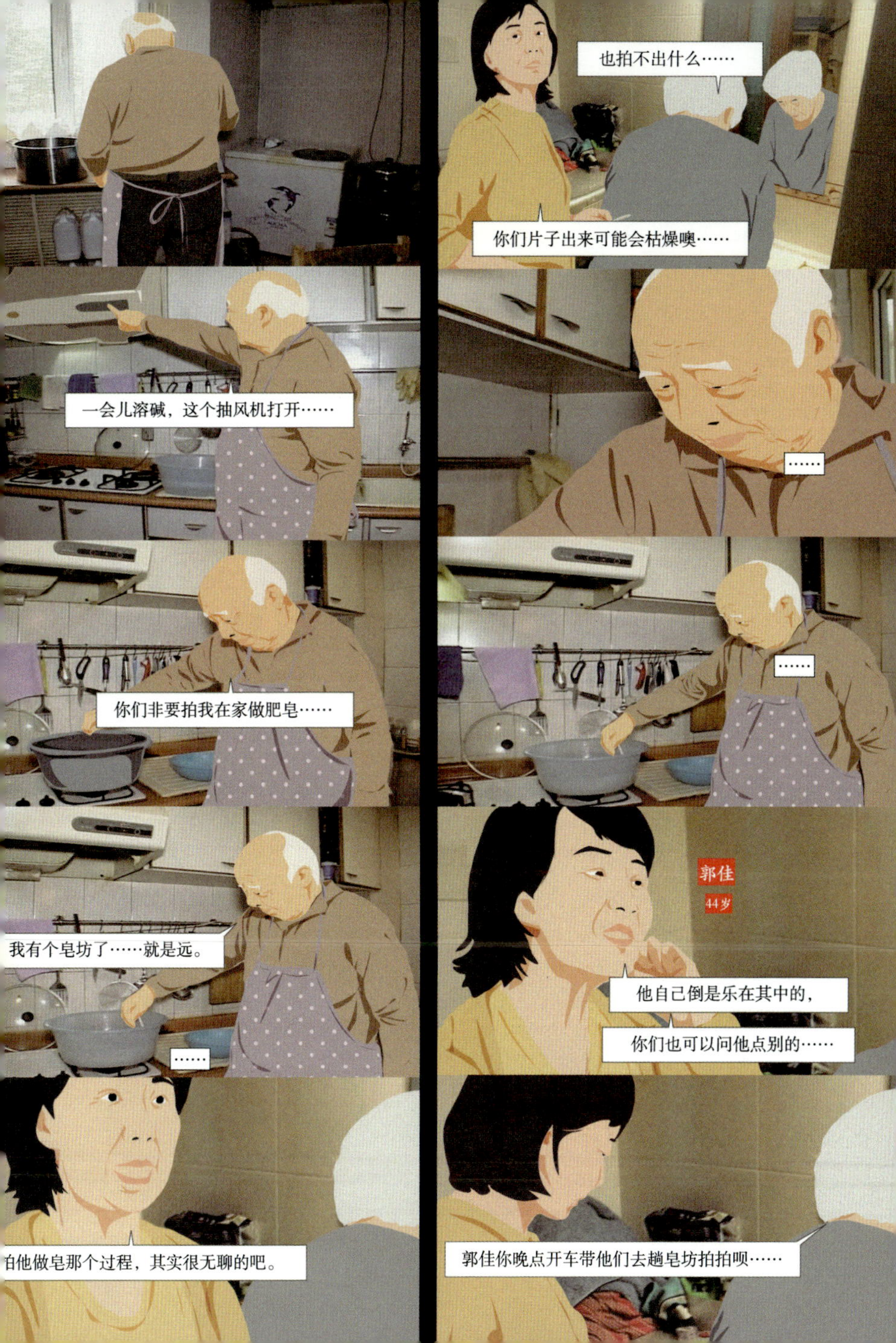

也拍不出什么……
你们片子出来可能会枯燥噢……
一会儿溶碱，这个抽风机打开……
……
你们非要拍我在家做肥皂……
……
我有个皂坊了……就是远。
……
郭佳
44岁
他自己倒是乐在其中的，
你们也可以问他点别的……
他做皂那个过程，其实很无聊的吧。
郭佳你晚点开车带他们去趟皂坊拍拍呗……

您和阿姨过去是大学同学?

那是怎么样在一起的呢?

他们大学那个年代，刚好是“三年困难”时期吧。

那时候，政府在食堂提供两顿发糕，

拌着河里捞的藻类植物吃。

饿急了用开水泡一点酱油喝。

是20岁吧……有天我看她走在我前头。

我看见她，我就跑了几步，让她看见我。

当时学校都停了课，

学生被安排在宿舍平躺，说要减少热量消耗

我看他跑过来，我就说：

降温……还得等等。

跑什么，跑可是在浪费国家粮食！
给。
……
莲子？哪来的？
别问，拿走。
郭福顺不提那翻墙、下水、游泳、摘莲蓬又游回岸边的这依次的动作所浪费的热量。
他自己留了两颗，其余都给了王丽华。

您小时候的成长环境是怎样的？

小好
6岁
外公给你弄点，肥皂水，你看。
能不能玩？
哇！妈妈你看！
嘿嘿。
说过去啊……
开滦煤矿还由外国人管的时候，
我父亲是在英国监理家做管家杂役。
解放后，他被安排在矿上做马车的监送工人。
我母亲吧……
我母亲可了不得……
听说我母亲刚嫁来的时候，
当着我奶奶的面，把饺子皮吐地上。
所以我奶奶每说起那年，就是“饺子捏不上皮”的一年

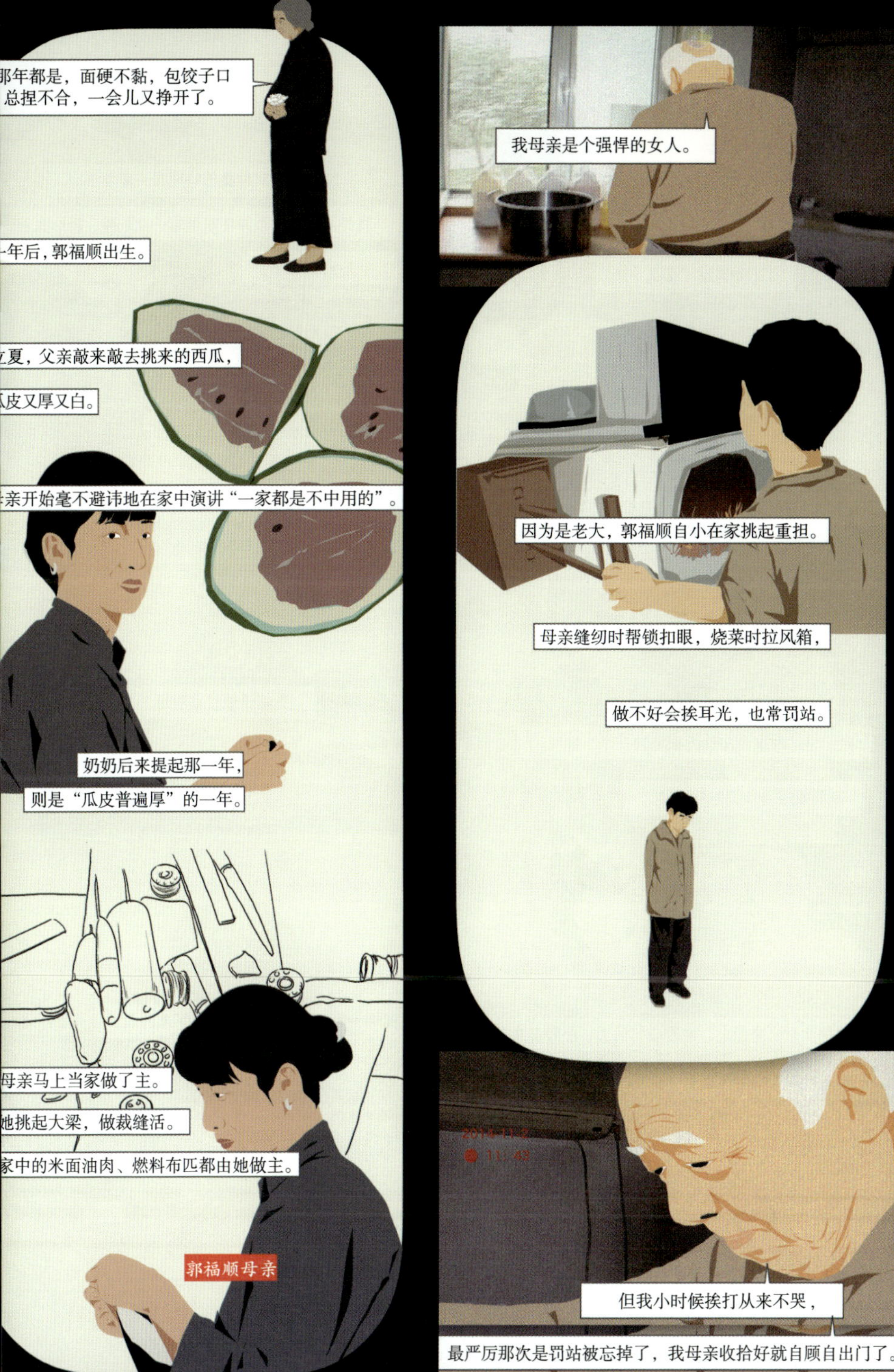

那年都是，面硬不黏，包饺子口
总捏不合，一会儿又挣开了。
一年后，郭福顺出生。
立夏，父亲敲来敲去挑来的西瓜，
瓜皮又厚又白。
亲开始毫不避讳地在家中演讲“一家都是不中用的”。
奶奶后来提起那一年，
则是“瓜皮普遍厚”的一年。
母亲马上当家做了主。
她挑起大梁，做裁缝活。
家中的米面油肉、燃料布匹都由她做主。
郭福顺母亲
我母亲是个强悍的女人。
因为是老大，郭福顺自小在家挑起重担。
母亲缝纫时帮锁扣眼，烧菜时拉风箱，
做不好会挨耳光，也常罚站。
但我小时候挨打从来不哭，
最严厉那次是罚站被忘掉了，我母亲收拾好就自顾自出门了。

2014-11-2
11:43
也不知道站了多久……
只记得太阳在那个白光天里，揪着我的影子绕着我转。
做肥皂这件事当初就像家里的一个小游戏，
我妈就一直让我爸打转转。
爸爸每次做出来肥皂，她都会打回去，提好多意见。
我爸就闷头回去改良。
……
我妈对付我爸特别有一套办法。
我怀疑她会故意弄坏家里的一点东西，扔给我爸，
让他有事可干。
挂钟好像修过三次了吧，电扇多了挡位，
收音机能听到国外的电台。
你得给他找点事情。
他是那种，停不下来的人。
……

我父母学的都是机械工程，
那时候国家正大力发展工业嘛。
嗯……对，当时是非常时髦的专业。
那时大学生也少，
我是看机床削铁如泥，能把铁花削成小卷卷，
觉得好玩就学了这个。
哪想制图什么的，那么麻烦。
我父亲的学业倒一直是最好的。
北洋工學院
因为上学早，虽是同级，郭福顺比王丽华要小四岁。
入学时周围都已是像样的成人，
郭福顺却还在狼狈地长个头。
班上他年纪最小。

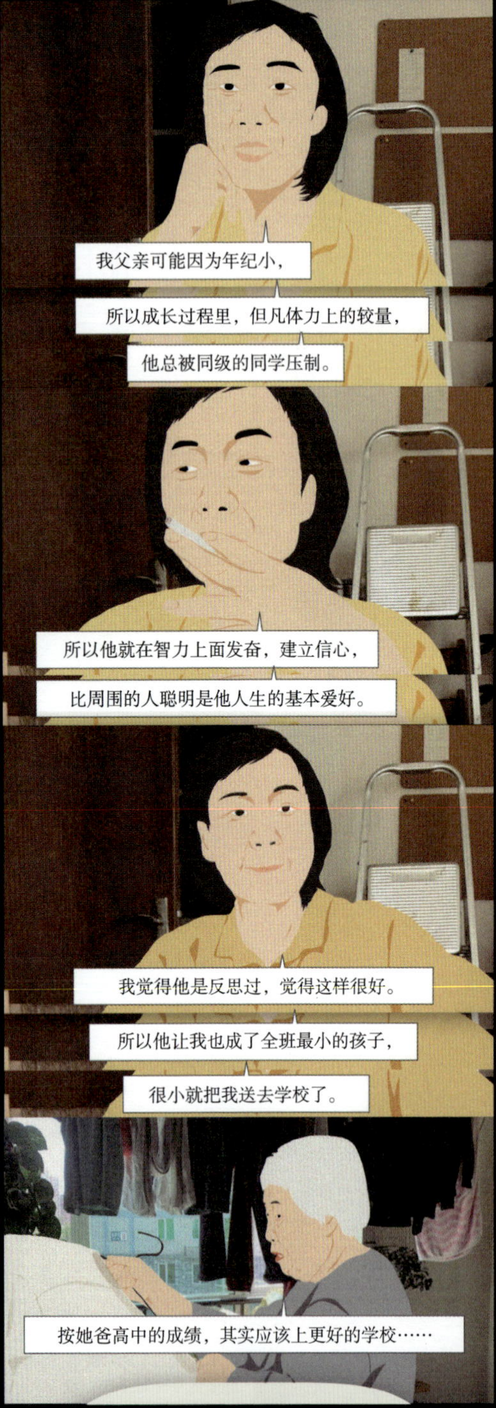

我父亲可能因为年纪小，

所以成长过程里，但凡体力上的较量，

他总被同级的同学压制。

所以他就在智力上面发奋，建立信心，

比周围的人聪明是他人生的基本爱好。

我觉得他是反思过，觉得这样很好。

所以他让我也成了全班最小的孩子，

很小就把我送去学校了。

按她爸高中的成绩，其实应该上更好的学校……

郭福顺高中时，报纸正宣传“亩产万斤”。

他动笔一算，便举手大声说：

按密度与体积算，那粮食可不种成个立方体？

这变成被记入档案的右派言论。

叫你算，叫你算，把自己的命给生生算坏了

他母亲恨恨地骂。

郭福顺母亲

母亲给他算的命是，

他要在本地做工，能遇上个南方女人，

命里若是带“土”的，就会护佑他一辈子平安。

母亲反对他和王丽华。

我也反对她算的这命。
橄榄油加 1080 ml，这都是算好了的。
红棕榈油 1800
橄榄油 1080
蓖麻油 360
棕榈核油 1440
NaOH 1015
嗯？
小好
6岁
外公！这个玩腻啦！
那……
外公教你玩塑料尺。
你看，头发立起来了。
哇！
这叫静电，你自己试试。
小心别戳着。
我小时候对我爸的印象……
有点无所不能吧？
他会的乐器有……小提琴、二胡、笛子、箫……

口琴，还有手风琴，都会一点。
我妈说也没见他在家学过。
就是不知怎么的会了。
收音机里听了首歌，他就能把谱子记下来。
什么罗马尼亚的民歌，俄罗斯的民歌这些。
♫在那金色的沙滩上……银色的月光……♫
当初刚调到张家口的时候，
他觉得郭佳应该多吃鸡蛋，就开始养鸡。
那时不仅人缺营养，鸡也缺乏，
一开始下的蛋都是软皮蛋。
于是郭福顺就带着郭佳提着瓶子去草丛里抓屎壳
然后拌上墨鱼骨给鸡吃，补钙。
他们还会满院子拿着放大镜看鸡
邻居经过时问，郭佳就大声地答：“查寄生虫！”
爸爸找到虫了吗……
他还会拿起蛋，用手电照，让我看里面的轮廓。

你看。
工厂建在郊区，四周农田包围。
到了春天，
许多鸡吃了浸过农药的种子，会中毒病死。
郭福顺又学会给鸡洗肠。
手术成功率挺高。
郭佳记得那阵子每到中午，
家属区的人都会排着队抱着鸡，
来找父亲做手术。
用剃须刀片把鸡肠子拉开，洗完缝上，
再喂几粒……四环素？
我那时觉得特别神奇，爸爸还会干这个？
具体记不得了。
我童年记忆中特别闪耀的一刻。

……

你蹲那干什么呢，又削什么？

那边还要冷却一阵，不能干等着吧。

他之前就用肥皂给小妤削了俩狮子，

小妤也不喜欢吧？

随他吧……

……

我妈就说，我爸是个做事特别漂亮的人。

而且做起事来，阵仗大。

当时不是帮我爸开店嘛，

就把他那些做了我们也用不完的肥皂卖掉。

跟他说完过后一个月，我看他也没怎么继续做肥皂了

还以为他不想弄呢。

他可憋了很久了。

结果有天我发现他在电脑上学制图软件。
……
研究了一下制图软件，重新设计了一套模具。
他就自己不知从哪儿找着的工厂，
人坐公交跑到特别远的地方去，把模具给做了一套。
我当时就想，这又要折腾开了。
……
他年轻的时候就能干，挥镐刨土，削瓦填缝。
做什么都能出风头。
我爸可爱出风头了，那时候去学校接我，穿得都特别酷。
同学都会在耳边吹风，你爸好帅。
他也经常给我买好多好吃的带过来，
他问我要多少，比如我特别爱吃的果丹皮。

我说，要一百根！
他就会三五倍地买给我。
我记得他买过五百根果丹皮来学校接我，
同学都会说，你爸真好。
……
一开始都是身边的朋友来买我爸的肥皂。
我说会偷偷三五倍地发货给人家。
让我爸看到货在变少，他可能会高兴点吧？
你说呢？
我个人的经历啊……
绝不是一帆风顺的……
我记得小时候，从床底翻出过半箱鞋跟，
是“文革”的时候，我爸妈一刀一刀从高跟鞋上剁下来

又舍不得扔了，
我妈还会一直穿那些削了跟的鞋，
走路颤巍巍的，翘着脚尖。
对，“文革”……
我生郭佳的时候，她爸被关了起来
就是限制自由，白天强制劳动。
晚上关在一个牛棚里头。
还被冲压床削掉过一小截手指。
削掉以后当然找不回来了，也就是一块肉。
发现那隆冬里，伤口会冒白气。
那时郭福顺因替“反动派”说话，被批斗。
我记得角铁打在他背上“乒乒乓乓”地响。
你别看他现在年纪大了，话少了。
我爸一直特别雄辩，能像心里写了板书那样辩论。
让他别出头，他非要参与啊。

我是不信，能把有思想的脑袋都砍掉？
我爸的性格就是特别较真。
就还挺固执的，这一阵他老跟我说，
想拿他做的皂液去做斑贴检测。
我都问过两个配方师了，都说这个是白花钱。
洗衣液这种东西，它就是个弱碱性的，
其次它是表面活性剂，是天然刺激性很强的。
但他就是特别自信，觉得能通过。
“文革”结束后，是到了 1978 年吧，
他调到了张家口，我们才算是安稳下来……
我爸在邯郸陶瓷厂的时候，就是最年轻的技术骨干，
调到张家口的时候已经是技术副厂长了。

他技术能力是很拔尖的。
在张家口主持一个河北省的科研项目，
微波陶瓷烘干技术。
陶瓷拉完坯之后，烘干不是需要很长时间嘛，
也有一个变形的问题，所以用微波去烘干。
在这个技术上扎扎实实地花了几年时间。
那几年分了新房，还有一笔落实政策的费用，
在那时候来讲过得算很不错了。
结果他又申请调动。
当时国家有个“招贤纳才”的政策吧，
爸爸就被聘到了唐山市，在路南区工业局做副局长。
他性格在官场上不讨好。
爸爸口才好，又夸大了他的不讨好。

去的时候是踌躇满志的。
郭福顺过后总结，
自己的确对上级敷衍得不好，
虽然肯出力，又有技术能力，
但在领导看来，他总不是得力助手。
原本有想倚重他的人，但总被他当众提反对意见，
人家反而寒心了。
我妈从邻居那里听说，单位里的人拿我爸打比喻，
说他像一条不听指挥，得了痉挛的手
没法成为左膀右臂，反而还得提防
说他太过野心勃勃。
我爸是有点野心勃勃的。
跟周围格格不入。
开会时认真地讲理，倒被人认为是卖弄。

自认巴结能力有限，郭福顺就只是热烈地办事。
他上下招呼着，讨要权力，
也包揽一切责任。
有些人叫好，也使一些人诋毁他。
那年，路南区流传过这样的逸事。
有人办企业，某上级检查组的领导到公司检查，
到中午，公司总经理竟把领导晾在走廊，
不肯请吃饭。
其实在那个位置上想养老，还是很舒服的。
他就不肯，他就“下海”了。
他就坐在自己办公室里端起铝饭盒，
就着雪里蕻炒肉吃起了馒头。
领导被晾在过道上都愣了，半天没反应过来。

三天两头地来，各种各样的行政检查，没完没了，
就是来讨饭吃嘛！
郭福顺那时做蜡扎染项目。
虽然规模未能扩大，但几年也勉力维持下来。
不算好，也不太坏。
怎么能想到，他会被抓起来呢。
抓去坐牢。
因为他去检举揭发别人，结果自己反而吧……
……
郭福顺把那段时间的日记取名《本该忘却的记忆》。
“电网密布，警戒森严，一间20多平米的号房，
拥挤着30多名犯人，
两个不足半米的小窗接顶而设。”

“平时吃黄金饼和翡翠汤。
金饼是黄玉米饼，翡翠汤是几块白菜帮的汤。”
“没有地方可以伸腰展腿，
人都蜷缩着，躲其他人肢躯，躲粪便。”
一切使我既新鲜又恶心，放风时我很少与人聊
天，只对着自己的鞋尖自言自语。”
郭福顺记得狱警同情的眼神，
像他这样不断变换罪名逮捕，收审，又逮捕的事例，
想来罕见。
看守所的所长姓付，
看郭福顺是知识分子，
有一阵常拿来数学题，找郭福顺帮助解题，
但鉴于立场也仅如此。
郭福顺识趣，并不和他谈太多，只是做题。
但也感到鼓励。
先后用了三个罪名，
先是“涉嫌诈骗”，再是“侵吞贪污赃款”，
最后定的是“玩忽职守”罪。
们都找不到证据，无法立案，就换个罪名，继续关押。
整整关一年。
在看守所的劳动比关牛棚那次，要轻松。
拣豆子。
运来大批的红豆，
让犯人把死豆或其他品种的豆子挑拣出来，
工程浩大，所有犯人要拣上几个月。

郭福顺把拣出来五颜六色的杂豆收集起来，

出狱那天，用针钻孔，穿成链带了出来。

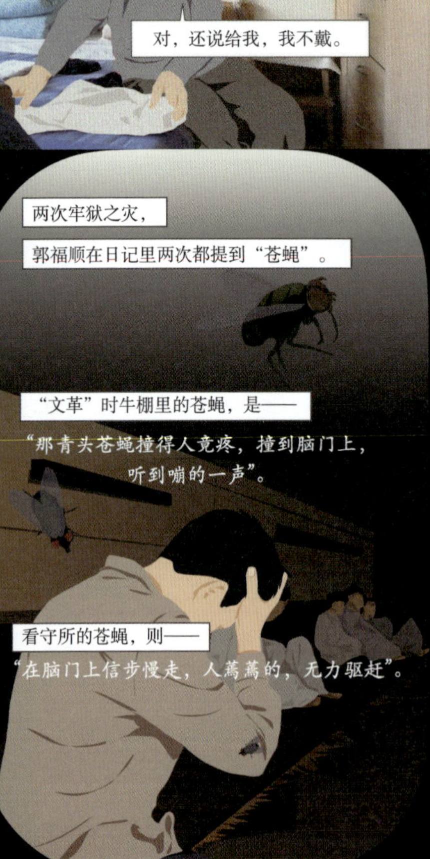

对，还说给我，我不戴。
两次牢狱之灾，
郭福顺在日记里两次都提到“苍蝇”。
“文革”时牛棚里的苍蝇，是——
“那青头苍蝇撞得人竟疼，撞到脑门上，
听到嘣的一声”。
看守所的苍蝇，则——
“在脑门上信步慢走，人蔫蔫的，无力驱赶”。

几经周折，终于出来以后，他很沮丧了一阵。

我每个月回家，小区里别人家总传出厚亮的麻将声。

我们家是清清冷冷，电视声都没有。

闷在家里，每天写申诉材料。

逢年过节不肯串门，买菜就骑车去很远的地方，

常遇到熟人的理发店，他也不肯去。

我妈就买回了电推子和锃亮的剪刀，在家里帮他理发

她那时候是说，“我新学了理发，拿你练练手”。

好多年以后，我又回去找了这个案件。
但隔太久了。

我是特别不爱找人请吃饭喝酒，走那一套的，
但那次也是走了一遭，是几经人帮忙，

才终于有办法，帮我爸把劳动关系再续上，
让他有退休金，
我当时还觉得挺不容易的。

结果他不肯，他说他要的是“平反昭雪”。

还跟郭佳发火。

……

当时我觉得他太不实际了，

他这么多年一直没有退休金，都是靠我妈的退休金，

他还说他不需要。

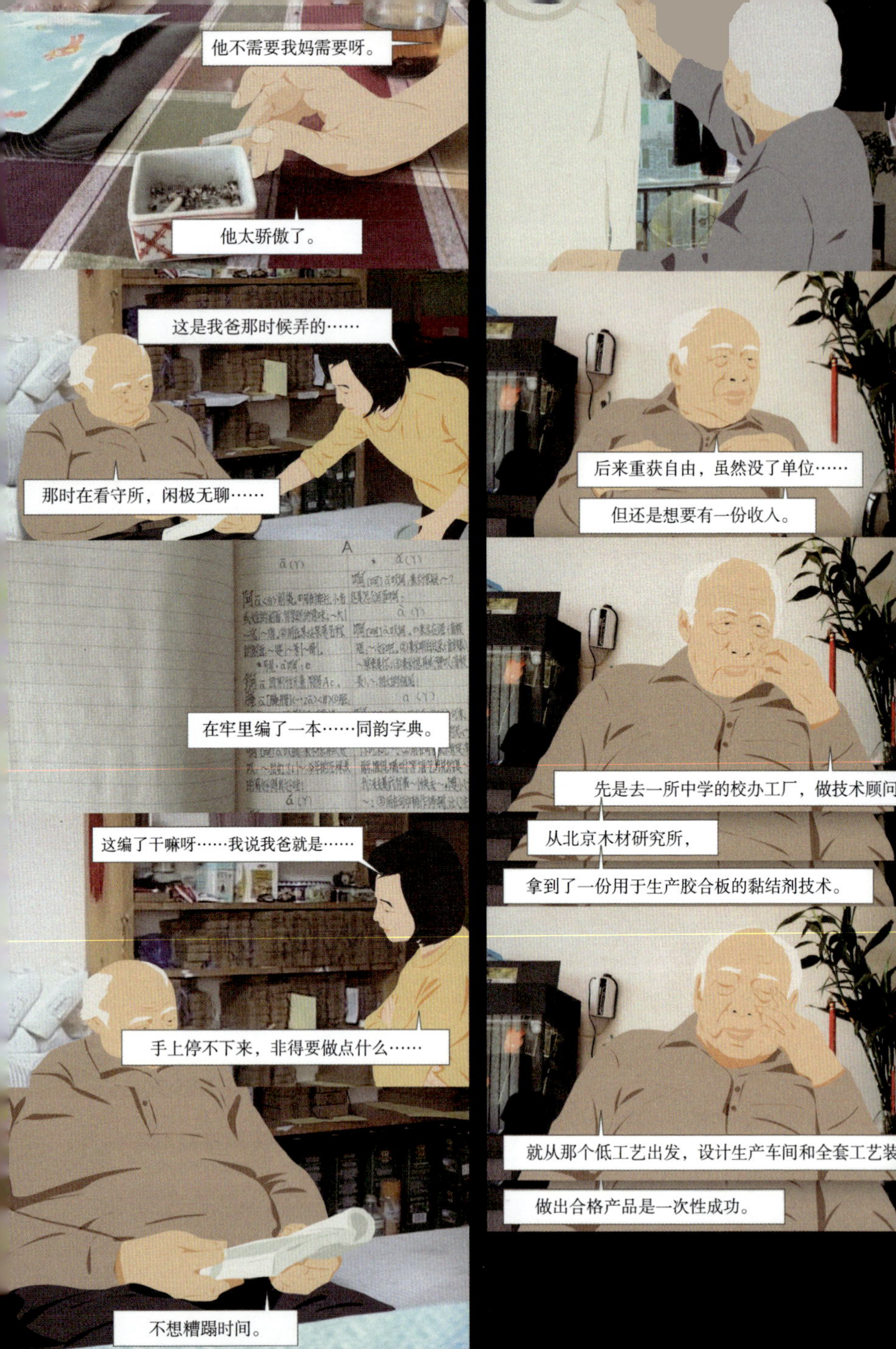
他不需要我妈需要呀。
他太骄傲了。
这是我爸那时候弄的……
那时在看守所，闲极无聊……
在牢里编了一本……同韵字典。
这编了干嘛呀……我说我爸就是……
手上停不下来，非得要做点什么……
不想糟蹋时间。
后来重获自由，虽然没了单位……
但还是想要有一份收入。
先是去一所中学的校办工厂，做技术顾问
从北京木材研究所，
拿到了一份用于生产胶合板的黏结剂技术。
就从那个低工艺出发，设计生产车间和全套工艺装
做出合格产品是一次性成功。

就不满足了，又跑到一家个体轧钢厂去技术合伙。

在那一个月完成了钢轧制生产线，

烘烧炉、轧机、出材、调直到定尺，

全套机器的图纸整理和改造设计。

结果对方退出不干了。

种种都不太顺利。

那时我妈也退休了，

我爸就说，要我给他买台毛衣编织机。

那个机器就像编程一样，

什么两行减一针，逐渐减针，从哪儿分针。

反正我爸编程，我妈操作，

他们还真用那个编毛衣，赚了几万块钱。

当时那可是不少的钱，结果他又把钱拿去开外贸服装厂。

在那个年代做外贸，实际上都是受各个行政系统管制的。

他做出再多的衣服，如果拿不到配额，也是不能出口的。

所以又全亏了。

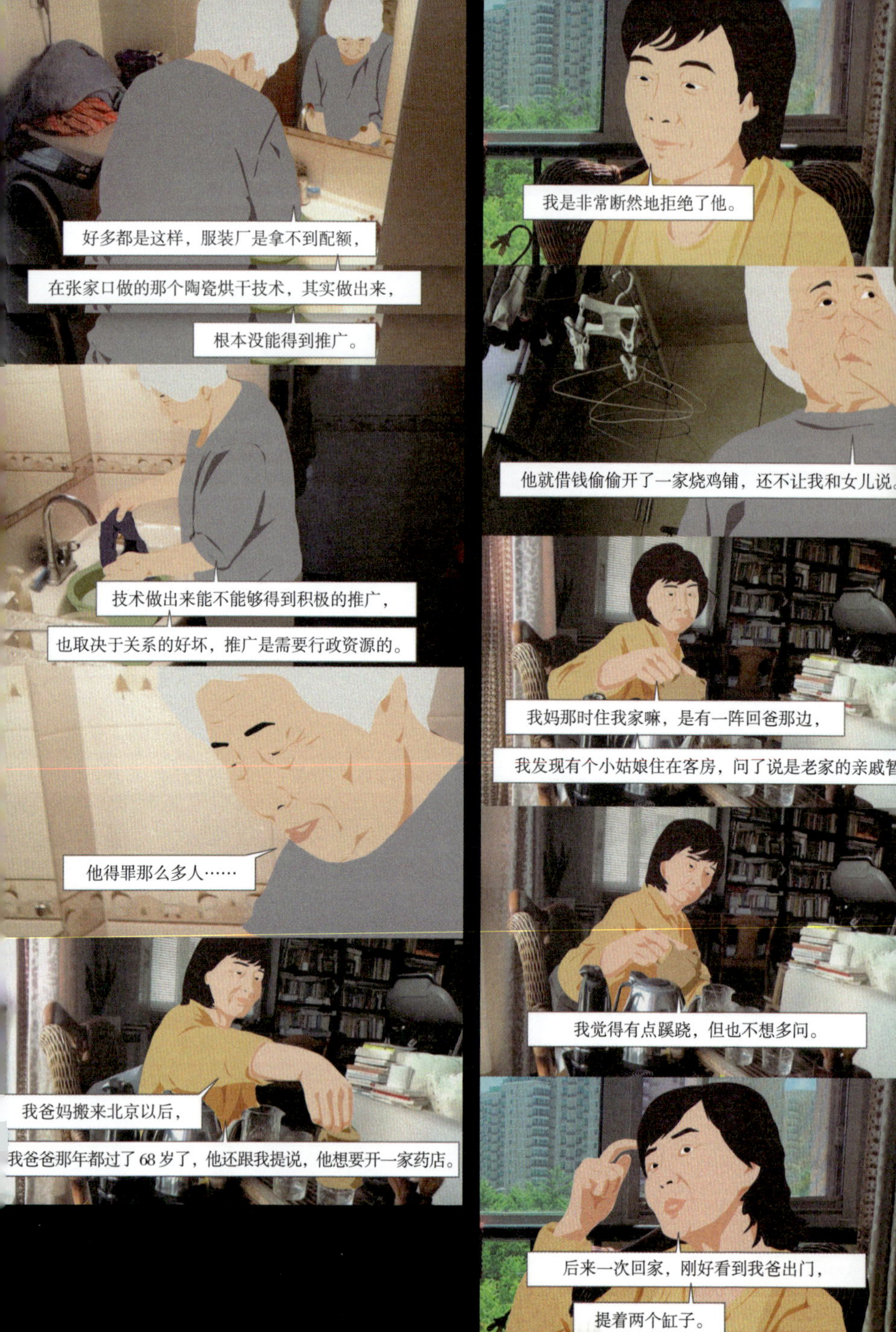
好多都是这样，服装厂是拿不到配额，
在张家口做的那个陶瓷烘干技术，其实做出来，
根本没能得到推广。
技术做出来能不能够得到积极的推广，
也取决于关系的好坏，推广是需要行政资源的。
他得罪那么多人……
我爸妈搬来北京以后，
我爸爸那年都过了68岁了，他还跟我提说，他想要开一家药店。
我是非常断然地拒绝了他。
他就借钱偷偷开了一家烧鸡铺，还不让我和女儿说。
我妈那时住我家嘛，是有一阵回爸那边，
我发现有个小姑娘住在客房，问了说是老家的亲戚暂
我觉得有点蹊跷，但也不想多问。
后来一次回家，刚好看到我爸出门，
提着两个缸子。

我就跟了上去，才看到他开的烧鸡铺，
那小姑娘是他聘来守店的……
一次冷柜坏了，所有货，那些鸡全都臭了。
烧鸡不好卖，他就开始做一些小菜，
泡椒凤爪什么的，自己在家做好了提到铺子卖。
我那天远远看着他提着那两缸泡菜，风又大，
他穿着那破棉袄，
头上细软的头发，被风吹得飘来荡去。
你想，过去我爸是很高大，又很俊朗的形象……
那天我觉得，爸爸怎么变成这样了，觉得特别失落。
最后是追债的人找上门了，郭佳就把欠人的钱全还了，
让他千万别再弄了。
千万别再弄了。
他这才消停了一阵。

……
他其实就是，命运不好。
有一句话，命什么的……化作铜。

命若穷，掘得黄金化作铜；命若富，拾着白纸变成布。

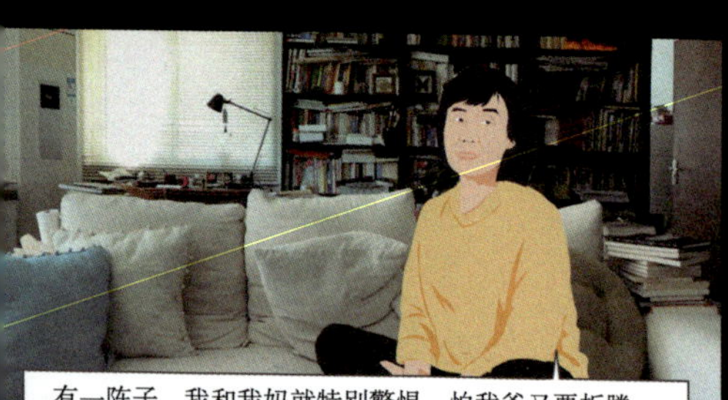

有一阵子，我和我妈就特别警惕，怕我爸又要折腾。

包括做皂这件事，一开始我妈为什么一直让他兜圈子……
一直把他控制在小打小闹的范围。

郭福顺母亲早年替他算过命，
年轻时，郭福顺厌恶母亲迷信。
迷信即将因果嫁接到完全无关的事物上。
但到了70岁边上，他竟然动摇。
那些个看似无关的事物，是否含着某种昭示。
他买回了一堆《梅花易数》《奇门遁甲》……
仔细研究起来。

竟还用工科的功夫做出一个算命工具，
可看命相，还能帮人取名。

其实我和我爸爸一直有特别多的争执。

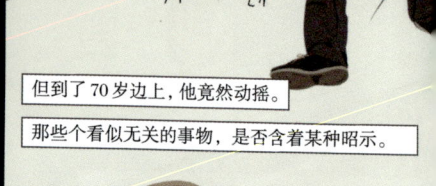

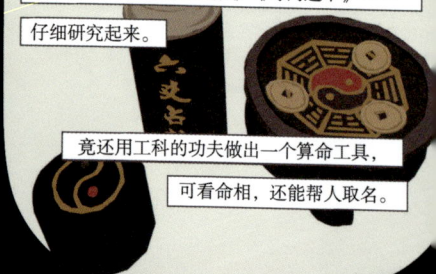

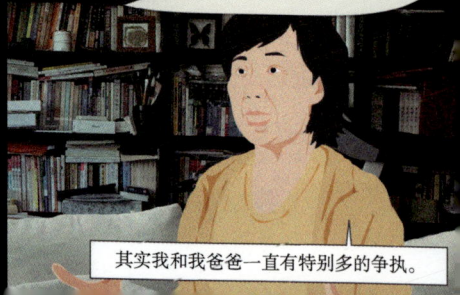

小时候管教女儿很严。

郭佳常和人说，她到初中才第一次跷二郎腿。

在教室里，看旁边的女孩跷着二郎腿，
她也跷起了试试。
原来是这样的感觉啊。
郭佳
要是在家里，是没有可能的。

在家就是把背挺直，站有站相，坐有坐相。

那年代的风气，尤其在工厂，
小孩是放养的，不给大人添麻烦就好。

郭福顺下班时常见到路上走着的普通夫妻们，
脸色冷漠，像拎一袋垃圾似的拎着手里的孩子。

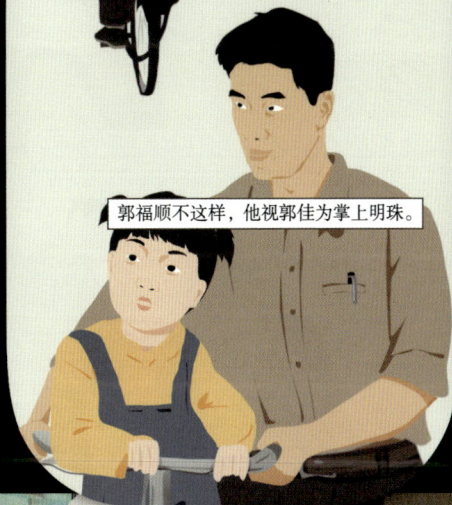

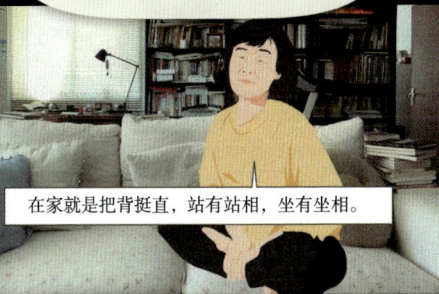

郭福顺不这样，他视郭佳为掌上明珠。

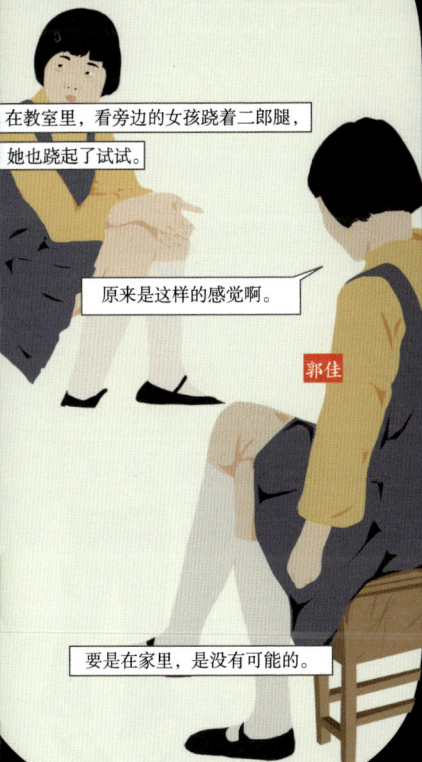

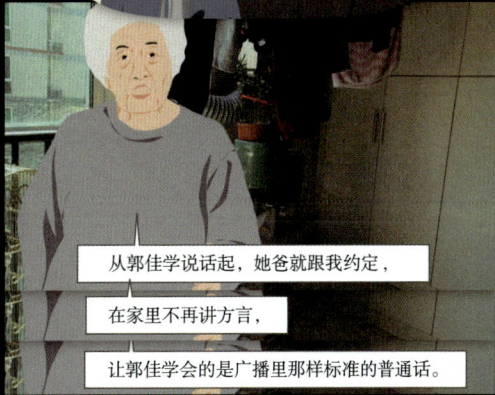

从郭佳学说话起，她爸就跟我约定，
在家里不再讲方言，
让郭佳学会的是广播里那样标准的普通话。

他都不许我在学校说方言。

再大一点，郭福顺开始清早起来带女儿“练大字”，

楷字先临东坡帖，然后是柳氏清秀体。

郭佳从小起床很快，不像其他孩子那样赖床，

做起事来也利落有序。

妈妈我来吧。

郭福顺觉得女儿不一般，

他把各种书拿给女儿看，

《红与黑》《牛虻》《鲁迅全集》《通俗哲学》。

苏格拉底要人不是先思考哲学，

郭福顺

而是先哲学地思考。

……

等女儿长大一些，

郭福顺又觉得，女儿在样子上也可以更出众。

郭佳

他就学着给女儿绑各种辫子，

还不时给女儿做衣服。

郭佳四年级时，

就穿上了那时最流行的喇叭裤。

给她做过好些衣服，那时候是极时髦的。

送她去上学，他们同学都羡慕。

几年后，郭福顺有天发现，

家中的书上，天头地脚写着许多女儿的笔记与批注，

他备感骄傲。

苏格拉底是要做普通人的朋友，

而不做权势者的辩士。

小学到中学，郭佳一直是班上年纪最小的。

可近乎自然而然的，

她也一直是同年级学业最拔尖的，

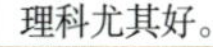

理科尤其好。

我那时候的自我认同可能也是来自成绩吧。
不知道是不是遗传，我物理特别好。

郭佳小时候，一直是院子小孩里头皮肤最白的一个。

我妈说是因为爸爸那时候养鸡，

给我补充营养，吃了很多鸡蛋。

但我觉得，我是少了很多去外头疯跑的机会。

那时候在窗口，看楼下其他小孩“叠面包”，

就是……用那种纸壳子，叠出来往地上摔那种。

我就是每天在家练大字。

而且我爸不让我说方言，

我觉得这个完全影响了我在学校和同学的社交。

我在班上简直就是一个怪人，
我学习拔尖，我不说方言，
我穿着我爸爸给我做的特别打眼的衣服……
同学觉得我高傲，我听到过其他女生在我身后尖着嗓子说：
“以为自己多好看，觉得自己是仙女喔。”
而且我爸总觉得老师的水平不够，他去找老师，
说我的作文直接拿回家由他来改……
他花了很多心思，教郭佳写作文。
后来就确实总被老师当范文拿去台上读。
我为什么，后来一直是短发。
因为我小时候，我爸帮我绑辫子，
为了绑得好看，紧得我头疼。
后来我就特别讨厌绑头发。
一绑，就觉得像整天有人在头上拎着自己。
外公……
啊……
怎么办……都立起来了……
……
……
这个……

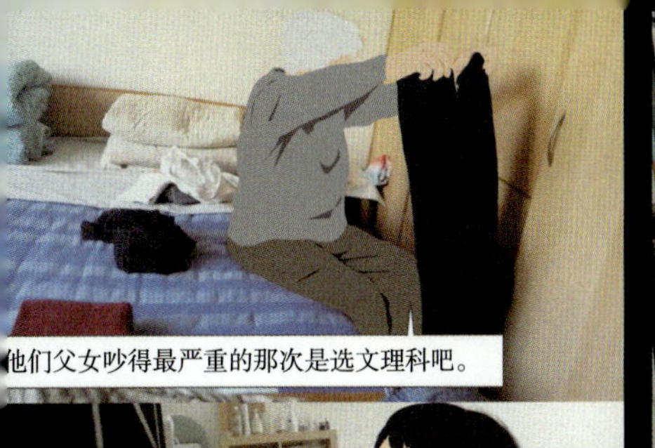

他们父女吵得最严重的那次是选文理科吧。

大学是决定要学物理的，我的偶像是居里夫人嘛。
我爸就直接找到校长，把我的理科志愿给改成了文科。

那我就也去找校长，在校长面前辩论，
再把志愿改回来。

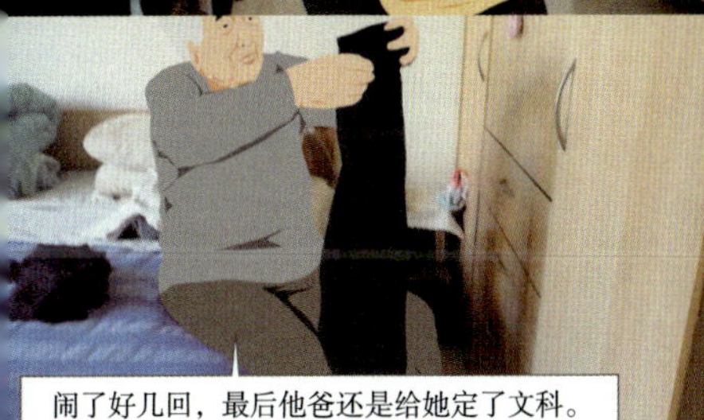

闹了好几回，最后他爸还是给她定了文科。

他就想让我学新闻，
志愿报的就是人大新闻系，还报了一个复旦新闻系，
我自己根本就不想，但我爸就是不容商量地决定。

后来大学要毕业，我爸来北京请我吃饭，

我跟他说我要去中学当个英语老师，我爸非常失望，

我记得那顿饭后来，我爸一下就不说话了，

整晚都没怎么说话了。

包装，就用小孩玩的那种，叠面包，

用那种叠法包肥皂。

怎么叠呀？

叠面包你都不会？

小时候你不让我下楼，去和其他孩子玩这个呀……

……
他私下最得意的两次，
一次是在郭佳考上人大新闻系的时候。
另一次……

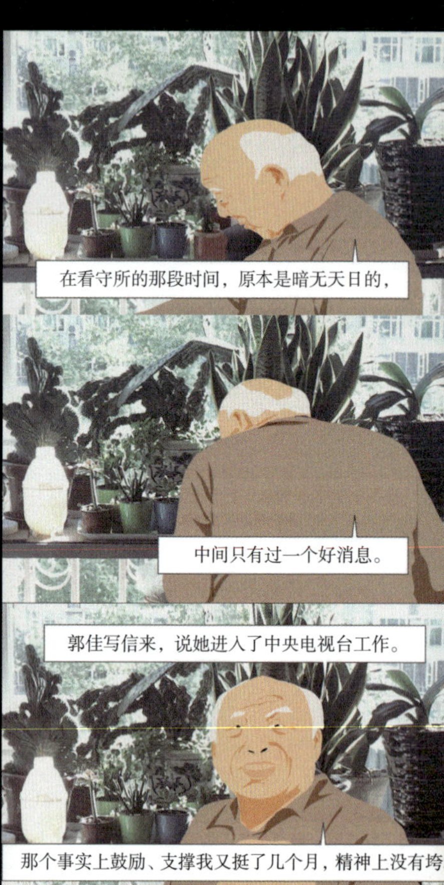
在看守所的那段时间，原本是暗无天日的，
中间只有过一个好消息。
郭佳写信来，说她进入了中央电视台工作。
那个事实上鼓励、支撑我又挺了几个月，精神上没有垮
因为读的是新闻系，当时突然有个机会，就去了央视，
没有特别多想法。

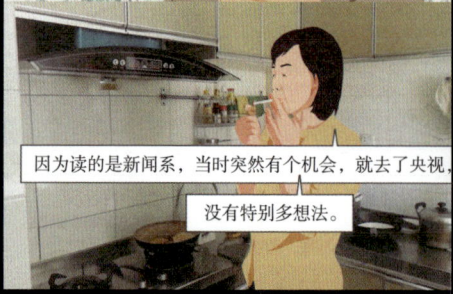

1992年，郭佳进入中央电视台，
最初在国际部翻译《动物世界》。
93年，
档叫作《东方时空》的早间杂志性节目在央视开播。
佳进入其中的《生活空间》栏目。
我其实并没有什么驱动力，懵懵懂懂进去的。
最初《生活空间》其实是《东方时空》里，
特别尴尬的一个栏目。
当时东方时空的四个栏目中，
东方时空
《东方之子》采访人物，
《焦点时刻》做社会热点和世界新闻，
《金曲榜》则是中国最早的MTV节目。
全球华语流行音乐
金曲榜
《生活空间》的定位在生活服务，
却并不知如何具体服务。

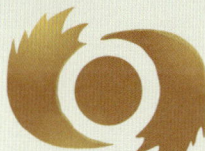

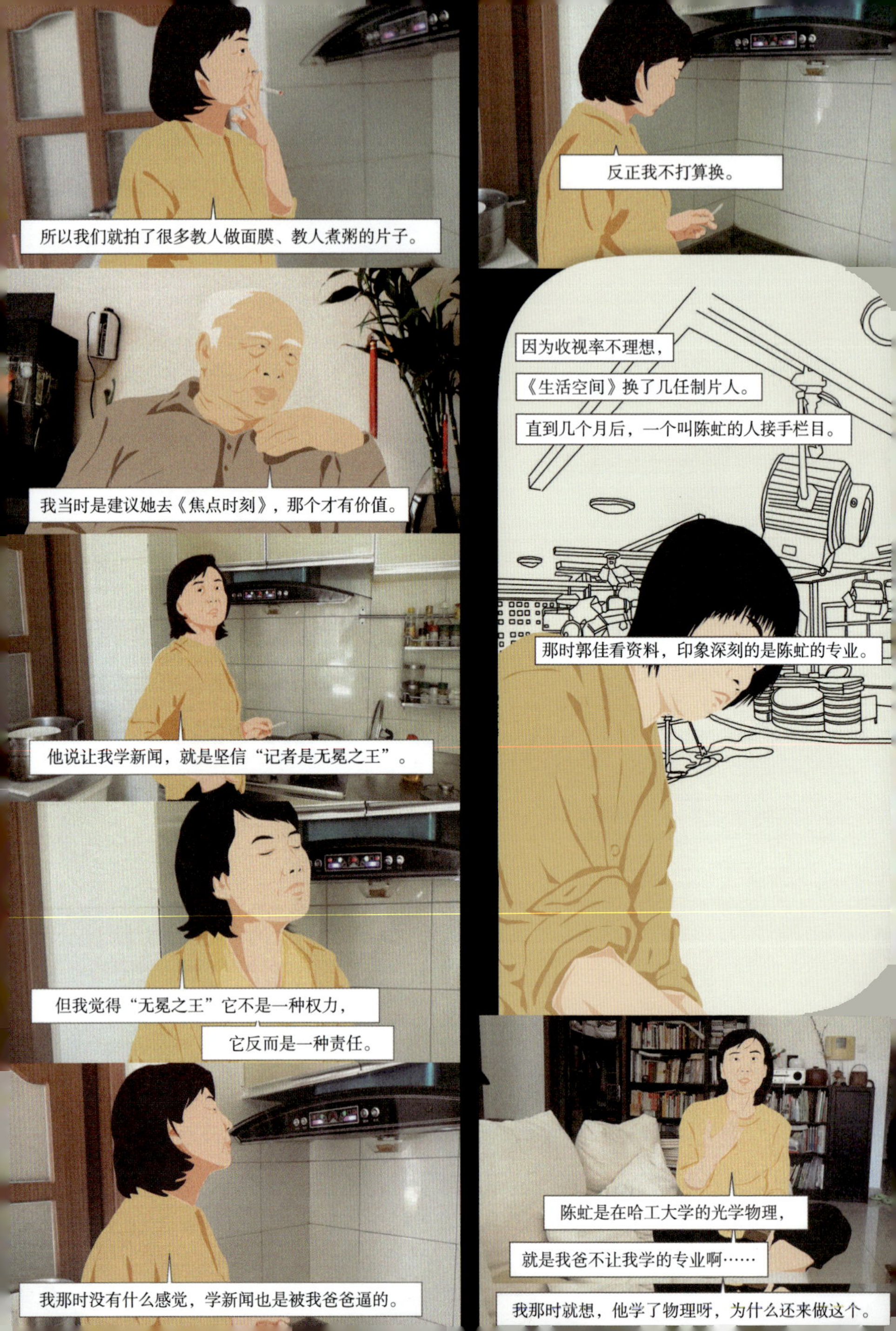

所以我们就拍了很多教人做面膜、教人煮粥的片子。

我当时是建议她去《焦点时刻》，那个才有价值。

他说让我学新闻，就是坚信“记者是无冕之王”。

但我觉得“无冕之王”它不是一种权力，

它反而是一种责任。

我那时没有什么感觉，学新闻也是被我爸爸逼的。

反正我不打算换。

因为收视率不理想，

《生活空间》换了几任制片人。

直到几个月后，一个叫陈虻的人接手栏目。

那时郭佳看资料，印象深刻的是陈虻的专业。

陈虻是在哈工大学的光学物理，

就是我爸不让我学的专业啊……

我那时就想，他学了物理呀，为什么还来做这个。

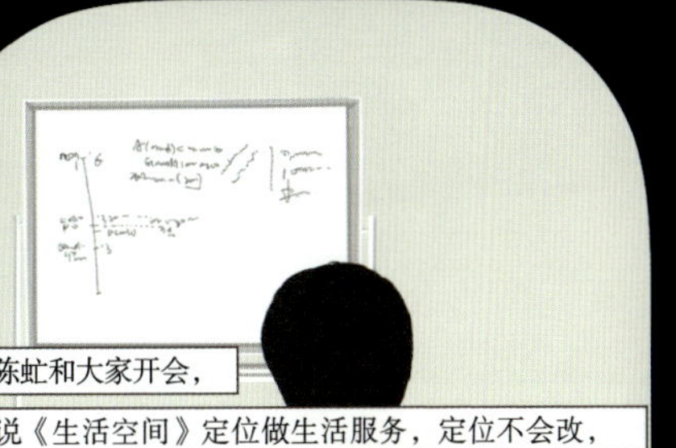

陈虻和大家开会，
说《生活空间》定位做生活服务，定位不会改，
但人更重要的，是精神生活。

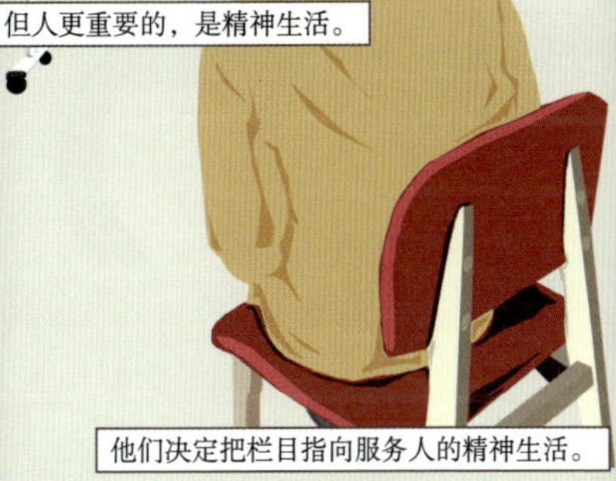

他们决定把栏目指向服务人的精神生活。

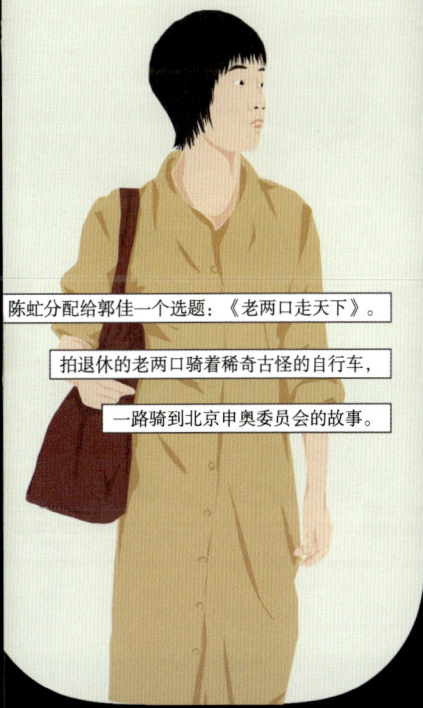

陈虻分配给郭佳一个选题：《老两口走天下》。

拍退休的老两口骑着稀奇古怪的自行车，

一路骑到北京申奥委员会的故事。

我就去拍了，后来那期被陈虻说，
是《生活空间》正式转轨挺关键的一条片子，但我并不觉得。
我还是觉得她应该直接去做舆论监督。

我爸那时候一直试图激励我，
或者说和我辩证我在做的事情不如另一些事情有价值。

他又非常雄辩，他特别希望我有雄心壮志。

郭佳开始拍各式各样的普通人。
纺织
她拍了去竞选空姐的纺织女工，

拍了在甘肃漳县办一份油印文学刊物的农民。

……
……
……
她在云南，拍一群舞狮的小脚老太太时，
村里的喇叭突然广播了邓小平去世的消息。

就记录下了那一刻，那些小脚老太太的反应。

她们真的就自发坐在一起，决定开个会。

她们说“毛主席让我们解放了小脚”，

“邓大人让我们过上了有鱼有肉的日子”，

就这么简单，原话。

你会发现其实任何一个地方的人……

公共意识好像对人类来说是天然的。

还有不同处境的人对时代的看法。

听说每年中央音乐学院都有大批外地来的小学生，
租着钢琴练琴考附中。
她就连续一个月，天天拉着摄像去拍。
中央音乐学
她几乎每天都在音乐学院，
从练琴到初试、复试、发榜，记录下所有过程。
陈虻问她为什么要拍那个。
我想看看这些父母，
是如何理所当然地把自己的愿望强加在这些孩子身上的。
郭佳想到的是父亲。
陈虻就说，那好，你就去拍。
是小学考附中。
那些父母可能并不是自己喜欢音乐，
本身职业跟音乐也不是特别沾边。
从全国各地来的。
很多就全家连窝端到北京，
住在音乐学院旁边很低矮的那些平房里，
所有的生活安排都是为了孩子。

母亲在琴房狠狠地盯着孩子练琴，
父亲就干脆在周边打工。
当时有人向郭佳推荐，
说隔壁班有一个特别有天赋的孩子，叫郎朗。
几乎是确定能考上附中。
那段时间我心里会预设一个我爸爸的视角，
始终在与他辩论。
让利于民 造福于民
听到什么论据，就默记下来，在心里演练，
打算在反驳他的时候讲出来。
他总强调人要拔尖，要出众，成为精英。
可在那时候的我看来，每个人的价值是相等的。
《生活空间》的价值观，就是让普通人成为主角。
所以我们才叫“讲述老百姓自己的故事”。
郭佳想了想，
她还是选择拍另外四个相对普通的孩子。
旧改征收 普惠于民

带过的一个女生，当时拍过一个选题我觉得特别好。
是说一个家庭，剖腹产，生了一对龙凤胎。
这个家庭就决定让女孩当姐姐。
当时中国人其实更宝贝男孩，
他们觉得理所当然地应该让女孩当姐姐。
去拍的时候，这对孩子已经长到四五岁了。
就会发现，因为有这样的一条观念，
就完全影响了这两个孩子的关系。
什么时候这个姐姐都要让着这个男孩，
大的要给这个男孩，好玩的要给这个男孩。
其实他们两个人是同时刻不分先后出生的。
后来我们就说，片子就叫《姐姐》吧。
其实这个女孩也是被命名为“姐姐”的。
这些东西很微妙，但是很震撼。
就会让我去反思“家庭”这个伦理结构。

郭佳开始把所有的时间花在拍片上。

甚至有时一周六期节目，有四期上的都是郭佳的片子。

她也不停地学习经验。

有次看到同事拍一个关于捐款的片子，

其中一个重要的矛盾，是钱的管理纠纷。

……

有一个镜头，是在拍组织捐款的人正在屋里数钱。

当时外屋有人进来，
按理说，镜头应该顺着声音抬起来，拍进屋的人。

可那个摄像就愣是让这个声音越来越近，

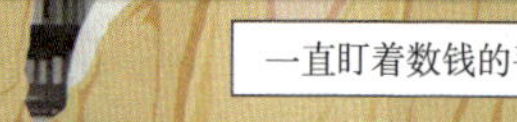

一直盯着数钱的手。
就看到这个人的手，赶紧地把钱藏起来了。

那时候发现，拍摄过程中的每一个决定，
最后就决定了呈现的是什么样的一种真实。

郭佳特别认可陈虻关于“真实”的一句话：
纪录片的真实就是一个横着的“8”，只能是一个无限趋近的过程……
郭佳也学着在拍摄的现场，
把自己每一道感官都打开，
去试着表达她所观察到的真实。
还拍过河北省承德市蚂蚁沟村的一个妇女，叫金萍。
那个年代，
联合国卫生组织和当时中国农业部搞过一个项目，
助中国农村在卫生条件特别低下的情况下能够生孩子，
金萍就是他们培训的助产师。
那时候她能够让顺产的产妇可以不去医院，
在她的帮助下就在家里生孩子，
我拍了她三年，后来我们变成特别好的朋友。
冬天住在金萍家，金萍会把炕头让给郭佳睡。
有天关了灯之后，金萍突然说：
郭佳，
要是以后真的打仗了……你就到我们村里来，
别的没有，有粮食和新鲜的蔬菜够你吃。
……

我生孩子的时候，因为是高龄产妇，
金萍还专门来北京陪了我一个月。
金萍那个村子叫蚂蚁沟，
我拍金萍时，还拍到过一个特别小的情节。
郭佳跟金萍在村里去吃婚宴时，
同桌的另一名妇女，
恰巧是金萍老公郭学军年轻时的追求者。
那妇女凑过来搭话揶揄……
哟，还有电视台来拍你……
这蚂蚁沟怕都盛不下你高金萍了吧……
金萍那反应，那真是电光石火。
高金
我有什么呀，郭学军一个热被窝就能把我搁下。
我说金萍真是太厉害了。
我就觉得，这些生活，真是好饱满呀。

拍摄得越来越多，
发现生活当中许多庸常的、普通的、黯淡的那些人，
也是闪光的。
可能因为从小我爸的教养方式吧，
导致我从来就是一个比较容易退缩的人，
所以我不擅长做一个参与者。
但拍片的时候，我发现我是观察者，
虽然是我爸替我选择的专业，甚至说替我选择的路，
但我感觉我可以做出自己的价值。
我就觉得，我好像找到了自己特别擅长的事，
我也确实能做好。
那些她拍的，我都看过，都挺好的。
但我爸他还是不时会说……
她其实条件那么好，应该去做出镜记者的。

一位年长的女性也给过郭佳相似，但露骨得多的建议：
郭佳我每次见到你就有一种遗憾。
我要是你，有这样的资本和机会……
我就让这个世界人仰马翻，都听我招呼！
郭佳头上又出现一股，被人拎着的疼。
爸爸你累吗，我帮你搅一会儿吧。
是这么搅拌吗？
不，这么搅拌。
你想想工厂里设计的搅拌机，是这么搅拌。
不都是画圈圈嘛。
不，得这样搅。
其实我会特别排斥我爸爸的建议。
我觉得他给我建议，是基于，他觉得我不够好。

所以他越要我出镜，让我去台前，
我就越刻意地躲开聚光灯。
我爸的性格，他就始终是个参与者。
纪录片是和普通人对话，
最多也就是跟电影、跟学术、跟社会学家对话。
而且他总是想，用自己的理想，笼罩周围的人。
去《焦点访谈》，她是可以直接跟权力对话的。
跟权力部门对话。
他要是像有些人一样，就在书斋里面安安静静地做技术……
以前我小时候他给我读苏格拉底，
不就是说要做普通人的朋友，不去做权势者的辩士吗？
我妈说，那可能我们全家都会有另一种人生，
也不会有那么多坎坷。
是要做舆论监督，去帮助别人！

我看我妈妈，我就觉得她精神上就特别健康。
虽然她也经历了很多坎坷，
但她特别坚韧，甚至觉得也没什么。
她现在还在睡十几年前的床单，中间都磨薄了。
她会把磨得最薄了的一部分剪掉，再拼一层缝上。
我就跟她说，“你不硌得慌吗？”
我要给她换新的，可她就不乐意。
我后来想，也许她就是要那么样过日子，她心里才踏实。
就让我觉得，
人的安全感不一定非要来源于富足。
也可以来源于
像我妈那样“就是我用我的这套方式把生活过下去”
这才是安全
所以我就不再去干涉她了。
有一段时间，我曾经特别不想要孩子。

我觉得因为对孩子来讲，
便你很爱他，你也不一定知道你什么时候伤害了他。

但我现在有女儿了嘛，我就希望我女儿以后，

也能像我妈妈那样，健康、坚韧。

……
说起来吧……

后来我爸倒是慢慢地，也不再给我建议了。
我们很少聊。

他最近一次明确的建议，是小好出生的时候，
劝我坚持母乳喂养。
因为我出生的时候，他被关在牛棚，我妈三班倒，
又要每天一个人带着我，常年体温 38 ℃，也没有奶。

只能一个人坐公交去特别远的地方订牛奶喂我，
所以可能我身体一直就没那么好。

但工作上，我爸就不跟我说什么了。

他以前觉得，在央视我应该当制片人，
之后再争取当主任。

但他好像能看出来我那时做得挺开心的。
我就想做个匠人，做纪录片就是手艺人。
郭佳对于手艺全情投入。
许多同事多年后都能回想起，当时在《东方时空》和郭佳抢机房的情景。
台里对节目进行季度评奖，
一评下来，郭佳的片子总占鳌头。
奖金丰厚，也遭人嫉妒。
有人和领导告状，说郭佳太过骄傲。
我就非常生气，但我也不管，我就继续做。
那时郭佳受陈虻重用。
直到2003年，
陈虻仍不时当众表扬郭佳。
你们要想知道十环的片子是怎样的……
就去看郭佳的片子。
陈虻有次问我，是把他当领导还是把他当朋友。
我说当然是领导了，
当朋友我就会对你有期待，期待你凡事担待我。

后来一想，这可能不是他期待听到的。
虻的确担待过郭佳。
次重要的项目，五条片子陈虻将其中三条交给郭佳。
我就不太想做那个。
陈虻就很生气，他说你怎么这样，多少人想抢的机会。
我说那就给他们呗。
她是不懂事，根本不会讨好领导。
还有那时他们台里，台聘的名额很少，她也不抓紧。
都给了她名额，她也拖着不办。
那时候总制片都打电话催我，
我就说：我忙着呢，没工夫。
现在想来，那时候还真大胆。

我也催她，她说得她好像忙得停不下来似的。
郭佳偶然听人说，
台里有人背后评价她“太野心勃勃”了。
我就真的愣了好久……
野心勃勃？
我吗？
这不是以前别人对我爸的评价吗？
可我哪有什么野心呀。
我就只是，想认认真真把事情做好呀。
……
还是叠不好……
不会敷衍领导，又骄傲，做事一起劲就停不下来
她和她爸爸是像的。

她比她爸命好，领导、环境对她都好。
……
……
……
……
可能我爸也只是想把事做好吧。
……
我不知道别人的经历。
可能因为我父亲对我有特别深的影响，
到后来，我就特别不希望他进入我的思想边界。
我就一直在试图把他对我的影响推出去。

很长一段时间里，我一听到“父爱如山”这四个字，
我想的都是……
我要翻过这座山。
……
因为我爸爸对我是那样一种高度参与的教养方式。
我现在就特别抗拒对我自己的女儿采取那样的教育。
我不改她的作文，我也不逼她学算术。
我就想让她感觉到安全。
但特别意外的是，
有一次我开车，我女儿，她就看着那些车牌，
跟着车牌开始数数，她竟然会从1数到100了。
我小时候可是站在墙边，我爸盯着我，
抽抽噎噎地从1背到100的，是背诵。
我发现原来一个孩子也可以这么兴致盎然地学会这些
去完成所谓的成长……
我妈老和我女儿小好说：

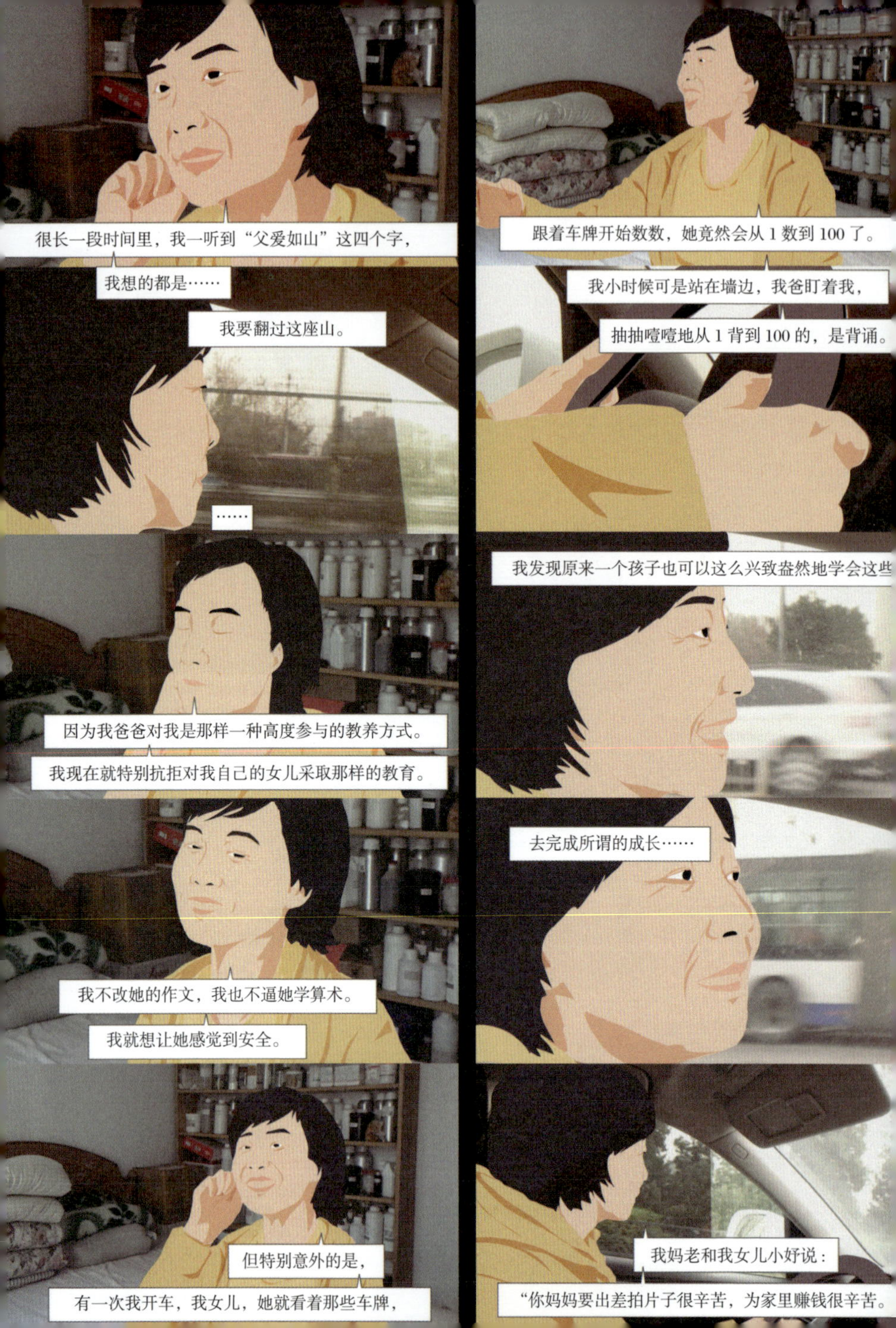

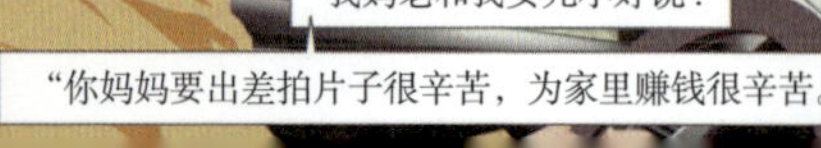
“你妈妈要出差拍片子很辛苦，为家里赚钱很辛苦。

我后来想，那不是我小时候一直听到的话吗。
我就拉住小好，跟她说：
马在做自己特别想做的事情，所以妈妈一点也不辛苦。”
我不要我的孩子为父母的辛苦感到内疚。
这可能是我在我的成长中学到的。
郭佳他们去哪了？
去拍你的皂坊了，一会儿就回来。
好像在那边……
我其实很少来皂坊……
……

不过刚刚说起反抗……
其实也会因为反抗，反倒会错过一些东西。
我记得到后来，陈虻私下跟我说：
“你其实特别擅长采访人，这是你特别大的优势。”
我才想，好像是这样的……
我爸之前也是这么说的。
但因为一直抵触我爸的影响，
我刻意躲镜头，我排斥当记者……
也许让我在最宝贵的时段，
错失了发挥自己最擅长东西的机会。
但这是我自己的问题。
皂坊就在这儿了……
你们进去随便拍拍吧……

……
这么快拍完了啊。
刚刚说因为反抗所以错失的，会遗憾吗？
……
会吧。
不能骗自己呀。
但是呢，
好像要认清了这些之后……
才算把成长的权利，重新归还给自己吧。

我已经45岁了，可我还在成长吧。
还有很多东西需要厘清的。
也挺好的吧？
虽然是有遗憾，但到了今天，我也还在不停地做呀。
做的事情也还是我很想做的吧。
我还在拍片子呀。
我爸爸都还在做呢，他都没停呢。
……
这样刮掉……
……

回来啦……那边人都在吧。
嗯。
本来那天就是拍我爸爸做做肥皂对吗。
结果跟着我，我还讲了好多我自己的事。
主要那天后来他都不怎么说话。
他有他的自尊心吧……
我觉得虽然我爸爸有很锋利的一面，
也许会不经意就伤害到周围的人。
但他其实是个非常赤诚的人，
也许就是人们说的“赤子之心”吧。
虽然我一直不太愿意管，
但我爸爸做的皂，也许真的还挺好的吧。
到后来，有那么多不认识我的人，陌生的人，
在用他做的肥皂呢。
他就总能把一件事做好，
他虽然老了，但他还是特别闪耀的。

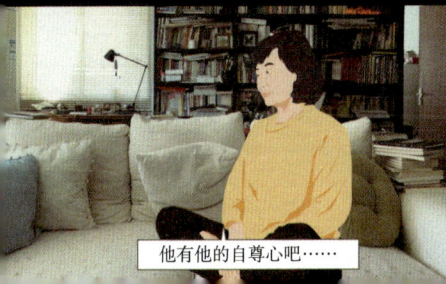

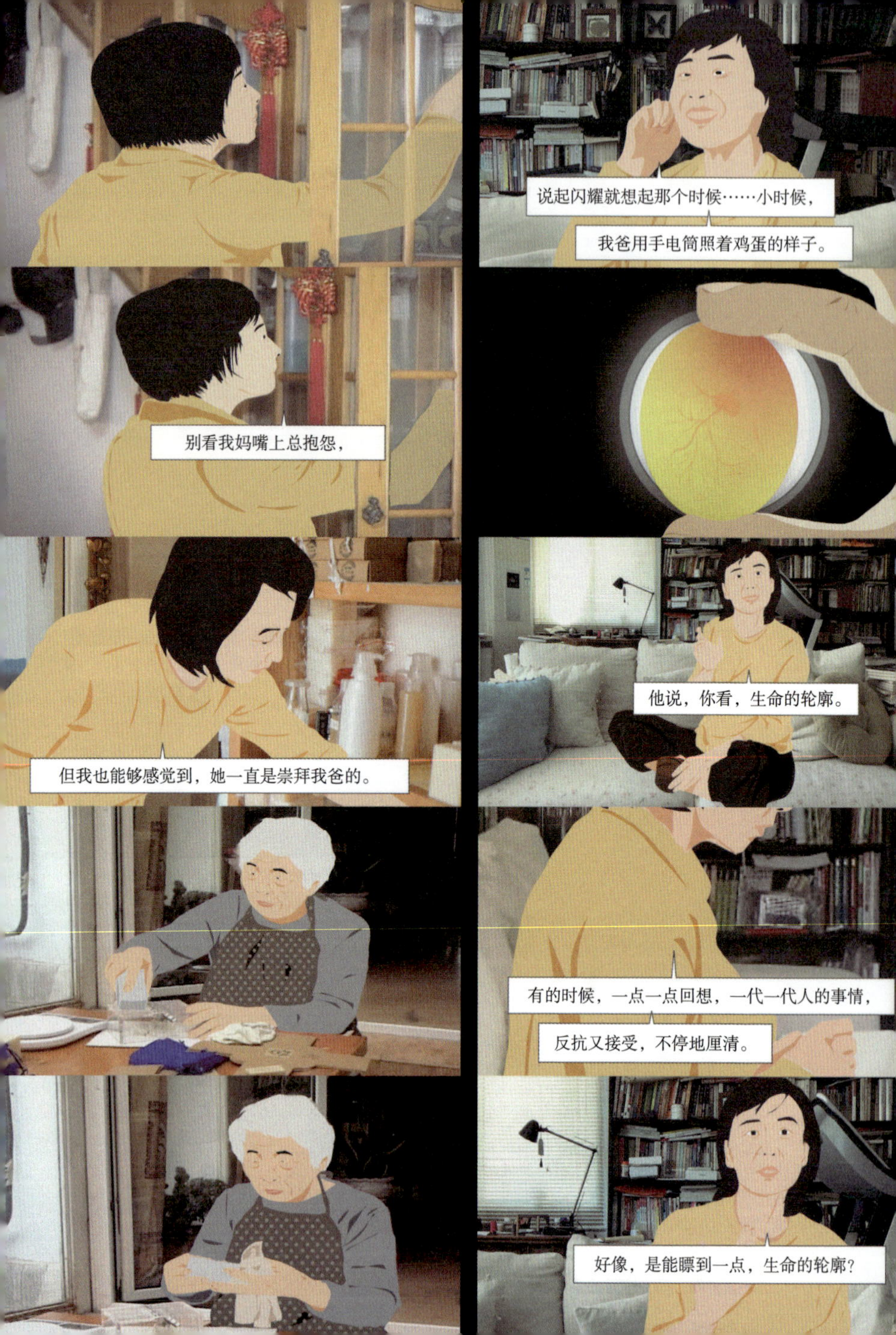
别看我妈嘴上总抱怨，
但我也能够感觉到，她一直是崇拜我爸的。
说起闪耀就想起那个时候……小时候，
我爸用手电筒照着鸡蛋的样子。
他说，你看，生命的轮廓。
有的时候，一点一点回想，一代一代人的事情，
反抗又接受，不停地厘清。
好像，是能瞟到一点，生命的轮廓？

是不是太自大了？
但我们总是就这样……
参与在别人的生命中的吧？
您希望这个皂坊，这个店，做成什么样？
希望能一直做到 90 岁吧。
不要停了，或者又被我做没了。
你爸说，明年想报名参加什么双十一双十二。
那不是又要招人，又得做一批新模具吗？
随他吧，好在他身体还硬朗。
你们今天都拍全了吗？

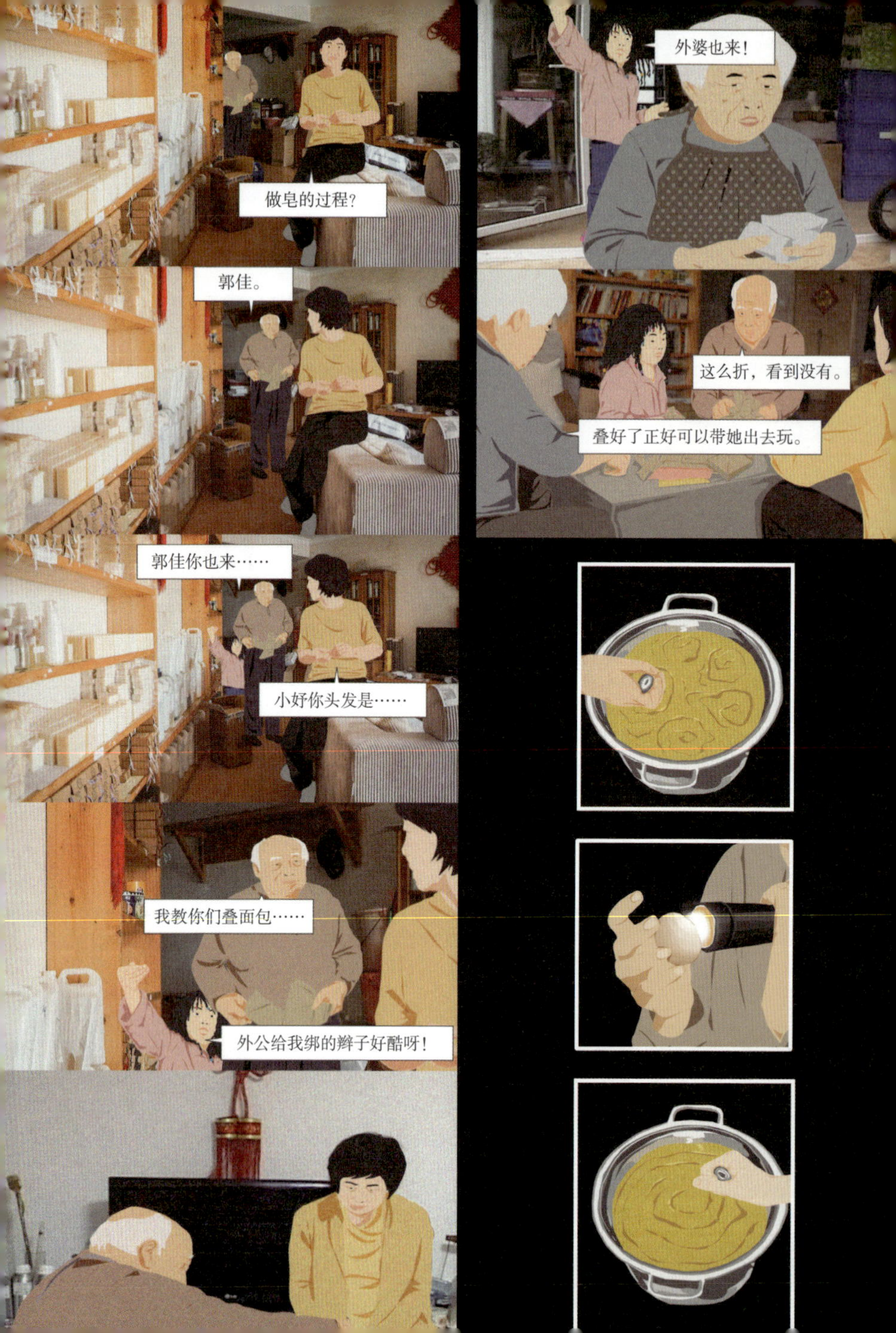

做皂的过程？

郭佳。

郭佳你也来……

小妤你头发是……

我教你们叠面包……

外公给我绑的辫子好酷呀！

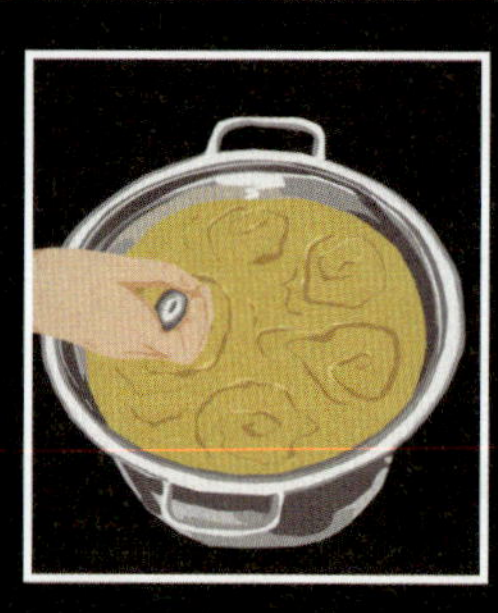

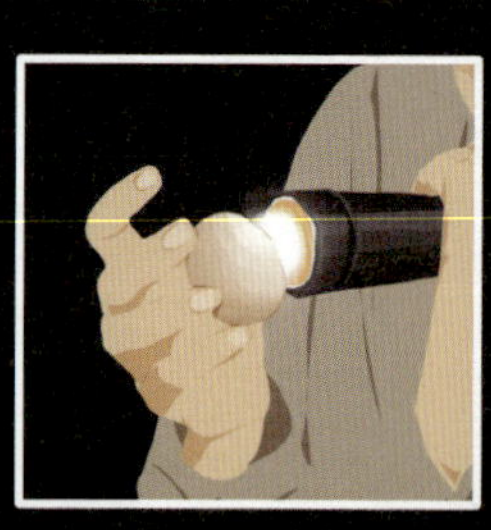

把它摔得翻过来！
哈哈！

– 漫画改编自真实故事 –

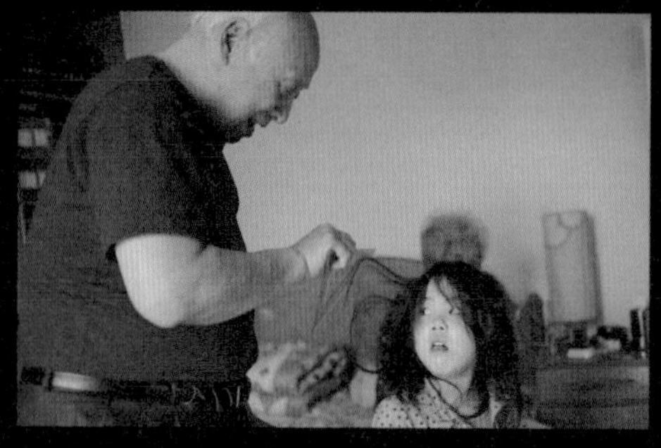

2015 年 3 月，
郭福顺为皂坊重新设计出一套新模具。

2015 年 6 月，
皂坊扩大规模，
郭福顺决定报名“聚划算”等促销活动。

2015 年 8 月，
郭福顺在医院检查出胰腺癌。

2015 年 12 月 11 日，
郭福顺因病去世。

2015 年 12 月 12 日，
在店里挂售的产品销售一空，皂坊工人加班赶制出 3000 块皂，作为小型商铺，成功报名“聚划算”。

2016 年 9 月，
郭佳请律师撤销类似商标，
争取下郭福顺生前定下的“生合”二字，
作为相关洗护产品的名字。

2018 年 6 月，
郭佳将皂液送去做斑贴实验，检测通过。

郭福顺做的事情，至今并未停下。

后 记

这本书里，收录了我从 2018 年 7 月到 2019 年 5 月这段时间做出的几篇漫画。

过去上班的时候，到休息日会找一个地方坐下来，读书或写点东西。

那时觉得，创作或不过是一种消磨时间的办法，后来态度严肃了一些，才有了一点“打磨”的意味。

可回头细想，手头每一篇仍是仓促的写作。

与其说是在创作作品，不如说因为自认创作能力有限，在借由这些篇目，创作一些创作能力出来。

也会琢磨，这样“疑似创作的行为”，本质到底是开凿和燃放自己，还是一种积累和培育。

倒是写出了一些我在写之前从未有过的想法，也算是不断启发自己的过程。

好像，只需要脸皮再厚一点，就可以把机缘巧合在做的事描述得像是出生时就打算做的，那样会更有“故事感”。

可我显然不属于“生来就是干这个”的那种人。

我是生下来之后，花了不少时间试过许多事情，觉得还是这件事较有意思才开始干这个的人，也有很多糊涂和巧合的因素。

据说，夏目漱石在写不出东西时，会把鼻毛一根一根拔出来，整齐摆在稿纸上。

作为效仿和凑够版面，以下整齐影印出我和刘畅共同出具的二百五十六根鼻毛，以庆祝这本书的出版。

感谢各位。

你终于读完了啊。

谢谢。

加载更多

图书在版编目（CIP）数据

纳闷集 / 匡扶绘著 . -- 长沙：湖南文艺出版社，2020.5

ISBN 978-7-5404-8467-5

Ⅰ . ①纳… Ⅱ . ①匡… Ⅲ . ①短篇小说—小说集—中国—当代 Ⅳ . ① I247.7

中国版本图书馆 CIP 数据核字（2020）第 034813 号

上架建议：漫画 · 文学

NAMEN JI

纳闷集

绘　　著： 匡　扶
出 版 人： 曾赛丰
责任编辑： 丁丽丹
策划机构： 雅众文化
策 划 人： 方雨辰
监　　制： 秦　青
策划编辑： 陈希颖
特约编辑： 陈希颖　黄　欣　张　卉　陈婷婷
营销编辑： 刘易琛　吴　思
封面设计： 山川制本 workshop
出　　版： 湖南文艺出版社
（长沙市雨花区东二环一段 508 号　邮编：410014）
网　　址： www.hnwy.net
印　　刷： 山东临沂新华印刷物流集团有限责任公司
经　　销： 新华书店
开　　本： 880mm × 1240mm　1/32
字　　数： 100 千字
印　　张： 14
版　　次： 2020 年 5 月第 1 版
印　　次： 2023 年 2 月第 2 次印刷
书　　号： ISBN 978-7-5404-8467-5
定　　价： 78.00 元

若有质量问题，请致电质量监督电话：010-59096394
团购电话：010-59320018